삼개주막

기담회2

삼개주막 기담회2

오윤희 기담소설

고즈넉
이엔티

삼개주막
기담회2

초판 4쇄 발행 2024년 9월 25일

지은이 오윤희
펴낸이 배선아
펴낸곳 고즈넉이엔티

출판등록 2017년 3월 13일 제2022-000078호
주소 서울시 중구 남대문로9길 24, 패스트파이브 시청1호점 904호, 1007호
대표전화 02-6269-8166 **팩스** 02-6166-9199
이메일 gozknockent@gozknock.com
홈페이지 www.gozknock.com
블로그 blog.naver.com/gozknock
페이스북 www.facebook.com/gozknock
인스타그램 www.instagram.com/gozknock

ⓒ 오윤희, 2024
ISBN 979-11-6316-232-2   03810

표지/내지이미지 Designed by Freepik, Getty Images Bank

삼개주막은 한양 도성에서 서남쪽으로 약 십 리쯤 떨어진
마포나루 어귀에 있었다. 마포나루, 혹은 삼개나루라고도
불리는 이곳은 한양을 거슬러 오는 장삿배들과 사람들로
언제나 북적거렸다. 여러 사람들이 모여드는 이곳에
다양한 사람들만큼이나 괴이하고 신기한 이야기가 모여들었다.

차 례

기담회의 시작

정월 초하루가 막 지난 어느 날 저녁, 마포나루 인근에 자리 잡은 삼개주막에선 특별한 행사가 열리려 하고 있었다. 자주 주막을 드나들던 조금 특이한 선비 하나가 지인들을 이곳에 초청해 기이한 이야기를 듣는 모임을 연 것이다. 원래는 달포에 한 번씩 선비네 집에 모여 세상 사는 이야기를 나누는 모임이었는데, 특별한 계기로 인해 장소와 성격이 변했다.

그 계기란, 바로 이 주막에서 일하는 소년 선노미다. 올해 열다섯이 된 선노미는 삼개주막 주모 김씨의 아들로, 안마당 화로에서 청어를 굽고 돈 떼먹고 도망치는 손님이 있나 감시하는 등 갖은 잡일을 담당했다. 그런데 어지간한 여인 저리 가라 할 만큼 어여쁘고, 돌부처 내다 앉게 과묵한 줄로만 알았던 이 소년은 알고보니 손님들 사이에서 오간 각종 기이한 이야기를 토씨 하나 빼먹지 않고 기억해서 맛깔나게 얘기하는 기막힌 재주를 갖고 있었다.

그 재주를 우연히 발견한 선비가 무슨 생각에서인지 선노미를 자기네 모임에 끌어들인 것이다. 선노미가 뿌리치기 어려운 달콤한 유혹 거리를 내걸고서.

그렇게 해서 선노미는 얼떨결에 선비의 모임에 참석해 주막에서 보고 들은 기이한 이야기를 들려주는 역할을 맡게 됐다.

주막이란 원래 별의별 사람들이 다 모이는 곳이다. 삼개나루, 혹은 마포나루라고도 불리는 이 나루터엔 한강을 거슬러오는 장삿배부터 상품을 위탁판매하는 중개 상인, 남한강을 넘어오는 뗏목을 취급하는 제재소, 생선과 젓갈류를 넣어두는 옹기를 파는 옹기장수까지 수많은 이들이 드나들었다. 그들은 나루터에 인접한 주막에 들러 잠시 배를 채우고, 때로는 하룻밤을 묵어가기도 했다. 당연히 다른 곳에선 듣기 힘든 기이하고 특별한 이야기가 이곳으로 흘러들어왔다. 어쩌면 선노미를 끌어들인 선비는 그런 이야기에 호기심이 동했는지도 몰랐다.

처음엔 선노미가 선비네 집을 찾아가 이야기를 들려주기로 했지만, 첫 기담회가 열리기 직전, 주막으로 장소가 바뀌었다. 십여 년 전 남편을 잃은 뒤 홀몸으로 주막을 운영하면서 아들 선노미와 두 딸 복이, 옥이를 보란 듯 잘 길러낸 억척스러운 주모 김씨의 강력한 주장에 따른 것이었다.

선노미에게 자초지종을 들은 주모는 세상 물정 모르는 선노미가 행여나 제 눈이 닿지 않는 곳에서 나리들께 결례라도 범할까 걱정스러웠다. 미천한 아들을 무리에 끼워준 선비 일행에게 주막의 자랑거리인 뜨뜻한 장국밥을 대접하고자 하는 속셈도 있었다. 선비들 쪽에서도 나쁠 게 없는 제안이었던 터라 선비네 집이 아닌 삼개주막에서 모임을 열기로 했다.

이런 연유로 주모는 달포에 한 번씩 위채 건넌방을 비워놨다가 선비 일행을 맞았다. 주머니 가벼운 손님 십여 명이 한데 어울려 자는 아래채 객실과 달리, 지체 높은 양반 나리나 돈 많은 손님이 단독으로 묵는 위채 건넌방은 어차피 차 있을 때보다 비어 있을 때가 더 많았다.

모임은 선비네 일행이 삼개주막에 막 모여 먼저 주모가 내놓는 뜨끈한 장국밥과 술국으로 속을 채운 다음, 대화가 한창 무르익을 무렵 선노미를 불러들여 기이한 이야기를 듣는 수순으로 진행하기로 했다.

"선노미야, 준비되었느냐?"

방 안에서 우렁우렁 울리는 목소리가 들렸다. 선비들이 모인 방 앞에서 안절부절못하고 있던 선노미는 자신을 부르는 목소리에 정신이 번쩍 들었다. 이제부터 낯선 손님들에게 기이한 이야기를 소개해야 한다고 생각하자 겨드랑이에 땀이 배었다.

전날 밤에도 이 상황을 여러 차례 머릿속으로 그려봤지만, 막상 닥치고 보니 생각했던 것보다 훨씬 더 긴장됐다. 심장이 거칠게 쿵쿵 뛰는 소리가 제 귀에까지 들릴 것 같았다.

'에잇, 모르겠다. 어떻게든 되겠지.'

선노미는 크게 심호흡을 한 뒤, 두근거리는 가슴을 애써 진정시키며 눈을 딱 감고 조용히 방문을 열었다.

다섯 쌍의 눈동자가 자신을 빤히 쳐다보고 있었다. 각오는 했지만, 사람들 시선이 일제히 자신에게 쏠리자 선노미는 얼굴이 빨갛게 달아올랐다. 그 가운데 익숙한 얼굴은 '연암(燕巖)'이라고 불리는 50대 남자뿐이다. 이 기묘한 모임을 만들고, 자신을 이곳에 초대한 사람이다.

나머지 선비 넷도 연암이 데려왔다. 40대로 보이는 남자 둘, 30대로 보이는 남자 둘. 낯선 사람들의 눈빛엔 호기심이 어려 있었다. '대체 이런 어린애를 불러와 뭘 하겠다는 거지?'라고 말하고 싶은 눈치였다.

한 선비는 아예 대놓고 불만스럽다는 표정으로 선노미를 삐딱하게 쳐다봤다. 신분에 걸맞지 않게 양반들 자리에 낀 자신이 영 못마땅한 모양이다. 선노미는 저도 모르게 침을 꼴깍 삼켰다. 긴장한 탓인지 입안이 바짝 말라 침도 잘 넘어가지 않았다.

"이것 참, 선생도 장난이 심하십니다."

불만스러운 표정을 짓던 선비가 연암에게 말했다. 말투도 어딘지 모르게 뾰족하게 날이 서 있었다. 날 선 말투가 연암이 아닌 자신을 향하고 있는 것 같아 선노미는 저도 모르게 움찔했다.

"장난이 심하다니, 무슨 말인가?"

연암이 덤덤하게 물었다. 이런 반응을 예상이나 한 것처럼 태연자약하다 못해 느긋하기까지 했다. 불만을 제기한 선비는 그런 연암의 태도에 더 약이 오른 모양이었다.

"아무리 격의 없는 모임이라고는 하나, 학문을 논하는 자리에 언문조차 모르는 상것을 데려오시다니요."

'상것'이라는 단어에 유독 힘이 들어가 있었다. 선노미는 고개를 숙인 채 눈만 살짝 위로 올려 선비의 얼굴을 살펴보았다. 나이는 40대 후반쯤일까, 연암을 제외하곤 여기 모인 사람들 가운데 제일 나이가 많아 보였다. 깡마른 체구 탓인지 다소 신경질적으로 보였다. 얼굴도 볼살이 없어서 뺨이 홀쭉하게 패었다. 광대뼈 아래쪽 턱 부분이 뾰족하고, 쌍꺼풀 없는 눈매가 가느스름해서 그런가 어딘지 모르게 여우를 떠올리게 하는 인상이었다. 선노미는 속으로 그에게 '여우'라는 별명을 붙였다.

"학문을 논하는 자리라고 했으니 말인데."

연암이 변함없이 느긋한 말투로 대꾸했다.

"자네, 학문이 무엇이라고 생각하나?"

뜻밖의 질문에 '여우'는 조금 당황한 기색이었지만, 이내 준비라도 한 듯 술술 읊조리기 시작했다.

"학문이라는 건 모름지기 옛 성현의 말씀과 지혜를 되새기고……."

"옛 성현의 말씀만 되새겨서 어디다 쓸 건가?"

"예?"

여우는 이번에야말로 허를 찔린 듯했다. 눈을 휘둥그레 뜨고 멍하니 연암을 바라볼 뿐, 이렇다 할 대답을 못 했다.

"성현의 말씀이 잘못됐다고 하는 건 아닐세. 하지만 밤낮으로 공자왈, 맹자 왈만 되뇌는 게 대체 무슨 소용이 있나. 백성들한테 아무런 도움도 못 되는 학문, 단순히 학문만을 위한 학문을 추구하는 게 무슨 가치가 있냐는 말이야."

여우는 뭐라고 반박하고 싶은 모양이었지만, 딱히 적당한 말이 안 떠오르는지 입을 떼지 못했다. 방 안엔 잠시 침묵이 감돌았다. 저 때문에 분위기가 어색해졌다는 죄책감이 들어 선노미는 점점 더 불안해졌다. 할 수만 있다면 당장이라도 자리를 박차고 나가버리고 싶었다. 꿇어앉은 다리도 점점 저려왔다.

"저 아이는."

갑자기 연암이 선노미 쪽으로 시선을 돌렸다. 다른 사람들도 일제히 선노미를 바라봤다. 꿇어앉은 다리에 피가 돌지 않아 남몰래 발가락을 꼼지락거리고 있던 선노미는 화들짝 놀라 하던 동작을 딱 멈추었다.

"어째서 충효도, 지식도 가르쳐주지 않는 기이한 이야기를 수집하냐는 내 물음에 이렇게 답했네. '저는 어떤 이야기가 좋은 이야기인지 모릅니다. 하지만 이런 이야기를 할 때 사람들은 울고 웃었습니다. 저도 먼발치서 이야기를 들으며 속으로 같이 기뻐하고, 화를 냈습니다. 그러니 황당하고 뜬구름 잡는 얘기라고 얕잡아볼 수만은 없지 않겠습니까?'라고."

선노미는 순간 심장이 멎는 것 같았다. 자신이 한 말을 저렇게 똑똑히 기억하고 있을 줄이야. 눈을 슬며시 들어 연암을 쳐다보니 그는 자신을 향해 보일락말락 고개를 끄덕였다. 잔뜩 주눅이 든 선노미를 말없이 격려하는 것처럼 보였다. 연암이 말을 이었다.

"진정으로 학문을 추구하는 자라면, 백성을 이해해야 하네. 그들이 무엇에 슬퍼하고, 기뻐하는지. 무엇에 화를 내고, 무엇을 원하는지. 나는 이 아이의 이야기가 그걸 알려줄 수 있으리라 생각하네."

방 안에 다시 침묵이 흘렀다. 하지만 조금 아까 어색했던 침묵과는 무게와 재질이 달랐다. 다들 연암이 한 말을 곰곰히 생각하느라 말문을 닫은 것 같았다. 잠시 뒤 또랑또랑한 목소리가 정적을 깼다.

"저 아이는 어떻게 여기서 보고 들은 것들을 전부 기억할 수 있습니까? 글을 모르니 적어둘 수도 없을 텐데요."

이제껏 입을 다물고 있던 선비였다. 나이는 40대 초반 정도로, 체구가 작고 몸매가 오동통했다. 얼굴도 동글동글해서 전체적으로 동그스름한 생김새다. 몸 중에서 유일하게 코만 작고 뾰족한데, 그 코 양옆에 바짝 붙은 동그란 두 눈이 부리부리하게 빛나서 올빼미를 연상시키는 얼굴이었다. 선노미는 남몰래 그를 '올빼미'라 부르기로 했다.

"비상한 기억력 덕분이지. 저 아이는 한번 보고 들은 건 모조리 기억할 수 있는 능력을 타고났네. 하지만 시간이 지나 기억이 빛바랠까 봐 특별히 인상 깊었던 이야기는 그림으로 그려둔다네."

연암이 말한 대로였다. 마침 주막엔 여러 해 전 이곳에 묵었던 선비가 부족한 숙박비 대신 내놓고 간 종이가 남아 있었다. 선노미는 방 한구석에 방치돼 있던 종이를 찾아내 타다 남은 숯으로 그림을 그렸다. 그 그림을 우연히 발견한 연암이 선노미를 기담회 자리로 끌어 낸 것이다.

선노미는 재밌는 얘기를 들려주면 다 떨어져 가는 종이를 더 주겠다는 말에 마음이 동하는 듯했다. 하지만 마음을 굳히게 된 결정타는 '혹시 아니? 누군가 답례로 네게 언문이라도 가르쳐줄지' 하고 연암이 넌지시 흘린 말이었다.

"호오."

올빼미가 감탄한 듯 탄성을 터트렸다. 선노미를 바라보는 그의 눈빛이 한층 부드러워져 있었다.

"네 이름이 뭐냐?"

"선, 선노미입니다."

선노미가 더듬거리며 대답했다. 긴장해서 혀가 잘 돌아가지 않았다. 이래서야 나리들 앞에서 어떻게 이야기를 한다는 거냐! 선노미는 자신에게 화가 치밀어 두 주먹을 불끈 쥐었다.

"선노미라……. 네 부모가 선하게 자라라고 그렇게 지었나 보구나. 좋은 이름이다."

올빼미가 빙그레 미소를 지었다. 웃으니 동그란 두 눈이 동시에 깜빡였다가 다시 커졌다. 양반 나리께 실례되는 말이긴 하지만, 선노미는 그 모습이 꽤 귀엽다고 생각했다.

"연암 선생께서 모처럼 이 자리를 마련해주셨으니 이야기를 해 보지 않겠느냐? 어떤 이야기일지 몹시 궁금하구나."

올빼미가 그렇게 말하며 여우 쪽을 돌아보았다.

여우는 못마땅하다는 듯 미간을 살짝 찌푸렸으나, 더는 반대할 생각이 없어 보였다. 다른 선비들도 마찬가지였다. 모두 거리의 환술사가 공연을 시작할 때처럼 기대에 찬 눈빛으로 선노미를 바라보고 있었다.

선노미는 다시 침을 꼴깍 삼켰다. 뭐라고 말은 해야겠는데, 추운 날씨에 얼굴이 꽁꽁 얼었을 때처럼 입이 떨어지지 않았다. 행여나 실수라도 하면 어쩌나. 기회를 준 연암의 얼굴에 먹칠이라도 하게 되면 어쩌나. 그러면 여우가 거보란 듯 '역시 이런 자리에 저 아이를 부른 건 실수였소'라고 거들먹거리겠지. 손바닥에 끈적하게 땀이 배어 나왔다.

"그리 긴장할 것 없다. 네가 잘 아는 사람들 앞이라고 생각하고 편하게 이야기하거라."

어찌할 바를 모르는 선노미가 안쓰러웠는지 제일 젊어 보이는 선비가 다독거렸다. 목이 길고 인상이 유순해서 노루 같은 느낌을 주는 사람이다. 선노미는 그의 말대로 방 안에 모인 사람들 얼굴 위로 친근한 얼굴을 하나씩 떠올려 보았다. 어머니, 여동생 복이와 옥이, 소꿉친구 만득이…… 하지만 말똥말똥 자신을 바라보는 낯선 나리들 얼굴 위에 익숙한 얼굴이 좀처럼 잘 겹쳐지지 않았다.

이를 어쩐다……. 선노미는 입술을 잘근잘근 씹었다. 지체 높은 나리들께서 매섭게 빤히 바라보는 데서 이야기를 하자니 혼자서 어두운 숲속을 헤매고 다니는 것처럼 당황스럽고 무서워서 도무지 갈피를 잡을 수가 없다. 아니, 잠깐 숲속이라고?

선노미가 앞에 앉은 사람들 얼굴을 다시 한번 찬찬히 들여다보았다. 여우, 올빼미, 노루가 자신을 쳐다보고 있다. 처음 본 선비 중 나머지 하나는 살집이 넉넉하고 유들유들해 보이는 것이 너구리 같은 인상이다. 그러고 보니 일행과 조금 떨어져 앉아 여유롭게 술잔을 들이키고 있는 연암은 덩치가 크고 체격도 떡 벌어져서 사냥꾼 옷을 입어도 제법 잘 어울릴 것 같다. 이래서야 진짜 숲을 헤매는 것 같지 않은가. 그래, 여기는 숲속이다. 나는 높으신 양반 나리가 아니라, 숲속 동물들 앞에서 이야기하고 있다. 그렇게 생각을 고쳐먹자 긴장이 서서히 가라앉으며 마음이 차분하게 진정되기 시작했다. 선노미가 길게 심호흡을 했다.

"섣달그믐을 이틀 앞둔 때였습니다."

드디어 선노미의 입에서 이야기가 흘러나오기 시작했다.

바야흐로 '삼개주막 기담회'가 막을 올리려 하고 있었다.

• **연암** : 연암 박지원(1737~1805)은 조선 후기 대표적 실학자다.

1

가면 속 얼굴

젊은 남자 하나가 저녁 무렵 삼개주막을 찾아왔다. 얼굴에 아직 애티가 남아 있는데, 나이도 많이 쳐줘야 이제 갓 스물을 넘겼을 듯싶었다.

"보소, 하룻밤 묵었다 갈 수 있는교?"

화로에 술안주로 나갈 청어를 굽고 있던 선노미는 남자의 사투리에 저도 모르게 뒤를 돌아보았다. 객지에서 한양으로 올라온 손님이 주막을 찾는 일은 드물지 않지만, 남자는 유달리 사투리가 심한 편에 속했다. 신고 있는 짚신 앞코에 굳은 흙먼지가 뽀얗게 달라붙어 있는 걸 보니 제법 먼 길을 내내 걸어온 모양이었다.

"방은 있는데, 네 분이랑 함께 쓰셔야 해요."

국밥을 나르던 주모 김씨가 아래채 객실을 가리켰다. 외양간, 뒷간과 나란히 붙은 객실은 빈말로도 '아늑하다'고 할 정도는 아니었지만, 물건을 짊어지고 방방곡곡을 누비는 상인이나 과거를 보러 상경

한 주머니 가벼운 선비가 비바람과 산짐승을 피해 하루 이틀 쉬었다 가기엔 딱히 부족함이 없었다. 남자는 방이 있다는 말에 안심했는지 미소까지 지었다.

"그거면 됐심더. 지가 머라꼬 가당찮게 독방을 쓰겠습니꺼."

선노미가 남자를 방으로 안내했다. 삐걱, 방문을 열자, 돗자리만 깔아놓은 좁은 방 안에 웅크리고 누워 있거나, 초저녁잠에 취해 벽에 머리를 기댄 채 꾸벅꾸벅 졸던 손님들이 부스스 고개를 들었다. 남자는 그들을 향해 '하룻밤 여기서 신세 지겠심더' 하며 목을 숙여 인사하고선 엉거주춤 바닥에 엉덩이를 깔고 앉았다.

"먼 데서 오시는 길인갑소?"

벽에 머리를 대고 졸던 남자가 물었다. 금세 잠기운이 싹 가시고 쌩쌩한 걸 보니 얼핏 선잠만 들었던 모양이었다. 아니면 억센 사투리에 금세 호기심이 동했는지도 몰랐다.

"아, 예……."

한눈에 시골 사람이란 걸 간파당했다고 생각했는지 남자가 조금 쑥스러워했다.

"세밑에 무슨 볼일이 있어 한양까지 온 거요?"

말을 붙인 남자는 무료하던 차에 잘됐다 싶었는지 숙박객의 말꼬리를 물고 늘어졌다. 숙박객 역시 낯을 가리는 성격은 아닌지 거리낌 없이 대답했다.

"한양서 가면 주문을 받아 가꼬, 그걸 갖다 드릴라꼬 왔심더."

"가면이라고?"

말을 건 남자뿐만 아니라, 심드렁하게 대화를 듣던 다른 사람들까지도 호기심 어린 눈으로 시골서 올라온 젊은이를 바라봤다.

"나례 때 쓸 가면인가?"

봇짐을 머리에 베고서 모로 누워 있던 남자가 몸을 일으키며 물었다.

시골 젊은이는 알아봐 주는 사람이 있어 반가웠는지 활짝 웃음을 띠며 술술 자신의 신상을 털어놓았다. 시골 젊은이의 이름은 복쇠. 경상도 어느 마을 출신으로, 부친은 각종 잡화를 취급하는 상인인데, 가면도 주요 취급 품목 가운데 하나다. 가면 따위를 팔아서 장사가 되겠냐고 생각하기 쉬운데, 찾는 이가 많지는 않아도 의외로 꾸준히 수요가 있다는 말도 공연히 덧붙였다.

주요 고객은 탈춤 공연을 자주 하는 사당패나 서낭굿을 여는 무속인들이다. 때로는 일반인들도 주문하곤 하는데, 대부분은 나례에 쓸 가면을 구하기 위해서라고 했다.

나례는 고려 때부터 전해져 온 악귀 쫓는 의식이다. 한 해의 마지막 날, 각종 재앙을 불러오는 악귀를 쫓아내 홀가분한 마음으로 새해를 맞이한다는 게 나례의 취지다. 원래 궁중에서 시작된 나례는 조선 후기엔 민간에도 널리 퍼졌다. 돈 좀 있는 양반이나 양인들은 한 해를 떠나보내는 기념으로 성대하게 나례 연회를 열고, 연회장에 광대나 기생들도 부르곤 했다. 복쇠가 한양에 온 이유도 어느 지체 높은 양반가의 나례 연회에 동원된 기방(妓房)이 행사에 쓸 가면을 여럿 주문했기 때문이다.

"호오, 우리 같은 사람들은 꿈도 못 꿔볼 사치로구만."

누군가 반쯤은 감탄한 듯, 반쯤은 시샘하는 듯한 어조로 말했다.

"저 봇짐 속에 그 가면들이 들어 있는가?"

모로 누워 있던 남자가 복쇠 옆에 차분하게 놓인 짐을 가리키며 물었다. 복쇠가 고개를 끄덕였다.

"나례에 쓰인다는 그거, 어떻게 생긴 물건인지 구경할 순 없겠나? 우리 같은 사람이야 평생 가더라도 그런 연회는 꿈도 못 꿔볼 테니."

멀찍이 떨어져서 보고 있던 보부상 차림의 중년 남자 하나가 슬금슬금 복쇠 쪽으로 다가왔다. 복쇠는 싱글벙글하며 보따리를 풀었다. 사람들이 제 물건에 관심을 보이는 게 여간 자랑스러운 게 아닌 모양이었다.

긴 여정 탓인지 여기저기 거무스름하게 때가 탄 하얀 보따리 안에는 가면 십여 개가 차곡차곡 쟁여져 있었다. 기다란 얼굴에 낯빛이 불그스름하고 눈썹이 송충이처럼 짙은 나무 가면이 제일 처음 나왔다. 두 귀 위에는 모란꽃을 꽂고, 모자 뒤엔 복숭아 가지가 걸려 있었다.

"이건 처용 탈이라꼬, 역귀 쫓는 가면입니더. 처용이란 사람이 옛날에 귀신을 쫓아냈다 안 캅니꺼. 모자에 귀신 쫓는다는 복숭아 가지를 꽂고 있는 거 보이지예? 그니깐 나례 때 쓰기에 제격이라예."

사람들이 아아, 감탄사를 내뱉으며 고개를 끄덕였다. 복쇠는 의기양양하게 다른 가면을 집어들었다. 두 귀가 코끼리처럼 축 처지고 콧

구멍이 양쪽으로 크게 부풀어 있는 나무 가면이다. 입꼬리가 하늘로 치켜 올라가 기괴하게 웃고 있었다.

"이건 방상씨 탈이라꼬, 이것도 역귀를 쫓아준다 캅니더. 이 가면을 쓴 사람이 몸에 곰 가죽을 걸치고 귀신 가면 쓴 사람을 쫓아내는 기라예."

"이건 뭔가?"

눈코입이 얼굴 중앙에 모여 오종종한 인상을 주는 남자가 봇짐 사이에 있던 물건을 가리켰다.

앞서 보여준 가면들에 비하면 완성도가 형편없게 느껴졌다. 오동나무인지, 유자나무인지 구분이 안 되는 나무로 깎았는데, 눈코입이 하나도 제대로 표현돼 있지 않아 밋밋했다. 이목구비가 있어야 할 부분에 울퉁불퉁하게 대충 윤곽만 잡혀 있는 정도였다. 얼굴에 있어야 할 게 하나도 없으니 오히려 아무것도 없는 맨숭맨숭한 얼굴보다 더 기묘하게 느껴졌다. 누군가 얼굴을 만들다 만 듯한 모양새였다.

"처용 탈이나 방상씨 탈은 어쩌다 본 적이 있네만, 저렇게 생긴 건 처음 보는군."

"그러게. 희한한 가면일세. 민얼굴 요괴 가면이라고 하면 딱 맞겠구만."

저마다 한마디씩 품평을 늘어놓았다.

"그나저나 저건 어디다 쓰는 물건인가?"

복쇠에게 처음 말을 붙였던 남자가 물었다. 복쇠는 그 가면이 드러

나자 불안해 보이더니 갑자기 용도를 묻는 말에 눈에 띄게 허둥지둥
했다. 몰래 무언가를 훔쳐먹다가 들킨 것처럼 힐끔힐끔 사람들 눈치
를 보며 서둘러 가면을 봇짐 안에 쑤셔 넣었다.

"이, 이거는 아무것도 아니라예. 팔 물건이 아닌데 어쩌다 보니 짐
사이에 끼어 왔나 보네예."

복쇠가 유난스럽게 안절부절못하는 바람에 조금 전까지 무르익었
던 분위기는 단박에 싸하게 식어버렸다.

눈코입이 모인 남자가 뭔가 더 말을 꺼내려다 움찔했다. 봇짐을 베
개 삼아 누워 있던 남자가 팔꿈치로 쿡 찌르는 바람에 당황해 입을
다문 것이다. 누워 있던 남자는 '사정이 있나 본데 뭘 그렇게 눈치 없
이 캐물어' 하며 야릇한 시선으로 눈코입이 모인 남자를 쏘아보았다.

"덕분에 보기 힘든 가면 구경 잘했네, 그려."

누군가 공연히 어색해진 분위기를 수습하려고 그렇게 중얼거렸다.
하지만 복쇠가 별 대꾸를 하지 않자, 그의 말은 공중에 붕 떠버리고
말았다. 흥이 깨지는 바람에 다들 슬금슬금 자기들 자리로 돌아갔다.
모로 누워 있던 남자는 다시 봇짐 위에 드러누웠고, 벽을 기대고 앉
아 있던 남자는 다시 벽에다 머리를 기댔다. 복쇠도 주섬주섬 웃옷을
벗은 뒤 그걸 이불 삼아 뒤집어쓰고 잠을 청하는 눈치였다.

오직 단 한 사람, 야위고 눈빛이 험악한 남자 하나만 돌아누운 복
쇠의 등짝에서 음흉한 시선을 거두지 않았다.

이튿날 아침, 조반을 들기도 전에 주막 안은 도난 소동으로 발칵

뒤집혔다.

"아이고, 이 일을 우짜노! 우짜면 좋노!"

객실에서 들리는 외마디 비명에 주모 김씨가 헐레벌떡 버선발로 뛰어가 보니 복쇠가 머리를 싸매고 끙끙거리는데, 앓는 소리가 예사롭지 않았다.

"대체 무슨 일이에요?"

김씨가 다그쳐 묻자 눈코입이 모인 남자가 복쇠 대신 대답했다.

"저 친구가 봇짐을 도둑맞은 것 같소."

"뭐라고요?"

여간해선 잘 놀라지 않는 김씨도 눈이 휘둥그레졌다.

"도둑을 맞았다니, 여기서요?"

김씨의 눈이 재빨리 방 안에 있는 사람들을 훑고 지나갔다. 하나, 둘, 셋, 넷. 복쇠가 오기 전까지 손님이 넷이었으니 지금은 모두 다섯이어야 할 텐데 한 명이 없다. 누구였더라……. 김씨는 곧 지난 밤 말 없이 주막 대문을 열고 들어섰던 눈빛이 험악하고 몸이 수수깡처럼 바짝 마른 남자를 기억해냈다.

"측간에 간 건 아니오."

보부상이 김씨의 속내를 읽은 것처럼 선수 쳐서 말했다.

"동도 트기 전에 도망간 것 같소. 그놈 짐도 같이 없어졌거든."

이번엔 김씨의 입이 딱 벌어졌다. 주막을 자주 찾는 단골이라면 좀처럼 볼 수 없는 김씨의 당황한 모습을 몹시 재미있어했을 것이다.

"아니, 어떻게 그런 일이……."

김씨가 털썩 돗자리 위에 주저앉았다. 도둑은 사람들이 깨기 전에 살금살금 도망쳐 나간 것이다. 숙박비를 떼어먹고, 복쇠의 봇짐까지 들고서. 손님들 말을 들어보니 간밤에 복쇠가 조심성 없이 낯선 사람들 앞에 자기 가면을 모조리 보여줬는데, 도둑은 가면을 팔면 돈벌이가 톡톡히 될 거라고 생각한 모양이었다.

"이런 처죽일 놈!"

김씨가 씩씩거리며 욕을 내질렀다. 도둑이 눈앞에 있으면 당장 그 튼실한 팔뚝으로 목을 조르기라도 할 기세였다. 우악스런 기세에 놀란 손님들은 저희들이 도둑이라도 된 것처럼 흠칫 목을 움츠렸다. 하지만 손님들 생각과 달리 김씨가 진짜로 화를 내는 상대는 도둑이 아니라 자기 자신이었다. 도둑이 손님 짐을 훔쳐 가는 것도 모르고 밤새 쿨쿨 잠만 자다니. 아니, 애초에 그런 막돼먹은 놈을 알아보지 못하고 주막에 들이다니. 이제껏 이런 일은 한 번도 없었는데. 어쩌면 지금까지 자신이 너무 물렀는지도 몰랐다. 다만 운이 좋아 사고가 터지지 않았을 뿐. 그렇게 생각하니 스스로가 한심스러워서 김씨는 분통이 터졌다.

"눈 뜬 사람 코도 베 가는 데가 한양이라 카디만……."

복쇠는 탄식을 하다 못해 이젠 숫제 울먹이고 있었다. 김씨가 달래려는지 다가가 복쇠의 어깨를 흔들었다.

"이봐요. 정신 차려요! 도둑맞은 건 가면밖에 없어요?"

그제야 복쇠가 멍한 눈으로 김씨를 올려다보았다. 넋이 나가 상대가 하는 말을 제대로 이해하지 못하는 것 같았다.

"고향에 돌아갈 노잣돈은 있냐고요!"

복쇠가 망연자실해서 고개를 저었다.

"가지고 온 돈은 상경할 때 이미 다 썼고, 돌아갈 여비는 물건 팔아서 마련할라 켔지예. 가진 돈은 숙박비가 전부인데……."

김씨가 어쩔 수 없다는 듯 한숨을 푹 내쉬었다.

"일단 관가에 신고하고 며칠 여기 머물면서 기다려봐요. 혹시나 도둑맞은 물건을 찾을지도 모르니. 내 책임도 있으니 숙박비는 더 안 받을게요."

'관가'라는 말에 복쇠가 갑자기 생각난 듯 악, 소리를 질렀다. 학질에라도 걸린 것처럼 온몸이 사시나무처럼 부들부들 떨렸다.

"아니, 대체 왜 그러는 게야?"

복쇠 곁에 있던 숙박객 하나가 간신히 그를 진정시켰다. 한겨울 차가운 날씨에도 복쇠는 땀까지 삐질삐질 흘리고 있었다. 선노미 동생 복이가 부엌에서 떠온 물을 단숨에 들이켠 후에야 복쇠는 다시 길게 탄식했다.

"아이고야, 우짜면 좋겠노. 틀림없이 큰 사단이 벌어질 낍니더. 그가면 땜시로요."

아무도 가면 하나 때문에 무슨 일이 일어날 거라곤 걱정하지 않았는데, 다음 날 복쇠의 불길한 예언은 현실이 되었다.

섣달그믐을 맞은 한양 일대는 유난히 부산스러웠다. 집집마다 푸른 댓잎과 자형(紫荊: 콩 과의 낙엽 활엽 관목) 나뭇가지, 익모초 줄기와 귀신 쫓는다는 복숭아 가지 따위를 한데 묶어 만든 빗자루로 창문과 문지방을 마구 두들겨대는 사람들이 여기저기 눈에 띄었다. 잡귀를 쫓아내기 위한 의식이었다. 귀신이 싫어한다는 북과 방울, 징 소리까지 어우러져 거리 곳곳이 시끌벅적했다.

"이거야 원, 시끄러워서 귀신보다 사람 귀청이 먼저 떨어지겠네."

박 대감집 고참 하녀 금순이 고개를 설레설레 내저었다. 불평을 늘어놓으면서도 놋그릇을 부지런히 닦고 있는 야무진 손놀림에 연륜이 느껴졌다. 곁에서 거들던 말단 하녀 애실이가 배시시 웃었다.

"저는 좋은데요, 뭘! 신명 나잖아요."

금순이 애실을 일부러 째려봤다.

"신명 나긴. 대감마님이 쓸데없는 연회를 여신 덕분에 세밑까지 이렇게 죽어나잖니. 그런데도 넌 그런 속 편한 소리가 나오니."

"그래도 덕분에 사당패 공연을 훔쳐볼 수 있잖아요. 엄청 설레요."

"그런 걸로도 설레다니 젊어서 좋긴 좋구나."

금순은 더는 애실을 타박하지 않았다. 팍팍한 인생사에 그런 작은 일로나마 기쁨을 느낄 수 있다면 그게 어딘가 싶기도 했다. 아직 두근거리는 감정이 남아 있는 어린 애실이 조금 부럽기까지 했다.

"연회에 쓸 그릇이니까 박박 문질러서 잘 닦아야 한다. 종일 고생했으니 오늘 밤에는 네가 그렇게 보고 싶어 하는 사당패 공연을 봐도 좋아. 대신 너무 대놓고 구경하면 게으름 피운다고 안방마님께서 꾸지람하실 테니 눈에 안 띄게 먼발치서 요령껏 봐야 한다."

애실이 와, 하고 탄성을 질렀다. 기대감에 부푼 나머지 두 뺨에 금세 빨간 홍조가 떠올랐다. 하지만 애실의 기대대로 공연은 흘러가지 않았다. 두 사람 모두 그날 밤 공연이 그런 식으로 마무리되리라고는 꿈에서조차 상상할 수 없었다.

겨울이라 해가 빨리 진 탓인지 밖은 마치 한밤처럼 보였다. 쌀쌀한 칼바람은 더욱 을씨년스러운 분위기를 더했다.

둥둥둥둥.

어둠이 내려앉은 박 대감집 안마당에 큰북 치는 소리가 먼저 울려 퍼졌다.

북소리와 함께 처용 가면을 쓴 남자가 나무에서 훌쩍 뛰어내렸다. 대감마님은 허허, 웃음을 터뜨리며 사당패의 잽싼 몸짓에 박수갈채를 보냈다. 그게 신호탄이 되어 동서남북 네 방향에 숨어 있던 사람들이 일제히 튀어나와 나무에서 뛰어내린 남자 주위를 에워쌌다.

모두 남자와 마찬가지로 검붉은 얼굴에 귀에 모란을 꽂은 처용 가면을 쓰고 있었다. 중앙에 선 지휘자 격인 듯한 처용이 좌중을 향해 소리쳤다.

"이 몸으로 말할 것 같으면, 그 옛날 역귀를 물리쳤던 처용이다. 오늘 이 집에서 잡귀를 발견하면 혼쭐을 낼 터이니 혼구멍 나기 싫은 잡귀들은 모두 모두 이곳에서 물려나렸다!"

연회장에선 와아, 하는 함성과 박수갈채가 뒤따랐다.

둥둥둥둥.

다시 북소리가 울리자, 다섯 명의 처용이 일제히 기다란 한삼 자락을 펄럭이며 덩실덩실 춤을 추기 시작했다. 마님네 식구는 물론이고 머슴과 하녀들까지 나무 뒤에 몸을 숨긴 채 사당패 공연을 몰래 훔쳐보느라 바빴다.

하지만 집 안에 단 한 사람, 왁자한 공연엔 눈길도 주지 않는 남자가 있었다. 설을 쇠면 열여덟 살이 되는 머슴 한돌이었다.

널찍한 마당 외진 곳에 홀로 선 한돌의 눈길은 사당패가 아무렇게나 부려놓은 짐 꾸러미에 붙박인 채 고정돼 있었다. 한돌은 짐 꾸러미 안에 있는 기묘한 나무 가면 하나를 뚫어지게 내려다보는 중이었다. 눈이 있어야 할 부분이 살짝 움푹하게 들어가고, 코가 있어야 할 부분이 조금 솟아오른 듯 보였지만, 전체적으로 가면은 밋밋한 것이 형체라고 할 만한 게 없었다. 이래서야 각시 탈인지, 할미 탈인지 전혀 종잡을 수가 없었다. 그러나 정체불명의 가면이 뿜어내는 묘한 매력 때문에 한돌은 거기서 눈을 떼지 못하고 있었다.

나를 써.

어디선가 나른하면서도 소곤거리는 것 같은 목소리가 들렸다. 매혹적이면서도 요염하고, 무엇보다도 달콤한 목소리. 그 목소리는 마치 끈끈한 엿가락처럼 한돌의 귓전을 휘감았다. 한돌이 흠칫 놀라 고개를 퍼뜩 들고 주위를 둘러봤다. 아무도 없었다. 헐벗은 나뭇가지가 바람에 부딪혀 사그락거리는 소리만 희미하게 들릴 뿐이었다. 저만치서 나는 둥둥 북 치는 소리가 자신이 속한 처지와는 완전히 동떨어진 별세계 소리처럼 들렸다.

잘못 들은 건가.

한돌이 귓전을 감도는 끈적한 소리를 떨쳐내려는 듯 고개를 저었다.

나를 써.

조금 더 가까운 곳에서 목소리가 다시 말을 걸었다. 아까는 몇 발짝 떨어진 곳이었는데, 이번엔 바로 옆에서 들린 것 같았다. 무어라 표현하기 어려울 만큼 다디단 목소리였다. 어찌나 달짝지근한지 목소리만 들어도 숟가락 아래로 끈적하게 흘러내리는 꿀이나 조청이 머릿속에 그려졌다. 기분 탓인지 몰라도 공기 중에 달콤한 냄새마저 떠도는 것 같았다.

이리저리 불안하게 흔들리던 한돌의 눈동자가 발치에 있는 밋밋한 나무 가면에 닿았다.

"너냐? 나한테 말을 건 게?"

밋밋한 나무 가면의 입꼬리가 비쭉 위로 올라갔다. 기분 나쁜 미소를 짓는 것처럼. 한돌이의 두 팔에 오돌토돌 소름이 돋았다.

"너, 넌 대체 뭐야?"

가면이 구깃구깃 일그러졌다. 인상을 쓴 것 같기도, 얼굴에 주름이 잡히도록 활짝 웃은 것 같기도 했다.

나는 너야.

달콤한 목소리가 한돌의 귀에 대고 속삭였다. 달콤한 향기가 나는 따뜻한 바람이 한돌이의 온몸을 부드럽게 스치고 지나갔다. 여인의 부드러운 손이 어루만진 듯 한돌은 온몸에 전율이 일었다.

나를 써.

달콤한 목소리가, 꿀처럼 달짝지근한 향기가 한돌의 귓불을 핥듯이 지나갔다. 자신도 모르는 새 한돌의 손은 바닥에서 가면을 집어 들고 있었다. 가면은 맞춘 것처럼 한돌의 얼굴에 꼭 들어맞았다. 한돌이 가면을 덮어쓰자마자, 가면은 마치 피부인 양 얼굴에 그대로 찰싹 들러붙었다.

나는 너야.

한돌의 입이 제멋대로 움직였다. 가면이 한 말을 똑같이 따라하고 있었다. 그러나 처음 가면이 냈던 달콤한 목소리와 달리, 한돌의 입에서 나온 목소리는 소름이 끼칠 만큼 음산했다.

안마당에선 아직도 사당패의 춤사위가 한창이었다. 다들 공연에 정신이 팔려 거뭇한 그림자 하나가 대청마루를 지나는 것을 눈치채지 못했다. 이상하다는 낌새를 알아차린 건 무심코 연회장 쪽으로 시선을 돌린 애실이었다. 애실은 밋밋한 나무 가면을 쓴 남자가 시퍼렇게 날이 선 식칼을 손에 쥔 채 대감마님 쪽으로 휘청휘청 걸어가고 있는 것을 발견하고 비명을 질렀다. 눈 부위에 구멍이 나 있지도 않은데 가면 쓴 남자는 앞이 훤히 보이는 것처럼 똑바로 대감마님을 향해 걸었다.

"누, 누구냐, 넌!"

가면 쓴 남자가 워낙 서슴없이 다가서는 탓에 아무도 말릴 생각을 못 했다. 남자 손에 들린 식칼이 먼저 대감마님의 아랫배를 푹 찔렀다. 마님이 우욱, 신음을 내뱉으며 바닥에 그대로 쓰러졌다. 새빨간 피가 뿜어져 나와 순식간에 새하얀 옷자락을 물들이고 바닥을 질펀하게 적셨다.

가면 쓴 남자의 손이 다시 공중으로 치솟았다 내리꽂혔다. 푹, 소리가 나더니 이번엔 대감마님의 가슴팍이 빨갛게 물들었다. 곁에 앉았던 사람들이 공포에 질려 일어나지도 못하고 손바닥으로 바닥을 짚으면서 슬금슬금 뒷걸음질 쳤다. 사당패도 공연을 멈췄고, 식솔들은 그 자리에 선 채로 얼어붙었다. 창졸지간에 벌어진 사태에 경악해 다들 움직이지도, 비명을 지르지도 못하는 것 같았다. 가면 쓴 남자만이 홀린 것처럼 쉴 새 없이 칼을 쥔 손을 움직였다.

대감마님은 기어이 숨이 끊어졌는지 두 눈을 치켜뜬 채 꼼짝하지 않았다. 몸에서 흘러나온 피가 마님 주변에 둥그렇게 웅덩이를 그렸다. 가면 쓴 남자는 그제야 비척비척 일어나 주변을 둘러봤다. 열 발짝쯤 떨어진 곳에 대감마님의 큰아들과 작은아들이 있었다. 둘은 서 있는 것도 아니고 앉은 것도 아닌 엉거주춤한 자세로 오들오들 떨었다. 도망쳐야겠다, 생각만 했지 공포에 휩싸여 몸이 제대로 말을 듣

지 않는 것 같았다. 가면 쓴 남자가 흐느적거리는 걸음으로 그들에게
다가갔다.

"대체 왜 이러는 거야!"

큰아들이 비명을 지르려 할 때였다.

휘이익.

칼을 든 손이 허공을 갈랐다. 큰아들이 앞으로 고꾸라졌다.

"아아아악!"

작은아들이 비명을 내지른 것과 가슴에 칼이 꽂힌 것은 거의 동시
였다. 작은아들까지 나란히 쓰러지자 가면 쓴 남자는 손에서 칼을 툭
떨어뜨렸다.

데구르르.

동시에 남자의 얼굴에서 가면이 떨어져나와 바닥을 굴렀다. 그제
야 사람들이 일제히 비명을 지르며 연회장인 대청마루로 뛰어 올라
왔다. 그때까지 한돌은 자신이 무슨 짓을 한 줄도 모르는지 얼빠진
얼굴로 멍하니 엄청난 참사를 지켜보고만 있었다.

선노미가 숨을 고르느라 잠시 말을 멈추자, 방 안은 쥐죽은 듯이
고요해졌다. 다들 숨을 죽이고 그의 이야기를 듣고 있었다. 경악과
두려움이 반반쯤 섞인 표정이었다.

"그 사건 때문에 한동안 한양이 뒤숭숭했었죠."

먼저 입을 연 사람은 너구리를 닮은 선비였다. 놀란 눈가에 그늘이

짙게 드리워져서 조금 전보다 더 너구리처럼 보였다.

"머슴이 섣달그믐 날 남들 다 보는 앞에서 주인과 아들 둘을 다 찔러 죽였으니 난리가 안 나는 게 이상하지."

여우가 진저리가 쳐진다는 듯 중얼거렸다.

"정작 그 머슴은 자기가 무슨 짓을 했는지 전혀 기억이 안 난다고 주장했다던데요?"

노루가 조심스럽게 끼어들었다.

"기억이 안 나긴! 형량을 줄이려고 변명한 게지."

여우가 기가 찬다는 듯 코웃음 쳤다.

"그런데 그 사건이 잃어버린 가면과 무슨 관계가 있다더냐?"

웅성거리는 와중에 슬쩍 끼어든 이는 연암이었다. 다들 그게 궁금했다는 듯 말을 멈추고 일제히 선노미에게로 눈을 돌렸다. 선노미도 이젠 더는 떨리지 않았다. 분위기를 고조시키기 위해 한 호흡 정도 멈춘 뒤에 대답했다.

"그 가면은 저주받은 물건이었습니다."

복쇠는 예상했던 것보다 훨씬 빨리 잃어버린 가면이 어디에 있는지 알아냈다. 박 대감집 대참변에 관가가 총출동했고, 사건을 목격했던 남녀 노비들이 벌벌 떨면서 '이상한 가면을 쓴 한돌이가 뭔가에 홀린 것 같았다'고 고했기 때문이다.

관리들은 가면을 대감집에 들여온 사당패를 엄하게 추궁했다. 궁지에 몰린 사당패는 우리도 모르는 일이라고 하소연했다. 여위고 눈빛이 험악한 남자한테서 나례 행사에 필요한 가면들을 한꺼번에 구입했는데, 짐보따리 안에 문제의 가면도 함께 들어 있었다는 것이다.

만들다 만 것처럼 얼굴이 밋밋한 탓에 공연에 쓰기도 뭣해서 대충 팽개쳐 두었는데, 그걸 대감집 머슴이 어떻게 발견하고선 얼굴에 쓴 모양이라고 했다.

"생김새도 생김새지만, 그 가면은 보고 있으면 어쩐지 기분이 나빴어요. 몇몇은 가면에서 이상한 여자 목소리가 들렸다고 했고요. 헛소리가 틀림없지만, 뭔가 꺼림칙해서 곁에 두고 싶지 않았습니다."

사당패 우두머리는 문책하는 관리에게 그렇게 증언했다.

사당패가 사들인 가면들은 며칠 전 복쇠가 삼개주막에서 잃어버렸다고 신고한 물품과 일치했다. 사당패가 가면을 샀다는 사람과 가면을 훔친 자의 인상착의까지 딱 맞아떨어지는 걸 보니 도둑은 복쇠한테서 훔친 보따리를 그대로 사당패에 넘긴 모양이었다. 그 바람에 복쇠까지 관가에 끌려가게 되었다. 알고 있는 모든 걸 소상히 고해바친 뒤에야 잃어버린 물건과 함께 풀려날 수 있었다.

"그 가면, 마(魔)가 끼인 물건임더."

주막으로 돌아온 복쇠가 내뱉은 첫마디였다. 호기심으로 눈을 빛내고 있는 사람들에게 복쇠는 내뱉듯이 그렇게 말했다.

"마가 끼었다니 무슨 얘긴가?"

주막집 단골인 장쇠가 물었다. 삼개나루에서 일하는 장쇠와 소남, 귀돌 일행은 종종 삼개주막을 찾아 장국밥에 탁주를 곁들여 반주를 하는 사이였다. 그날도 어김없이 주막에서 술잔을 기울이다가 주막에 묵고 있는 복쇠가 장안의 화제인 박 대감집 참변과 관련 있다는 이야기를 듣고 궁금증이 발동해 기다리던 차였다.

"무슨 얘기긴 무슨 얘기라요. 말 그대로 마가 끼인 거지예. 한마디로 재수 없는 물건이라 이 말입니다."

밋밋한 가면을 만든 사람은 복쇠의 작은아버지, 세득이라고 했다. 세득은 이름난 가면 장인이었다. 피를 나눈 사이지만, 복쇠 아버지 장덕과 세득은 기질이 완전히 달랐다. 어려서부터 활달하고 붙임성 좋은 장덕이 영락없는 상인 재목이었다면, 세득은 그런 것과는 거리가 멀었다. 언제나 방 안에 틀어박혀 조용히 나무를 깎아 이런저런 조형물을 만들곤 했다. 어린 세득이 만든 조각품은 어른들이 만든 것보다 솜씨가 좋았다. 그 정도로 어린 시절부터 손재주가 빼어났다.

형제의 아버지는 소질을 알아보고 작은아들을 목공예 장인 밑에서 교육받게 했다. 철저한 장사꾼이었던 아버지는 아들이 훌륭한 가구 장인이나 장식품 장인으로 성장해 하루빨리 장사에 도움이 되기를 바랐다. 하지만 그런 기대와 달리 세득의 관심은 이상한 쪽으로 쏠렸다. 바로 가면이었다.

아버지는 수요도 많지 않은 가면 따위를 만들어서 뭘 하느냐며 수없이 설득했지만, 세득은 꿈쩍도 하지 않았다. 오히려 조선 최고의 가면을 만들 테니 그때까지 기다려달라며 호언장담을 늘어놓았다. 그러다 보니 부자지간에 의견 충돌이 끊이질 않았다. 어느 쪽도 제 뜻을 굽히지 않다가 결국 세득이 가족들과 연락을 끊고 사는 것으로 끝나고 말았다. 그런 탓에 복쇠는 작은아버지의 얼굴도 본 적이 없노라고 했다. 복쇠가 아는 작은아버지 얘기는 모두 아버지한테서 들은 것이다.

한 번도 만난 적 없는 작은아버지지만, '조금만 더 세상 물정에 밝았으면 그런 일을 겪지 않았을 텐데……' 하는 아버지의 한탄을 듣고 복쇠는 세득의 융통성 없고 꽉 막힌 성격을 다소나마 짐작할 수 있었다.

가족과 인연을 끊다시피 한 세득은 좋은 목재를 구할 수 있는 산기슭에 움막을 짓고, 가면 만들기에 골몰했다. 세득이 만든 가면은 워낙 질이 좋아 한번 구매한 이들은 '반드시'라고 해도 좋을 만큼 다시 세득의 물건을 찾았다. 조금씩 입소문이 나자 산 너머 멀리서도 주문이 들어왔다. 처음엔 제 한 몸 건사하기도 어렵겠다 싶었는데, 나중엔 처자식까지 먹여 살릴 수 있을 정도로 형편이 폈다. 세득이 장가를 든 것은 이 무렵이었다.

아내 약비는 미색으로 일대에 소문이 자자한 여자였다. 그런 여자가 어쩌다 세득 같은 외골수한테 시집을 오게 됐는지는 분명치 않았다. 주변에선 고아에다 피붙이가 없어 어릴 때부터 고달프고 외롭게 살아온 약비가 역시 외톨이나 마찬가지인 세득에게 연민을 느꼈을 거라고 추측했다.

이유야 어쨌든 세득은 젊고 어여쁜 약비를 끔찍하게 아꼈다. 약비도 지아비를 알뜰살뜰 보살폈다. 얼마 지나지 않아 둘 사이에선 아들 길동이가 태어났다. 누가 봐도 단란하고 행복한 가정이었다. 그러나 둘 사이에 피어난 행복은 생각보다 일찍 지고 말았다. 약비가 다른 남자와 정을 통했기 때문이었다.

약비의 내연남 순홍은 세득과 친구 사이였다. 사교성이라곤 찾아보기 어려운 세득에게 순홍은 세상 유일한 친구나 마찬가지였다. 산짐승을 잡아 생활하는 순홍은 세득과는 달리 천성이 호탕하고 대범했다. 어쩌면 정반대라고도 할 수 있는 성격인데, 극과 극은 통하는 모양인지 둘은 희한하게도 빨리 가까워졌다. 훗날 사람들은 순홍이 약비에게 접근하려 일부러 세득과 가깝게 지낸 것이라 쑥덕거리기도 했는데, 사실이 어떻든 한때 세득과 순홍이 막역한 사이였던 것만은 분명해 보였다. 하지만 불행하게도 약비와 순홍 사이엔 그래선 안 될 애정이 싹트기 시작했고, 기어이 넘지 말아야 할 선을 넘어버렸다.

일단 금단의 영역을 넘긴 뒤에는 거리낄 게 없어진 모양인지 둘은 몰래 외도를 하는 것만으로도 모자라 엄청난 계획을 꾸미기 시작했다. '장애물'인 세득을 없애버리고 둘이서 살림을 차리는 것이었다.

세득을 제거하는 갖은 방법을 논의한 끝에 독약을 먹이기로 결정했다. 세득이 갑자기 죽어버리면 내연 관계를 의심받을지도 모르니 약비가 세득의 밥에 조금씩 독을 풀어 천천히 남편을 죽이기로 한 것이다.

어느 날부터 세득은 서서히 여위고 얼굴이 누렇게 뜨기 시작했다.

속이 쓰리고 현기증이 나는 날이 잦아졌지만, 원인을 알 수 없었다. 약비는 '온종일 공방에 틀어박혀 가면만 만들어서 그렇잖아요' 걱정하는 척하며 몸에 좋다는 약을 지어 먹였다. 약을 먹을수록 몸이 더 안 좋아지는 것 같았지만, 세득은 잠깐 그러고 말겠지 하며 대수롭지 않게 넘겼다.

약비와 순흥의 끔찍한 계획은 한 달 남짓 이어졌다. 그날도 어김없이 약비가 차려준 밥상을 받아들었다가 갑작스럽게 쓰러졌는데, 이번엔 다시 일어나지 못했다. 세득이 살아서 마지막으로 본 것은 죽어가는 저 자신 앞에서 아내와 하나뿐인 친구가 환하게 미소 짓는 장면이었다.

"이제야 끝이 나는 모양이네요."

"그간 참느라 고생했어."

단말마의 경련에 몸을 떨면서도 세득은 눈앞에서 벌어지는 광경이 이해가 가지 않아 눈만 끔벅거렸다. 순흥이 삭정이처럼 바싹 마른 세득의 몸을 안아 일으켰다.

"아직도 모르다니, 자네도 참 바보로군."

순흥이 몸을 굽혀 세득의 귓가에 속삭였다.

"이젠 마지막이니 저승 가기 전에 궁금증은 털고 가게. 자네를 죽인 건 바로 우리야. 그동안 자네 마누라가 밥에다 독을 풀었다고."

세득의 두 눈에 적나라한 공포가 어렸다. 그가 초점을 잃어가는 눈을 움직여 친구를 그리고 아내의 얼굴을 물끄러미 쳐다보았다. 약비는 겁에 질린 세득의 시선을 외면하며 고개를 돌렸다. 하지만 죽어가는 자의 시선은 동정도, 슬픔도 깃들지 않은 아내의 표정을 놓치지 않았다.

"짐승 같은 것들. 네놈들은…… 계속…… 가면을 쓰고…… 있었구나."

세득이 힘겹게 마지막 말을 내뱉었다. 그러곤 끝이었다. 천장을 향해 벌어진 검은 두 눈은 깊이를 헤아리기 힘든 어두운 우물 같았다. 순홍이 쯧, 혀를 차며 세득의 벌어진 두 눈을 감겼다. 순간 발치 부근에서 무언가 바닥에 툭 부딪히는 소리가 들렸다. 힘이 풀린 망자의 손에서 떨어져 나온 가면이었다. 지독하리만큼 가면 만들기에 집착했던 세득은 마지막 순간까지 만들던 가면을 손에서 놓지 않고 있었다.

순홍은 한동안 가면을 빤히 쳐다보았다. 미처 완성되지 못한 가면은 눈코입이 있어야 할 부분이 밋밋해서 어딘지 모르게 불길하게 느껴졌다.

"뭐 이렇게 기분 나쁘게 생긴 가면이 다 있어."

순홍이 가면을 발로 차면서 중얼거렸다. 밋밋한 가면은 바닥을 데굴데굴 구르다 모서리에 맞고 멈췄다. 아주 짧은 순간이었지만, 약비는 나무로 된 가면의 입꼬리가 두 사람을 비웃듯 비죽 올라가는 걸 본 것만 같았다.

세득의 장례는 조촐했다. 타인과 교류가 거의 없었던지라 그의 죽음을 슬퍼하는 사람은 많지 않았다. 더욱이 그의 죽음을 의심하는 사람은 하나도 없었다. 세득의 가면을 오래 취급한 거래처는 언젠가부터 세득이 시름시름 아팠다는 사실을 알고 있었지만, 그의 죽음 뒤에 추악한 진실이 숨겨져 있을 줄은 상상도 하지 못했다.

장례를 다 치르고 약비와 순흥은 자축하며 약주를 들었다. 이제 거리낄 것은 아무것도 없었다. 적당한 때를 봐서 살림을 차릴 일만 남았다.

"세득이 만든 가면은 남김없이 다 팔았지? 그거 아마 돈이 꽤 될 텐데."

순흥이 약비를 부둥켜안고 귓가에 속삭였다. 이미 만취해서 얼굴이 불콰해져 있었다.

"다 팔았어요. 만들다 만 것 하나만 빼고요."

"아, 죽을 때까지 손에 쥐고 있던 것 말이지?"

"그래요. 흉측한 저 물건만 빼고."

약비가 방 한구석에 놓인 가면을 가리켰다. 모양새가 그렇다 보니 사려는 사람이 아무도 없었다. 그렇다고 어딘가에 버리자니 어쩐지 기분이 찝찝해 도저히 엄두가 나지 않았다.

"저런 보잘것없는 가면 하나 가지고 뭘 그렇게 몸서리 치나."

순흥이 히죽히죽 웃었다. 갖고 싶던 여자를 드디어 손에 넣었다는 자만심에 한껏 취한 그는 친구를 죽인 죄책감이나 벌 받을지도 모른다는 두려움 따위는 털끝만큼도 느끼지 못했다. 오히려 약비가 가면을 보고 질색하자 그런 그녀를 놀려주고 싶은 충동마저 느꼈다.

"어디 한번 볼까, 당신 남편이 죽어가면서 만든 대단한 가면."

순홍이 느물거리며 손을 뻗어 가면을 집어 들었다. 불길함을 느낀 약비가 순홍의 손에서 가면을 뺏으려 했지만, 순홍 쪽이 더 빨랐다. 순홍이 자신의 얼굴을 가면 속에 쓱 집어넣었다. 아니, 가면이 먼저 기다렸다는 듯 스르륵 순홍의 얼굴을 덮은 것처럼 보였다.

덜그럭.

방문 문고리를 닫아건 듯한 소리, 열렸던 서랍이 닫히는 듯한 소리가 들렸다.

잘 설명할 순 없지만, 약비는 본능적으로 소름이 돋았다. 가면을 쓴 순홍이 꼭 다른 사람처럼 느껴졌다. 그의 안에 있던 무언가가 깨어난 것 같다고 직감했다. 약비는 가슴이 턱 막히는 것만 같았다.

가면을 쓴 순홍은 잠시 가부좌를 튼 채 명상하는 승려처럼 꼼짝도 하지 않고 앉아 있기만 했다. 겁에 질린 약비가 '이봐요, 장난 같은 거 그만하고 제발 가면 좀 벗어요' 하며 순홍의 어깨를 흔들었다. 순홍이 반응하듯 스르륵 고개를 돌렸다. 눈구멍도 뚫리지 않은 밋밋한 가면을 쓴 순홍의 시선이 닿은 곳은 아직 제 아비 죽음도 모르는 어린 길동이었다. 이제 막 아장아장 걷기 시작한 길동은 통통한 두 다리로 일어서서 몇 발 걷다가 털썩 주저앉고, 다시 일어섰다 털썩 주저앉았다. 순홍은 뭔가에 홀린 것처럼 비척비척 길동에게 다가갔다.

아기는 낯선 가면을 보고도 방긋 웃었다. 순홍은 길동을 번쩍 들어 제 다리 위에 앉혀두는가 싶더니 별안간 아기 목을 조르기 시작했다.

으아아앙.

울음이 터진 길동은 곧 순홍의 투박한 손에 목이 비틀려 컥컥대는 첫소리만 겨우 뱉었다. 약비가 기겁해서 두 사람에게로 달려갔다.

"당신 미쳤어? 내 아들한테 왜 이래!"

순홍은 약비 말이 들리지도 않는지 길동의 목덜미를 잡은 손에 힘을 풀지 않았다.

약비가 미친 듯이 순홍의 팔을 때리고 매달려도 꿈쩍도 하지 않았다. 산짐승을 사냥하며 산을 돌아다니느라 단련된 건장한 순홍의 육체는 가녀린 약비의 공격 따위엔 아랑곳하지 않았다.

끄윽끄윽.

좀 전까지 희미한 첫소리라도 흘리던 아이의 눈은 이제 흰자위가 허옇게 뒤집히면서 금세라도 숨이 넘어갈 것 같았다. 자식이 죽을까 봐 이성을 잃어버린 약비가 순홍의 팔뚝을 와락 물어뜯었다.

"아악!"

살이 뜯기는 고통에 순홍이 비명을 지르며 길동의 목에서 손을 뗐다. 약비가 있는 힘을 다해 문 팔뚝에선 피가 철철 흐르고 있었다. 상처는 살점이 뜯겨 나갈 정도로 너덜거렸다.

약비는 달려가 길동을 품에 덥석 안았다. 아기는 한동안 숨이 넘어갈 듯 헐떡거리다 한참 후에야 깨어나 으앙, 소리 지르며 울기 시작했다. 길동의 목덜미엔 양 손가락 열 개 자국이 시뻘겋게 남아 있었다. 시간이 지나면 아이의 하얀 살결에 퍼런 멍이 들 게 분명했다.

"울지 마, 울지 마. 엄마가 지켜줄게."

약비가 길동을 안고 어르며 간절하게 중얼거렸다. 길동을 살렸다는 안도감에 마음이 놓이긴 했지만 잠시뿐이었다. 순홍이 길동의 목을 조른 게 무슨 의미였는지 알아차리자 심장이 미친 듯이 고동쳤다.

"이 미친놈아, 대체 무슨 억하심정이 있어 아무 잘못도 없는 어린 애를 죽이려 한 거야?"

약비가 순홍에게 악을 썼다. 조금 전까지 사랑을 속삭이던 남자라는 생각은 온데간데없이 사라지고, 이제는 순홍이 제 새끼를 죽이려고 한 괴물로만 보였다.

팔뚝에서 피가 흐르는 것도 모르고 넋을 놓고 앉아 있던 순홍의 얼굴에서 가면이 툭 떨어졌다. 가면이 벗겨진 순홍은 자다 막 깬 사람처럼 어리둥절한 얼굴이었다. 그러더니 이끌리듯 약비가 보듬고 있는 길동이 쪽으로 스르르 고개를 돌렸다. 그때 순홍의 눈동자에 어린 빛을 본 약비는 오한이 든 것처럼 온몸이 떨렸다. 순홍은 약비에게 세득을 죽이자고 꼬시던 때와 똑같은 눈을 하고 있었다. 그건 살인자의 눈이었다.

"아깝다……."

순홍의 입에서 낮은 탄식이 흘러나왔다. 순홍의 목소리라고 믿기 어려울 만큼 낮고, 음산한 목소리였다. 약비가 저도 모르게 꺄악, 비명을 지른 것과 동시에 초점을 잃은 순홍의 목이 고장 난 인형처럼 아래로 툭 떨어졌다.

그날 동이 틀 때까지 약비는 밤새 한숨도 자지 못했다. 순흥과 자신이 이미 돌이킬 수 없을 만큼 어긋나 버렸다는 것을 약비는 잘 알았다. 자식을 죽이려 한 남자를 용서할 어미는 세상에 없다. 이제껏 순흥이 길동을 제 자식처럼 어여삐 여기는 줄로만 알았는데. 그게 다 눈속임이었다니. 내심 길동을 없앨 기회만 호시탐탐 노리고 있었다니.

아직 걸음마도 못 뗀 어린아이를 없애는 건 간단하다. 아이들은 병도 잘 들고 사고로 어이없게 목숨을 잃곤 하니까. 어쩌면 순흥은 약비의 눈이 닿지 않는 곳에서 길동을 처리한 뒤 자연사라고 시치미를 떼려고 했을지도 모른다. 그래도 자신은 털끝만큼도 의심하지 않았겠지. 그렇게 생각하자 약비는 온몸이 부르르 떨렸다. 하마터면 제 새끼를 죽인 남자와 평생 살을 맞대며 살았을지도 모른다고 생각하니 상상만 해도 치가 떨렸다.

술이 과했기 때문인지 기분 나쁜 가면 때문인지 알 수 없지만 약비는 지금이나마 순흥의 실체를 알게 된 게 다행스러웠다. 고작 이런 남자 때문에 세득을 죽였다니. 애 딸린 여자 혼자 생계를 꾸려야 하는 인생은 험난한 가시밭길이다. 남편과 같이 살았더라면 호강은 못하더라도 굶어 죽을 걱정은 하지 않았을 텐데. 갑자기 후회가 밀물처럼 몰려왔다. 그래도 길동에게 살의를 품고 있는 순흥 곁에 계속 머무를 순 없었다.

순흥은 자신이 저지른 일에 사과도, 변명도 하지 않았다. 사과해봤자 용서받을 수 없고, 어쭙잖게 변명해봤자 통하지 않을 것이라 생각했으리라.

약비 역시 더는 순흥을 책망하지 않았다. 충격이 너무나 커서, 그 일을 입에 담는 것조차 두려워서였다. 다만 이대로 함께 살 순 없다는 걸 둘 다 잘 알았다. 하지만 둘은 세득을 죽인 공범. 절대 밝혀져선 안 되는 이 범죄가 서로 남남이 돼서도 끝까지 비밀로 지켜질 수 있을까.

순흥이 아무 말 없이 줄곧 술만 들이켜는 이유는 아마도 잠시나마 현실에서 눈을 돌리고 싶어서일 것이다. 결국엔 맞닥뜨려야 하겠지만, 그걸 조금이라도 늦춰보고 싶은 것이다. 그런 순흥의 마음을 약비는 너무도 잘 이해했다. 순흥을 피해 길동과 함께 계속 부엌에 처박혀 있는 자신도 똑같은 심정이니까.

조만간 닥칠 파국을 조금이라도 늦추기 위해 약비는 순흥을 마주하는 대신 회피하는 방법을 택했다. 그 상태가 언제까지고 계속될 수 없다는 건 잘 알았다. 하지만 사냥꾼을 피해 달아나다 구멍 속에 머리를 처박는 꿩처럼 현실을 그저 부정하고만 싶었다.

"엄마, 엄마."

다가와 품에 안긴 길동이 칭얼거렸다. 이런 데서 밤을 지새고 있으니 아이도 힘들 테지. 약비는 아이의 얼굴을 쓰다듬다가 옷깃을 젖혀 목덜미를 살펴보았다. 하얀 피부에 이미 멍 자국이 시퍼렇게 올라와 있었다. 그걸 보자 약비는 다시 분노와 서러움이 치솟아 눈물이 왈칵 나려 했다.

"우리 아기 착하지. 엄마가 맛있는 죽이라도 쒀줄게."

약비가 길동을 안아 올렸다. 그러자 아이의 손에서 무언가가 툭 떨어졌다. 눈코입이 없는 밋밋한 얼굴. 아까 순흥이 썼던 그 불길한 가면이었다. 길동을 안고 부리나케 부엌으로 도망쳐 오느라 아이가 그 사이 가면을 주워들었던 것도 눈치채지 못했다.

"재수 없는 물건!"

약비가 가면을 대차게 걷어찼다. 가면은 또르르 구르다 부엌 한 귀퉁이 모서리에 맞고선 딱 멈췄다. 그러고도 분이 풀리지 않은 약비는 씩씩거리며 가면이 있는 쪽으로 다가갔다. 발로 밟아서 부숴버릴까, 화덕에 넣어서 태워버릴까. 가면을 보며 느꼈던 막연한 두려움은 이미 사라진 지 오래였다. 지금 약비에게 그 가면은 없애버려야 마땅한 저주스러운 존재였다. 그런 가면에서 느닷없이 소리가 흘러나왔다.

나를 써.

꿀처럼 달콤한 목소리가 들렸다. 약비가 흠칫 놀라 주위를 돌아보았다. 내가 잘못 들었나?

따뜻하고 부드러운 한 줄기 바람이 약비의 전신을 훑고 지나갔다. 바람이 스치고 간 부위는 마디마디마다 긴장이 풀려 노곤해지며 온몸이 흐물흐물해지는 느낌이었다. 조금 전 머리끝까지 치솟았던 화도 스르르 녹아버린 것 같았다. 그대로 눈을 감고 봄바람 같은 따뜻한 공기에 몸을 맡긴 채 잠들고 싶었다.

나를 써.

다시 목소리가 들렸다. 거부할 수 없는 황홀한 음성. 누군가 직접 귀에다 대고 속삭인 것처럼 약비의 귓가에 따뜻한 숨결이 와 닿았다. 귓불을 지나 두 뺨을, 머리칼을, 눈꺼풀을 어루만졌다. 숨결이 와 닿는 감미로운 촉감에 약비는 그대로 정신을 놓아버릴 것 같았다. 결이 곱다는 비단도, 막 피어난 여린 잎도 이보다 더 보드라울 수는 없었다. 숨결이 스치고 갈 때마다 달콤한 향기가 약비의 코끝을 간지럽혔다. 치자꽃이나 금목서 같은 은은한 향은 아니다. 조금 더 들쩍지근하고 강렬한 향. 엿을 만들 때 나는 다디단 달콤함이었다.

약비가 저도 몰래 가면을 집어 들었다. 가면의 밋밋한 얼굴 표면이 꿈틀댔다. 약비에게 히죽 웃어 보인 것처럼.

나는 너야.

달콤한 향기를 머금은 따뜻한 바람이 이번엔 더 은은하게 약비의 귓가를 어루만졌다. 바람이 속삭인 소리는 따뜻하고 끈끈한 꿀처럼 약비의 귓가에 눅진하고 끈적하게 들러붙었다.

주저하던 약비가 얼굴을 가면 속에 집어넣었다. 가면은 마치 맞춘 것처럼 약비의 얼굴에 꼭 들어맞았다.

가면을 쓴 채 한동안 멍하니 넋 놓고 있던 약비는 비칠비칠 일어나 순홍의 술상을 차리기 시작했다. 순홍이 좋아하는 탁주에 고기 몇 점. 가면 때문에 앞이 보이지 않을 텐데도 약비의 손은 자동으로 척척 움직였다. 무언가에 조종당하는 꼭두각시처럼.

상차림을 마친 약비는 아궁이 옆으로 손을 집어넣어 사각형으로 곱게 접힌 종이를 꺼냈다. 종이는 한 개가 아니라 열댓 개는 돼 보였다.

약비는 하나씩 펴서 그 안에 있던 하얀 가루를 모두 술병에 탈탈 털어 넣었다. 하나, 둘, 셋……. 하얀 가루가 남김없이 뿌연 탁주 속에 녹아들었다. 약비가 술상을 들고 방으로 향했다. 비척비척하는 걸음걸이로.

독을 마신 순흥은 그 자리에서 숨을 거뒀다. 순흥이 죽자, 약비의 얼굴에서 가면이 툭, 떨어져 나왔다. 그제야 정신을 차린 약비는 자신이 무슨 짓을 했는지 깨닫고 경악했다. 순흥을 죽인 건 남편 세득을 죽일 때 썼던 것과 같은 약이었다. 세득이 죽은 뒤에도 약은 남아 있었다. 약비는 세득의 밥에 소량으로 넣었던 약을 순흥의 술에 치사량이 넘을 만큼 한꺼번에 털어 넣은 것이다.

넋이 나간 약비는 그날 아침 부엌에서 스스로 목을 맸다. 약비의 다리가 한참 동안 허공에서 버둥대다 마침내 움직임을 멈추자, 어디선가 음산한 웃음소리가 들렸다.

후후후.

요염하고 매혹적인, 꿀처럼 달콤한 웃음이었다.

"대체 어째서 그런 일이 일어난 거야?"

이야기를 듣는 내내 귀신이라도 본 것 같은 표정을 짓던 소남은 복쇠가 이야기를 끝내자마자 다그치듯 물었다. 장쇠 일행뿐만 아니라, 주막에서 국밥을 푸며 이야기를 훔쳐 듣던 손님들까지 대답을 기다리는 눈치였다.

"그 가면은…… 맨얼굴을 드러내게 만드는 가면이었심더."

복쇠가 씁쓸한 얼굴로 말했다.

"맨얼굴을 드러내게 만들다니?"

귀돌이의 질문에 장쇠가 아하, 하면서 제 허벅지를 탁 때렸다.

"가면이란 게 원래 얼굴을 가리는 물건 아닌가. 그런데 반대로 세득의 원한이 맺힌 가면은 쓴 사람의 진짜 얼굴을 보여주는 걸세."

"진짜 얼굴?"

"남들에게 절대 내비치지 않는 어두운 속내 말일세."

그러고 보니, 하며 다들 감탄 비슷한 소리를 냈다. 복쇠도 '그렇심더' 하면서 고개를 끄덕였다.

"그래서 가면을 쓴 순흥이 길동의 목을 조르고, 약비가 술에다 약을 탄 것이로구먼. 겉으로 드러내진 않았지만 그런 생각을 품고 있었으니까."

"믿었던 친구와 아내에게 배신 당한 세득이 내린 저주겠지."

"거참……."

귀돌이 절레절레 고개를 저었다.

졸지에 부모를 모두 잃은 길동은 큰아버지 장덕이 맡아 키웠다. 약비가 죽은 직후 장덕이 동생네 집을 찾아온 건 불행 중 다행이었다. 연락이 두절된 동생의 행방을 수소문했던 장덕은 뒤늦게 알음알음으로 소개받은 상인에게서 세득의 거처를 전해 듣고 찾아온 것이었다.

하지만 장덕이 마주하게 된 건 세득과의 재회가 아니라 처참하게 죽은 동생 부부와 홀로 남겨진 어린 조카, 한눈에도 기분 나쁜 밋밋한 가면밖에 없었다.

"아버지는 몇 번이고 가면을 없앨라고 했씸더."

하지만 허사였다. 나무로 만든 게 분명한 가면은 돌로 내리치고 무거운 것으로 짓눌러도 부서지지 않았다. 불구덩이에 넣어도 타지 않았다. 화덕에 던졌더니, 불길이 타오르는 내내 후후후, 하는 소름끼치는 웃음소리가 퍼졌다.

"달콤한 목소리였다 캅띠다. 그 목소리가 불길 속으로 걸어 들어오라고 손짓하는 것 같아서 울 아부지는 두 손으로 귀를 막아버렸씸더."

그런 요상한 물건을 아무데나 놔뒀다간 큰 난리가 벌어질 거라 생각한 장덕은 가면을 짐보따리 안에 깊숙이 넣고 집으로 가져왔다. 어쨌든 그건 죽은 동생이 남긴 유품이기도 했다. 장덕은 사람들 눈에 띄지 않는 곳에 가면을 묻어두고 절대 그 곁에 다가가지 않았다.

세월이 지나 장덕도 나이를 먹고 병이 들었다. 남은 날이 길지 않으리라 직감한 그는 아들 복쇠에게 가면을 한양에 있는 절에다 맡겨달라고 당부했다. 그런 물건은 세상 밖으로 나와선 안 된다고, 이미 사찰 주지와는 얘기가 다 되었다고. 복쇠가 가면의 존재를 알게 된 건 그때가 처음이었다.

복쇠는 아버지 이야기를 듣고 질겁했다. 자신은 한양까지 그런 불길한 물건을 들고 갈 수 없다고 도리질을 쳤다. 하지만 장덕도 믿는

구석이 있었다.

"아부지는 니는 똑똑하진 않아도 겉과 속이 다른 놈은 아니니 괜찮을 거다, 했심더. 아부지도 가면의 유혹을 들었던 모양이라예. 가면이 이렇게 속삭였다 캅니더. '나를 써. 나는 너야'라고. 그때 아부지는 세상 물정에 밝은 분답게 직감하셨던 거 아니겠습니꺼. 이 가면은 본심을 드러내는 가면이구나, 하고예."

마침 나례 때 쓸 가면을 팔 일이 생겨 복쇠는 어쩔 수 없이 태어나 처음으로 한양 땅을 밟았다. 그런데 하필이면 도둑을 만나 짐이 털리는 바람에 난리에 휘말리게 된 것이다. 어쩌면 그것도 가면의 저주일지 모르지만.

"길동은 그 뒤로 어떻게 됐나?"

복쇠가 짐짓 무거운 표정을 지어보였다.

"죽었심더. 허약해서 열 살을 못 넘겼지예. 어릴 땐 늘 같이 놀았는데. 지금도 가끔 형 생각이 납니더."

분위기가 숙연해졌다. 장쇠 일행과 복쇠는 한동안 묵묵히 술잔만 기울였다. 소남이 갑자기 생각났다는 듯 물었다.

"헌데 자네는 가면을 써보고 싶다는 충동을 느끼지 않았나?"

복쇠가 손사래를 쳤다.

"어데예. 택도 없는 소리 마이소."

"자네 아버지 말대로 겉과 속이 다르지 않다면 거리낄 게 없지 않은가."

"그렇지. 그래서 가면을 갖고 놀던 어린 길동이도 무사했던 게지."

장쇠와 귀돌이 맞장구를 치자 복쇠는 진지한 얼굴이 됐다.

"아부지 말마따나 지는 나쁜 놈은 아닙니더. 하지만 부처님도 아니라예. 하루에도 수십 번씩 나쁜 생각을 하면서도 그걸 깨닫지 못했는지도 모릅니더. 그러니 어떻게 그 가면을 쓰겠습니꺼? 가면을 쓴 내가 어떤 모습일지 상상만 해도 오금이 저립니더."

선노미가 이야기를 마치자, 방 안엔 정적이 흘렀다. 처음엔 자신이 실수라도 했나 싶었는데, 사람들 표정을 보니 다들 생각에 잠긴 얼굴이었다.

조심스럽게 선비들을 둘러보던 선노미가 연암과 눈이 마주쳤다. 연암은 보일락말락 미소 지으며 선노미에게 고개를 끄덕였다.

아, 다행이다. 내가 망치진 않은 모양이다. 선노미는 속으로 가슴을 쓸어내렸다.

"자신의 진짜 모습을 알려주는 가면이라……. 꽤 으스스하군."

너구리가 먼저 입을 열었다.

"아무런 거리낌 없이 그 가면을 쓸 수 있는 사람이 이 세상에 몇이나 되겠습니까. 다들 얼마쯤은 시커먼 속내를 감추고 위선이라는 가면을 쓴 채 살아가니까요."

모두 고개를 끄덕였다.

"아, 그런데 박 대감과 아들들을 살해한 그 머슴은 어째서 그런 겐가? 한낱 머슴이 대감네 식구들한테 무슨 원한이 그리 많았다고."

올빼미가 갑자기 생각난 듯 말했다.

"그건 제가 들은 게 있습니다. 머슴은 대감이 여종을 건드려 낳은 자식이라더군요."

노루가 대답했다.

"아, 그 머슴이 대감의 핏줄이었단 말인가."

올빼미가 탄식했다.

"그렇습니다. 하지만 부모 중 하나가 노비일 경우, 자식은 무조건 노비가 된다는 지금 법률에 따라 노비가 됐죠. 대감은 그를 자식 취급하지 않았고, 대감네 아들들은 배다른 형제를 막 대했다더군요. 아마 맺힌 게 많았을 겁니다. 그 속내가 가면 때문에 드러난 거고요."

"자신의 추악함을 깨닫는 건 무서운 일이지."

노루의 말을 너구리가 받았다.

미소를 머금고 지켜보던 연암이 대화에 끼지 않는 여우에게 넌지시 말을 건넸다.

"어떤가? 이런 이야기를 달리 또 어디서 듣겠는가? 그러니 우리가 저 아이에게 감사해야 하지 않겠나."

여우는 부루퉁한 표정을 지었다. 여전히 뭔가 마뜩잖은 얼굴이었다.

"그래봤자 항간에 떠도는 허황된 얘기 아닙니까. 이게 무슨 도움이 될지 잘 모르겠군요."

기대 이상의 호응으로 첫 기담회를 무사히 마친 것 같아 뿌듯했던 선노미는 여우의 싸늘한 반응에 기분이 축 가라앉았다.

역시 나는 이런 자리에 껴선 안 되는 걸까. 다른 사람들도 속으로는 여우랑 똑같이 생각하지 않을까.

머릿속이 복잡해진 채로 선노미는 선비들에게 깍듯이 인사를 올리고 자리에서 물러났다.

며칠 뒤 삼개주막에 한 심부름꾼이 찾아왔다. 머리칼이 희끗희끗한 것이 제법 나이를 먹은 남자였다. 어느 양반 나리 심부름차 왔다는 남자는 주위를 휘휘 둘러보더니 안마당을 쓸던 선노미를 발견하곤 곧장 다가왔다.

"네가 선노미라는 아이냐?"

"그렇습니다."

"주인 나리께서 너한테 이걸 전해 주라고 하셨다."

선노미가 어리둥절해하며 남자가 건넨 보따리를 받아들었다.

풀어보니 안에는 깨끗한 종이 말고도 벼루와 먹, 붓까지 문방구가 다 갖춰져 있었다. 벼루는 새것은 아니었지만, 선노미로선 태어나 처음으로 만져보는 귀한 물건이었다.

"혹시 사람을 잘못 찾으신 건 아닌가요?"

선노미가 되묻자 남자가 미심쩍은 듯 눈을 가늘게 떴다.

"삼개나루 근처 주막에서 일하는 선노미라는 아이가 너 말고 또 있느냐?"

"……아니오."

"그렇다면 네가 맞다. 나리께서 별난 이야기 잘 들었다고 선물로 주신 게다."

"별난 이야기요?"

요전번 기담회를 가리키는 게 틀림없었다. 그렇다면 선물을 준 나리는 기담회에 참석한 사람일 텐데. 누굴까? 인상이 순해 보였던 노루? 아니면 올빼미? 나리의 성함을 여쭤보려다 선노미는 자신이 선비들 이름을 하나도 모른다는 데 생각이 미쳤다.

"저…… 나리는 어떻게 생기셨나요?"

"우리 나리? 깡말라서 얼굴에 볼살이 없고, 턱이 뾰족하시지."

그 생김새는 여우가 아닌가? 선노미는 머리가 혼란스러웠다. 그럴리가 없는데. 그 사람은 나를 못마땅해하는 것처럼 보였는데. 생각에 골몰한 선노미 입에서 저도 모르게 '설마 여우가?' 라는 말이 툭 튀어나왔다.

"예끼, 이놈아. 나리님께 버릇없이 그게 무슨 소리냐!"

당장에 남자의 불호령이 떨어졌다. 선노미가 목을 움츠렸다.

"죄송합니다."

"흠흠, 그러고 보니 여우랑 닮긴 닮았지."

킥킥, 웃음소리가 들려 고개를 들어보니 남자는 은근히 재미있어 하는 것 같았다. 조금 전 불호령도 진심은 아니었나 보다. 마음을 놓은 선노미가 조심스럽게 물었다.

"나리께서 이걸 보내신 게 맞나요? 나리는 절 싫어하시는 것 같았는데……."

남자의 표정이 진지해졌다.

"싫어하신다고? 왜 그렇게 생각하니?"

선노미는 말문이 막혔다. 그러자 남자가 대신 말했다.

"표정이 뚱하고, 무뚝뚝하고, 입을 열 때마다 뾰족하게 가시 돋친 말만 해서?"

하나 같이 맞는 말이라 선노미는 이래도 되나 생각하면서도 잠자코 고개를 끄덕였다.

"그 때문에 나리가 오해를 많이 받으시지. 하지만 속마음은 따뜻하신 분이라고."

남자는 볼일이 끝난 것 같았는지 손을 털고 주막을 나섰다. 막 싸리문을 닫으려다 말고 문득 생각난 것처럼 아, 하며 돌아봤다.

"나리께서 너한테 전하라셨다. 언문도 모르는 아이한테는 과분한 물건이라고."

"네?"

선노미가 입을 딱 벌렸다. 조금 전까지 감사해하던 마음이 싹 가셨다. 아니 그 양반은 선물을 줄 거면 그냥 줄 것이지 말을 왜 그따위로 하냐! 속마음이 무심코 얼굴에 드러났는지 남자가 피식 웃었다.

"나리를 오래 모신 내가 풀이해주자면, 그 말은 '그걸로 언문 공부 하라'는 뜻이야. 아마도 네가 꽤 마음에 드신 모양이다."

선노미는 어안이 벙벙해서 멀어져가는 남자와 제 품에 안긴 선물 보따리를 번갈아 바라보았다. 내가 마음에 드셨다고? 그게 무슨 말이지? 어쩌면 그분도 속마음과 다른 가면을 쓰고 있었던 건가?

어둠이 내려앉기 시작한 공터는 황량했다. 잎이 모두 떨어진 앙상한 나뭇가지가 바람에 애처롭게 몸을 떨었다. 이따금 불어오는 겨울바람이 거리에 적막감을 더했다.

사람들 발길이 뚝 끊어진 공터에 사내아이 하나가 혼자서 바닥에 그림을 그리며 놀고 있었다. 나이는 대여섯 정도. 옷차림새나 행동거지를 보건대 양반집 아이는 아닌 모양이었다. 부모가 바쁜 건지 아이에게 무관심한 건지 아이는 날마다 이 시간쯤이면 공터에 혼자 나왔다.

그런 아이를 먼발치서 한 남자가 지켜보고 있었다. 아이가 매일 여기서 혼자 논다는 사실을 남자는 잘 알고 있었다. 어지간해선 이곳을 찾는 사람들이 없다는 것도.

뭘 망설이는 거야?

남자의 귀에 달콤한 목소리가 울렸다. 빨려들 것처럼 매혹적인 목소리다. 남자는 손에 들고 있는 나무 가면을 내려다보았다. 눈코입 없는 밋밋한 얼굴이 움찔움찔 기묘하게 뒤틀렸다. 히죽 웃은 것 같았다.

나를 써.

유혹하는 듯한 목소리가 다시 부드럽게 남자의 귓전으로 흘러들어왔다. 초여름 햇살처럼, 봄날 아지랑이처럼 기분 좋은 따스함이 귓불을 스쳤다. 감미로운 감촉이 지나간 자리엔 다디단 꿀 향기가 떠도는 것 같았다.

가면을 얼굴로 가져가는 남자의 손이 살짝 떨렸다. 눈동자도 불안하게 흔들렸다. 이미 유혹에 반쯤 넘어갔으면서도 남자는 여전히 갈등하고 있다. 정말 이래도 괜찮을까.

남자가 가면을 처음 본 건 포도청에서 주인과 아들들을 살해한 머슴을 심문할 때였다. 괴상한 가면이라고 생각했다. 만들다 만 것처럼 생긴, 어딘지 모르게 기분 나쁜 가면.

고개를 돌리려는데 문득 머릿속에 공터 사내아이가 떠올랐다. 아이를 볼 때마다 남몰래 끓어올랐던 추잡한 욕망을 애써 억누르던 고통도. 아이를 품에 안는 상상을 하면서 느낀 짜릿한 희열까지.

나를 써.

어디선지 달콤한 목소리가 들려왔다. 흠칫 놀라 사방을 둘러보는데 머슴 옆에 있던 가면이 히죽 웃었다. 마치 자신의 비밀을 다 알고 있다는 듯이.

남자에게는 아무한테도 말할 수 없는 비밀이 있다. 어찌 된 영문인지 남자는 여인에게 욕정을 느낄 수 없었다. 남자가 안고 싶다고 생각한 건 어린아이들, 그것도 항상 사내아이였다. 그런 속마음이 들키지 않도록 비밀을 가슴 속에 꼭꼭 가둬놓고 살았다. 하지만 딱 한 번 남자가 걸었던 빗장을 열어젖힌 적이 있었다.

남자가 품었던 건 꽤 오래전 한양으로 과거 보러 오는 길에 머물렀던 지방의 객주 꼬마였다. 어지간해선 손님이 들 것 같지 않은 다 쓰러져가는 곳이었다. 실제로도 여비가 간당간당했던 남자 말고는 객주에 묵는 사람은 아무도 없었다.

선금을 치른 뒤 하룻밤 자고 났더니 객주 주인 여자는 부실하기 짝이 없는 아침상을 차려놓곤 이른 아침부터 밖엘 나갔는지 보이지 않았다. 이미 돈도 다 받았겠다, 밥 먹고 나면 알아서 갈 길 가라는 뜻인 듯했다.

일단 배는 채워야겠다 싶어 젓가락으로 부실한 반찬을 집던 남자는 문득 이 객주에 저 혼자가 아니라는 사실을 깨달았다. 대여섯 살 먹은 남자아이가 방문 뒤에서 눈을 말똥말똥 뜨고 자신을 쳐다보고 있었다.

전날 주인 여자 치맛자락을 꼭 붙들고 서 있던 걸로 미뤄 보건대, 아마도 여자의 아들인 것 같았다. 이런 아이를 혼자 두고 아침부터 어디로 갔담. 남자는 기가 막혔다. 다 큰 처녀라면 또 몰라도 주인 여자는 남자아이를 성인 남자 옆에 두는 건 위험하지 않다고 생각한 것 같았다.

"너도 이리 와서 같이 먹으련?"

남자가 손짓하자 아이가 좋다고 달려왔다. 낯선 사람을 두려워하지 않는 눈치였다. 행색은 초라해도 명색이 양반인데, 아이에겐 양반나리를 어려워하는 기색도 안 보였다.

"어, 어……."

아이가 어버버거리며 남자의 숟가락에 손을 뻗었다. 말을 제대로 못 하거나, 지능이 좀 떨어지는 것 같았다. 문득 '이런 아이라면……' 하는 생각이 남자의 머리를 스쳤다. 이런 아이라면 무슨 일을 겪었는지 남들한테 얘기하기 어려울 거다. 만에 하나 발설한다 해도 그때는 자신이 이미 이 고장을 떠난 후일 게다. 남자아이와 집안에 단둘만 있는 이런 기회는 앞으로 두번 다시 없을지도 모른다.

남자가 아이 얼굴을 가만히 쳐다보았다. 끓어오르는 욕망 때문인지 처음 봤을 때는 별다른 감정이 일지 않던 아이가 지금은 너무나 사랑스러워 보였다. 남자는 그대로 아이를 품에 안았다.

처음 맛본 만족감은 황홀했다. 상상했던 것보다 훨씬 더 짜릿한 경험이었다. 하지만 곧 지독한 자기혐오가 뒤따랐다. 혐오감을 지우기 위해 남자는 아이를 품에 안았던 사람이 자신이 아니라고 생각하기로 했다. 자기를 닮은 가면을 쓴 사람이 한 일이라고. 축 늘어진 아이를 방 안에 버려두고 서둘러 도망쳐 나오면서 남자는 방금 일어난 일을 잊어버리기로 했다. 영원히.

하지만 지금 귓전을 맴도는 달콤한 목소리는 남자가 오랫동안 외면해 왔던 무언가를 건드린 것 같았다. 남자는 목소리에 완전히 사로잡혔다. 목소리도 남자를 가만 내버려두지 않았다. 잠자리에 들 때까지 보드라운 목소리는 쉬지 않고 남자의 귓가에 속삭였다.

나를 써, 나를 써, 나를 써…….

다음 날 남자는 몰래 가면을 가로챘다. 들킬까 봐 걱정된 남자는 대신 그것과 비슷하게 생긴 만들다 만 나무 가면 하나를 복쇠 짐꾸러미 속에 넣어 돌려주었다. 다행히 눈치채지 못한 것 같았다.

휘이이익.

한 줄기 겨울바람이 불어왔다. 그게 마치 신호라도 된 양 드디어 남자가 가면을 제 얼굴로 가져갔다.

나는 너야.

남자의 귓속에 홀릴 듯한 부드러운 음성이 들렸다.

손이 부들부들 떨리던 남자는 무슨 생각에서인지 가면을 얼굴에 덮으려다 말았다. 손은 더욱 격렬하게 떨리고 있었다. 마치 가면과 싸움을 하는 것처럼 손아귀에 힘이 가득 들어갔다. 그러다 갑자기 가면을 집어 던지더니 옆에 차고 있던 칼을 뽑아 들었다. 그걸로 단숨에 제 목을 그었다. 남자는 한 번 휘청거리더니 이내 앞으로 풀썩 고꾸라졌다.

"그건, 내가, 아니야……."

숨이 끊어져 가는 남자가 띄엄띄엄 끊기는 목소리로 중얼거렸다. 그 말을 끝으로 남자는 숨을 거뒀다. 입가엔 어쩐지 미소를 띠고 있었다.

얼마 후, 아이도 사라진 빈 공터에 누가 뚜벅뚜벅 걸어왔다. 지나가던 행인인 모양이었다. 저만치 남자 시신을 보고 놀라 달려오던 그는 발밑에 떨어진 가면을 보고 우뚝 멈춰 섰다. 눈코입 형체도 없는 밋밋한 가면. 가면이 행인을 보더니 히죽 웃은 것 같았다.

나를 써. 나는 너야.

행인이 가면을 집어들었다.

2

아이 잡아먹는 귀신

사방에 어둠이 가장 짙게 내려앉은 한밤중이었다. 사경(四更: 새벽 1시에서 3시 사이)이 좀 지났을까. 뒤숭숭한 꿈자리에 잠에서 깨버린 주모 김씨는 좀처럼 다시 잠에 들지 못했다. 막내 옥이가 막 돌을 지났을 무렵 세상을 뜬 남편이 오랜만에 꿈에 나왔기 때문이다.

꿈속의 남편은 한참이나 머리 속에 선연히 남았다. 그는 속에 물이 찬 것처럼 배가 부풀어 오르고 음식도 잘 넘기지 못하더니 결국 몸이 바싹 야위어 죽었다. 꿈에 나타난 남편은 죽기 전 시름시름 앓던 때랑 똑같았다. 낯빛이 누렇게 뜨고 볼살이 내려 눈이 퀭했다.

'기왕 나오려면 건강한 얼굴로 나타날 것이지…….'

김씨는 속으로 꿈에 나온 남편을 타박했다. 귀신이 되어서도 생전처럼 고달프고 피곤한 걸까, 싶어 한편으론 안쓰럽기도 했다. 젊고 건강한 모습으로 나왔더라면 당당하게 자랑할 수 있었을 텐데. 보시오, 애들이 이만큼 컸소. 아비 없이 자랐지만 다들 착하고 반듯하게 자랐다오.

김씨는 좁은 방에 나란히 누워 자는 삼남매를 오랫동안 물끄러미 바라봤다. 낮 동안 주막 일을 거드느라 지쳐서인지 다들 누가 업어 가도 모를 정도로 곤하게 잠들어 있었다. 오른편에 누워 있는 옥이가 입을 헤벌리고 있어 주모는 딸의 벌린 입을 살짝 다물렸다. 엄마의 손길을 느꼈는지 옥이는 몸을 움찔했다가 언제 그랬냐 싶게 다시 쌕쌕 숨소리를 냈다.

'너는 아비 얼굴도 모르겠구나. 불쌍한 것.'

김씨가 옥이 이마에 내려온 머리칼 몇 가닥을 넘겨주며 속으로 중얼거렸다. 초췌한 모습으로 꿈에 나타난 남편이 불쌍하고, 어린 자식들도 안쓰러워 주모는 속이 뒤숭숭했다. 다시 몸을 눕혔지만 이미 잠들긴 틀린 것 같았다. 가뜩이나 비좁은 방 안에서 계속 뒤척거리다간 애들까지 깨울 것 같아 주모는 발소리를 죽이고 살며시 밖으로 나왔다.

주변은 쥐 죽은 듯 고요했다. 낮엔 장삿배에서 물건을 내리는 인부들, 건어물과 생선 파는 상인들로 늘 시끌벅적한 나루터가 지금은 거짓말처럼 정적에 휩싸여 있었다. 나뭇잎이 바람에 바스락거리는 소리, 저 멀리서 들리는 이름 모를 새소리만이 이따금 완벽한 고요를 흔들어놓을 뿐이었다.

싸리문을 열고 밖으로 나간 주모는 천천히 나루터 쪽으로 발걸음을 옮겼다. 신선한 밤공기를 마시며 조금 걷다 오면 다시 잠을 청할 수도 있을 것 같았다. 또다시 바쁜 하루를 보내려면 조금이라도 더 눈을 붙여두는 게 좋을 것이다.

　새카만 밤하늘에는 휘영청 보름달이 떠 있고 하얀 별들이 점점이 흩뿌려져 있었다. 덕분에 칠흑 같은 암흑 속을 걷는 암담한 기분은 들지 않았다. 희미한 달빛과 별빛에 의지해 나루터에 다다른 김씨는 자신 말고도 다른 사람이 있다는 걸 알아차렸다. 조금은 불안한 걸음 걸이로 나루터를 서성이고 있었다. 체구를 보니 여인인 것 같았다.

　'야심한 시간에 웬 여자가 이런 곳엘 있나?'

　왠지 심상치 않았다. 남들 눈에는 자신도 매한가지로 심야에 강변을 얼쩡거리는 수상쩍은 여자로 보일 것이다. 위험 신호를 감지하고 나니 김씨는 그런 생각 따위는 미처 하지 못했다. 조금 가까이 다가가 보았다. 여인의 체형이나 옷차림이 어쩐지 눈에 익은 것 같았다. 딱히 잘난 것 없는 김씨라도 남들 앞에 내세울 수 있는 재주가 두 가지는 있다고 자부했다. 하나는 장국밥 마는 솜씨, 다른 하나는 남달리 좋은 눈썰미다. 김씨는 가진 재주를 발휘하기 위해 눈을 가늘게 떴다.

　'아니, 저건 유순이 아닌가!'

　좀 더 다가가 보니 유순이 맞는 것 같았다. 김씨는 유순과 특별한 친분은 없었다. 하지만 같은 동네, 멀지 않은 이웃에 살다 보니 오다가다 마주칠 때가 많아 낯이 익은 사이다. 유순은 스물 예닐곱 정도 되는 아낙으로, 얼마 전에 아들 달수를 낳았다. 첫아이치고는 출산이 제법 늦은 편이었다. 어린 아기는 어쩌고 어미가 이 시간에 혼자 밖을 돌아다닌담. 김씨는 속으로 혀를 찼다.

"거기 혹시 달수 엄마 아닌가?"

김씨가 저만치 보이는 여자에게 소리 높여 말을 걸어 보았다.

여자는 '달수'라는 이름이 불려서 그런지, 그저 사람 목소리에 놀란 건지 눈에 띄게 몸을 움찔거렸다. 그러고는 그 자리에 붙박은 듯 서서 꼼짝달싹도 하지 않았다. 김씨가 종종걸음으로 여자에게 다가갔다. 거리가 좁혀지자 얼굴 윤곽이 좀 더 확실하게 보였다. 동글납작한 얼굴에 조금 처진 눈꼬리가 이름 그대로 유순해 보이는 인상이다. 유순이 틀림없었다.

"아…… 아주머니."

유순이 김씨를 확인하곤 힘없이 중얼거렸다. 가까이서 보니 유순은 누비옷도 아닌 홑겹 옷을 걸치고 있었다. 신발 신을 틈도 없이 헐레벌떡 뛰쳐나왔는지 한쪽 발에만 짚신을 신었는데, 다른 발엔 나루터 진흙이 지저분하게 달라붙어 있었다. 쌀쌀한 겨울 날씨에 이런 차림으로 밖엘 나오다니 예삿일이 아니라고 김씨는 직감했다.

"대체 어떻게 된 거야? 애는 어쩌고 이러고 있어?"

유순은 멍하니 김씨를 쳐다봤다.

"아기가, 아기가 안 울어요."

"그게 무슨 소리야? 아기가 안 운다니."

유순이 그대로 넋을 놓을 것 같아 김씨는 가녀린 어깨를 잡고 세차게 흔들었다. 유순은 갑자기 실이 툭 끊어진 것처럼 바닥으로 허물어지더니 왈칵 울음을 터뜨렸다.

"울지 않아요! 울지 않는다고요!"

유순은 바닥에 주저앉아 앵무새처럼 같은 말을 반복했다. 일으키려던 김씨는 그녀의 등 뒤에 작은 보퉁이 같은 게 매달려 있는 걸 발견했다. 아기 포대기였다. 작디작은 아기가 포대기에 싸여 엄마 등에 업혀 있었다. 포대기 위로 불쑥 솟아 나온 아기 머리가 유순이 몸부림치며 우는 통에 덩달아 대롱대롱 흔들렸다.

"이 날씨에 애까지 데리고 나온 거야? 어쩌자고……."

유순을 나무라려던 김씨는 불현듯 든 불길한 생각에 말을 잇지 못했다. 갑자기 등골이 서늘해졌다. 엄마가 이토록 흥분했는데 등에 업힌 아기가 이렇게 얌전하다고? 울지도 않고?

김씨가 떨리는 손으로 포대기 속 아기 머리를 가만히 들어 올렸다. 갓난아기의 보드랍고 따뜻한 살결이 느껴지지 않았다. 손끝에 싸늘한 감촉이 닿았다. 겨울 밤바람에 피부가 꽁꽁 얼었을 때와는 또 다른 서늘함이었다. 얼굴에서 핏기가 하얗게 가신 아기는 이미 차갑게 식어 있었다.

놀란 김씨가 유순의 얼굴을 똑바로 쳐다봤다. 유순이 또다시 울컥 울음을 토해냈다. 등 뒤에 업힌 아기가 힘없이 목을 툭 떨궜다.

김씨가 부엌에서 물을 데워 내올 때까지도 유순은 넋이 나간 상태로 앉아 있었다.

초점 없는 시선을 벽 한 귀퉁이에 고정하고 있었지만, 실상은 아무
것도 보고 있지 않는 것 같았다. 한겨울에 밖에서 서성거리느라 꽁꽁
얼어버린 유순의 몸이 이따금 부르르 떨렸다. 그러나 그건 신체가 저
절로 알아서 하는 반응일 뿐 정작 본인은 추위조차 느끼지 못하는 것
같았다. 유순 옆에는 숨이 끊어진 아기의 작은 몸뚱이가 포대기에 싸
인 채 누워 있었다.

"이거라도 좀 들어."

김씨가 유순에게 물이 든 사발을 내밀었다. 유순은 물로 입을 축이
는 둥 마는 둥 하고선 사발을 바닥에 내려놓았다. 김씨가 얕은 한숨
을 내쉬었다.

유순을 주막으로 데려온 건 김씨였다. 한밤중에 죽은 아기를 업은
채 나루터를 배회하는 유순을 보고 김씨는 대충 상황을 짐작했다. 아
기가 죽는 바람에 실성하다시피 한 엄마가 자신도 강물에 뛰어들려
고 나루터에 갔던 모양이었다. 그러니 유순을 나 몰라라 그곳에 내버
려두고 올 수는 없었다.

십여 년 전, 주막에서 잠깐 머물렀던 젊은 여자가 근처 나루터에서
목숨을 끊은 적이 있었다. 김씨는 또다시 죄 없는 여인이 강물로 뛰
어드는 일만큼은 어떻게든 막고 싶었다. 하필 유순의 집엔 사람이 없
어 김씨는 그녀를 주막 위채 건넌방으로 데려왔다. 빈집에 혼자 놔두
면 자꾸만 나쁜 생각을 할까 봐 걱정된 탓이었다.

"남편은 어딜 갔어?"

유순이 한 호흡 정도 침묵했다가 대답했다.

"친척 상갓집에 갔다가 하룻밤 자고 오기로 했어요."

"……그래."

상갓집에 다녀오자마자 이번엔 자식 장례를 치러야 할 유순의 남편을 생각하니 김씨는 가슴이 답답했다. 죽은 아기와 넋 놓고 있는 유순을 보면 얼마나 절망할까. 차마 못 볼 꼴을 보게 될 것 같아 속으로 고개를 절레절레 저었다. 어쩐지 꿈자리가 사납더라니.

"자네 가슴이 미어지는 거야 백번 이해하지만……."

김씨가 유순의 망연자실한 표정을 살피며 조심스럽게 입을 열었다.

"어쩌겠나. 살 사람은 살아야지."

자식 잃은 아픔은 김씨도 잘 알고 있다. 그 역시 옛날에 갓 낳은 어린 아들을 잃었기 때문이다. 자신이 하는 어떤 말도 지금 유순에겐 공허하게 들릴 거라는 사실도 알고 있었다. 그래서 김씨는 선뜻 유순에게 더 이상의 위로는 건네지 못했다. 어떤 진심어린 위로도 아이를 잃은 부모에게 가닿을 수는 없는 일이었다.

"다 제 잘못……."

입을 열려던 유순이 그대로 터지는 울음 때문에 입 밖으로 나오려던 말을 도로 삼켰다. 아까는 통곡이었는데, 지금 유순의 울음은 가느다란 흐느낌으로 변해 있었다. 김씨가 다가가 등을 쓰다듬었다.

"어미란 새끼가 죽으면 다 제 탓을 하게 마련이야. 그런다고 자식이 살아 돌아오는 것도 아닌데."

"하지만…… 정말 제 탓인 걸요."

유순이 흐느끼면서 말했다.

"귀신한테서 지켜주지 못했으니까요……."

"귀신?"

김씨가 유순의 두 눈을 빤히 들여다보았다. 유순이 너무 슬픈 나머지 정신착란을 일으킨 게 아닐까 싶어서였다. 하지만 조금 전까지 흐릿했던 유순의 눈동자엔 어느새 초점이 돌아와 있었다.

"아이 잡아먹는 귀신 말이에요."

말을 하면 할수록 유순의 목소리에 힘이 실리기 시작했다. 그 목소리엔 강렬한 분노가 서렸다.

"아이 잡아먹는 귀신이 한 짓이에요. 귀신이 결국 제 아이를 잡아갔다고요!"

유순이 당황하는 김씨를 똑바로 쳐다봤다.

"거짓말이 아니에요, 아주머니. 아이 잡아먹는 귀신이 진짜로 있어요."

유순이 얼마나 힘을 주며 움켜잡는지 김씨는 붙들린 팔이 아파 저도 모르게 아, 소리가 나왔다.

유순은 결혼하기 전, 한양 어느 양반집에서 하녀로 일했다. 친정은 경기도에 있는 작은 시골 마을인데, 부모님이 없는 형편에 입이라도 하나 덜고자 사실상 유순을 집에서 '내보낸' 것이다.

농사꾼인 유순의 아버지는 몇 평 안 되는 땅에다 심은 곡물을 거둬 식구들을 먹여 살렸다. 입에 먹을 걸 넣어줘야 하는 식솔은 많지만, 수확량은 눈물겨운 수준이라 가족들은 언제나 가난에 허덕였다. 자식 하나를 양반댁에 종살이 보내지 않겠느냐는 지인의 제안을 부모님이 덥석 받아들인 것도 바로 그 때문이었다.

유순은 자신을 떠나보낸 부모님을 원망하지 않았다. 연달아 딸 셋을 낳고 마지막으로 어렵게 본 아들을 보낼 수는 없는 노릇이었다. 그렇다고 살림 밑천이라는 첫째 딸이나 애교 많은 막내딸을 보내는 것도 아쉬웠을 것이다. 딸 셋 중 중간에 끼인 자신을 보내는 게 어쩌면 당연한 결정이라고 유순은 생각했다.

다행히도 유순이 일하게 된 양반집 식구들은 하인을 함부로 대하지 않았다. 부리는 종을 개돼지 취급하는 곳도 적지 않은데, 점잖은 주인을 만난 건 그래도 행운이었다.

몸집이 작고 생김새가 수수한 안방마님은 어지간해선 하인들에게 목소리를 높이지 않았다. 얼토당토않은 일에 제멋대로 고집을 부리는 일도 없었다. 집안에서 발언권이 세지 않기도 했지만, 타고난 성격 자체가 드세지 않은 것 같았다. 안주인이면서도 어딘지 모르게 주눅 들고 자신감이 없어 보였는데, 유순이 그 이유를 알게 된 건 꽤 오랜 시간이 흐른 후였다.

살림의 실권을 쥔 이는 안방마님의 시어머니인 큰 마님이었다. 소극적인 며느리와 대조적으로 예순이 넘은 나이에도 예민한 몸놀림으로 크고 작은 집안일에 세세히 관여했다. 그 나이에도 허리가 꼿꼿하고 행동거지가 재빠른 큰 마님은 이따금 카랑카랑 울리는 목소리로 하인들을 꾸짖곤 했는데, 그럴 때면 나이 지긋한 하인들도 벌벌 떨었다. 하지만 큰 마님이 이유 없이 하인들을 나무란 적은 한 번도 없었다. 꾸지람이 서릿발 같이 날카롭긴 하되, 화를 내시는 데는 항상 그럴 만한 이유가 있었다. 그러다 보니 하인들은 엄하고 꼬장꼬장한 큰 마님을 어려워하면서도 한편으로는 은근히 그를 존경했다.

가장인 대감마님은 조정에서 벼슬하는 관리였다. 바깥 일로 바빠 집안일에는 거의 신경을 쓰지 않았다. 어머니인 큰 마님의 강직한 성품을 잘 알고 있어서인지 집안일은 모조리 맡겨두고, 큰 마님이 내린 결정이라면 아무런 토를 달지 않았다. 그러니 대감마님 몸종을 제외한 다른 하인들에게 그의 존재감은 흐릿할 수밖에 없었다.

유순은 그곳에서 어린 도련님 시중을 들었다. 도련님이 태어났을 때부터 돌봐주던 유모가 사정이 생겨 집을 나갔기 때문이다. 대체로 양반가 아기씨들은 아이를 낳은 경험이 있는 여자가 돌보기 마련인지라, 처음 그 일을 맡았을 때 유순은 고개를 갸웃했다. 하지만 며칠 겪어보니 이유를 알 것 같았다.

대감마님과 안방마님 사이에서 태어난 윤호 도련님은 당시 다섯 살로, 외향적이고 활달한 아이였다. 다섯 살짜리 사내아이가 장난치고 뛰놀기 좋아하는 건 당연한 일이지만, 도련님은 그중에서도 유난히 활기가 넘쳤다. 친정에서 남동생을 돌본 경험이 있어 처음엔 별일 아니라고 생각했던 유순도 종일 도련님 뒤를 쫓아다니다 보니 저녁 무렵이면 녹초가 됐다. 젊은 자신도 이런데 나이 지긋한 여자는 몸이 배겨나지 못할 게 뻔했다. 아닌 게 아니라 그만둔 유모도 힘들어했었다고 들었다.

하지만 유순은 그 일이 싫지 않았다. 방실방실 웃으며 자신을 잘 따르는 도련님이 사랑스러웠기 때문이다. 가끔 벌레를 잡아와 놀래키는 짓궂은 장난을 치기도 했지만, 유순이 일부러 화난 것처럼 뽀로통한 표정을 지어 보이면 금세 시무룩해져서 미안해했는데, 쭈뼛거리며 사과하는 모습이 귀엽기 그지없었다.

아이란 게 그렇게 어여쁜 존재인 줄 유순은 그전엔 미처 몰랐다. 동생들과는 나이 터울이 크지 않았던 터라, 동생들이 아기 때 어땠는지는 전혀 기억나지 않는다. 동네 꼬마들은 한결같이 얼굴에 꾀죄죄하게 땟국물이 흘렀고, 가난 때문인지 어린 나이에도 애들 같지 않게 그악스러웠다. 그런데 말끔하고 천진난만한 도련님을 보니 아이를 싫어했던 마음이 눈 녹듯 사라지는 것 같았다. 나도 어서 빨리 예쁜 아이를 낳고 싶다는 생각마저 들었다.

유순은 하루의 대부분을 도련님과 함께 보냈다. 처음엔 틈틈이 부엌일도 겸했지만, 정신을 차리고 보니 어느새 도련님 돌봄 전담이 돼 있었다. 안타깝게도 인근엔 같이 놀 만한 아이가 없었고 몸이 약한 안방마님은 아들의 넘치는 활기를 따라가지 못했기 때문이다. 저녁에 대감마님께 천자문을 배울 때를 제외하면 도련님은 집 안을 제 세상처럼 뛰놀며 지냈다.

그런데 딱 한 곳, 아무리 도련님이라도 절대로 발을 들여선 안 되는 곳이 있었다. 본채와는 다소 거리가 떨어진 곳에 지어진 별채였다. 별채로 향하는 문엔 언제나 기다란 나무 빗장이 채워져 있었다. 빗장은 달린 위치가 높아서 키가 작은 도련님이 손을 뻗어도 닿지 않았다. 그런데도 사람들은 도련님이 별채 근처에 다가가기만 해도 펄쩍 뛰었다.

그곳에선 아이 잡아먹는 귀신이 나오기 때문이다.

"도련님 겁주려고 지어낸 얘기 아니야?"

김씨가 미심쩍은 얼굴을 했다. '밤에 잠 안 자고 칭얼대면 귀신이 와서 잡아간다'는 건 부모가 어린아이들에게 자주 하는 거짓말이다. 유치해도 아이들에겐 제법 효과가 있었다. 유순이 일한 곳에서도 비슷한 거짓말을 만들어낸 게 아닐까. 별채에 보관한 귀중품에 아이 손이 닿지 않게 하려고. 하지만 유순은 힘없이 고개를 저었다.

"사실이에요. 제가 직접 봤으니까요."

유순에게 귀신 얘기를 들려준 건 하녀들 중 제일 고참인 수복이었다. 유순이 잠시 한눈을 파는 사이 별채로 쪼르르 뛰어가 빗장을 향해 폴짝폴짝 뛰어오르고 있는 도련님을 옆구리에 끼다시피 해서 안마당으로 데려온 수복은 유순을 한참 야단쳤다.

"도련님도 아이 잡아먹는 귀신한테 잡혀가게 할 작정이야?"

유순이 놀라서 고개를 번쩍 들었다.

"아이 잡아먹는 귀신이요?"

수복은 주위에 아무도 없는 걸 몇 번이나 확인한 다음에야 유순에게 작게 속삭였다.

"그래, 혜은 아기씨도 그 귀신한테 당했단 말이야."

수복의 말에 따르면, 귀신은 원래 아기를 밴 만삭의 임산부였다고 했다. 꽤 오래전 임산부가 무슨 급한 일이었는지 밤에 무거운 몸으로 산을 넘다가 그만 그곳에서 아기를 낳고 말았다. 보릿고개로 오래 굶주리고 난산에 기진맥진했던 임산부는 아이를 낳자마자 혼절했다. 그러다 비몽사몽 잠시 정신이 들어 눈을 떠보니 바로 옆에 어디서 났는지 피 묻은 고깃덩어리가 놓여 있었다. 뱃가죽이 등가죽에 붙을 정도로 허기진 데다, 막 몸을 풀어 체력이 바닥난 여자는 허겁지겁 고깃덩어리를 뜯어먹기 시작했다. 나중에 정신을 차리고 보니 고깃덩어리는 다름 아닌 자신이 갓 낳은 어린 아기였다.

제 속으로 낳은 자식인 줄도 모르고 아기를 먹어치운 여자는 그만 실성하고 말았다. 입가에 피를 묻힌 채 히죽히죽 웃으며 산길을 돌아다니다가 결국엔 옷고름으로 나무에 목을 매 자살했다. 그렇게 세상을 떠난 여자는 귀신이 되어서도 어린아이들을 잡아갔다. 잃어버린 제 아기를 대신하려는 건지, 또다시 아이를 잡아먹기 위해서인지 어느 쪽인지는 아무도 몰랐다. 하지만 분명한 건 귀신은 아이만 건드린다는 사실이었다.

별채는 바로 그 귀신이 나온다는 산을 등지고 있었다. 그렇게나 엄하게 별채의 출입을 막는 이유는 밤마다 산속을 배회하는 귀신이 데려갈 아이를 찾지 못하면 이따금 별채에 나타나기도 하기 때문이라고 수복은 덧붙였다. 그 말을 해놓고는 수복이 온몸을 떨었다. 말하는 것만으로도 으스스한 모양이었다.

"그런 일이 실제 있었다고요?"

유순은 좀처럼 믿을 수 없었다. 유순도 보릿고개를 겪어봐서 허기가 얼마나 무서운 것인지 잘 알고 있다. 하지만 엄마가 제 새끼를 먹을 만큼 눈이 뒤집힐 수가 있을까? 게다가 이곳까지 내려온다니 어이가 없어 고개를 절레절레 흔드는데, 조금 전 수복이 '혜은 아기씨도'라고 했던 말이 퍼뜩 떠올랐다.

"혜은 아기씨는 누구예요?"

수복이 아까보다 더 목소리를 낮췄다.

"윤호 도련님 여동생."

"네?"

유순은 저도 몰래 큰소리를 냈다가 놀라서 허둥지둥 제 입을 틀어막았다.

"도련님한테 두 살 어린 여동생이 있었거든. 그런데 조심성 없는 유모가 별채까지 데려간 거지."

유모는 한밤중에 울어대는 혜은 아기씨를 업고 달래다가 아기에게 보름달을 보여주려고 밖엘 나갔다고 했다. 그러다 어찌어찌 발길이 별채까지 다다랐다. 그곳에서 유모는 새하얀 옷을 입고 쪽 찐 머리를 한 젊은 여자를 발견했다.

처음엔 '이런 곳에 웬 여자가' 싶어 슬금슬금 다가갔다가, 이내 아기 잡아먹는 귀신 이야기를 떠올리고 허겁지겁 도망쳐 나왔다. 그런데 서두르다 땅바닥에 있는 나뭇가지를 밟은 모양이었다. 지끈 소리가 나자, 여자는 유모를 향해 고개를 획 돌렸다.

여자가 유모 등에 업힌 아기를 보더니 배시시 웃었다.

놓고 가.

혼비백산한 유모는 뒤도 돌아보지 않고 들입다 뛰었다.

하지만 너무 늦었던 모양이었다. 다음날부터 혜은 아기씨가 시름시름 아프기 시작했다. 잔병치레 한번 없이 건강했는데, 갑작스럽게 찾아온 병색은 며칠 만에 급격히 나빠졌고, 결국 생사를 헤맬 지경에 이르렀다.

열이 오른 아기씨는 이따금씩 '귀신…… 귀신……' 하고 헛소리를 해댔다. 사람들은 대번에 귀신이 한 짓이라며 수군거렸다.

결국 혜은 아기씨는 오래 버티지 못하고 곧 세상을 떠났다. 딸을 잃은 안방마님은 시름에 빠졌다. 그 바람에 당시 배 속에 있던 아기까지 유산하고 말았다. 그렇지 않아도 큰 마님 기세에 눌려 위축돼 있던 안방마님은 한꺼번에 자식 둘을 잃고 완전히 세상만사에 의욕을 잃고 말았다. 혜은 아기씨를 별채에 데리고 간 유모도 책임을 물어 집에서 쫓겨났다.

그 뒤로 별채는 '도련님이 절대로 발을 들여선 안 되는 곳'이 됐다. 큰 마님은 귀신을 달래기 위해 주기적으로 별채에 밥과 고기를 내가 도록 했다. 뒤탈을 없애려고 공을 들인 것이다. 음식을 별채로 가져가 는 일조차 꺼려해 한동안 하인들 순번을 정하느라 애를 먹기도 했다.

수복의 이야기를 듣고 보니 유순은 어딘지 모르게 음산한 기운이 감도는 것 같던 별채가 더더욱 불길하게 느껴졌다.

"알겠지? 도련님은 절대 거기 가면 안 돼. 너도 마찬가지고. 애들은 호기심이 많아서 네가 가까이 가면 자기도 가고 싶어 할 거야."

유순이 연신 고개를 끄덕였다. 목덜미에 누가 얼음물을 툭 떨어뜨 린 것처럼 온몸에 소름이 끼쳐 더운 여름날인데도 더는 더위를 느낄 수 없었다.

며칠 뒤 유순은 갈증 때문에 한밤중에 잠에서 깼다. 밤인데도 푹푹 찌는 날씨였다. 온몸엔 땀이 흥건하게 배 있었다. 유순은 손으로 부 채질을 하며 부엌에 가서 벌컥벌컥 물을 들이켰다. 물 한 사발에 타 는 것 같던 갈증이 조금은 가라앉는 것 같았다.

눅눅한 실내보다 바깥은 한결 상쾌했다. 별이 빛나지 않는 하늘엔 미인의 눈썹 같은 초승달만 외롭게 떠 있었다. 잠이 오지 않아 집안 을 거닐던 유순은 문득 별채에 굳게 걸린 빗장을 떠올렸다. 사연을 몰랐을 때는 별 관심이 없었는데, 알고 나니 하루에도 몇 번씩 별채 생각이 났다. 귀신이란 게 정말 있을까. 있다면 어떤 모습일까.

저도 모르는 사이 유순의 발길은 별채 쪽을 향하고 있었다. 정신을 차리니 가로로 비스듬하게 놓인 빗장이 눈에 들어왔다. 돌아갈까, 말까. 유순은 문 앞에서 한참을 망설였다.

'아이만 건드린다고 했어, 지금은 도련님도 곁에 없으니 괜찮겠지.'

유순이 조심스럽게 빗장을 올렸다.

끼이익.

둔탁한 소리를 내며 문이 열렸다. 유순은 조심스럽게 한 발짝, 한 발짝 안으로 들어갔다.

이곳이 이렇게 생겼구나.

유순은 처음 들어와본 별채 안을 두리번두리번 살폈다. 제일 먼저 눈에 들어온 것은 부지 한가운데 썰렁한 건물이었다. 평지보다 조금 높이 솟아 있는 건물 주위엔 담이 쳐 있고, 지붕엔 붉은 꽃 문양을 넣은 단청 장식이 들어가 있었다.

'사당이 있던 곳인가?'

그러고 보니 지금 안채에 있는 사당과 모양이 흡사했다. 어쩌면 예전엔 이곳에서 조상의 위패를 모시다가 무슨 이유에선가 장소를 옮겼는지도 모르겠다는 생각이 들었다. 한번 지은 사당은 헐지 않는 게 원칙이니 위패를 옮긴 뒤에도 이곳은 그대로 쭉 방치된 게 틀림없었다.

사당 왼편엔 잡동사니 따위를 넣어두는 광이 있고, 그 주변을 바닥까지 푸른 잎사귀를 축 드리운 커다란 아름드리나무와 속이 텅 빈 장독대 몇 개가 에워싸고 있었다. 생각보다 별로 특별한 게 없는 풍경이었다.

별채를 휘 둘러보자 오히려 귀신의 존재가 더 거짓말처럼 느껴졌
다. 허탈해진 유순은 침소로 돌아가려고 몸을 돌렸다. 그때 나무 밑
에 선 여자의 형체가 눈에 들어왔다.

여자는 유순에게 등을 돌린 채 달을 올려다보고 있는 것 같았다.
하얀 저고리에 하얀 치마를 받쳐 입고 있었다. 검은 머리도 단정하게
뒤로 묶고 쪽을 쪘다. 수복이 들려준 이야기 속 그 여자가 틀림없었
다. 유순은 가슴이 덜컥 내려앉았다.

스르륵.

바람결에 여자의 흰 치맛자락이 땅바닥을 스쳤다. 치맛단이 공중으
로 조금 치솟는가 싶더니 여자가 유순을 향해 빙그르르 몸을 돌렸다.

배꽃처럼 하얀 얼굴. 비칠 듯이 투명한 피부 위에 드리워진 새카만
머리칼 몇 올이 기막히게 아름다운 흑백의 조화를 이뤘다. 쌍꺼풀 없
는 눈매는 갸름하고, 섬세한 콧날이 오뚝하게 솟아 있다. 어딘지 모
르게 처연했지만, 기품이 흐르는 여자였다.

혼자 왔니?

여자가 유순에게 말을 걸었다. 여자의 목소리는 단조로웠다. 유순
의 대답을 기다리는 것도, 유순을 질책하려는 것도 아닌 듯했다.

유순이 슬금슬금 뒷걸음질 쳤다. 이런 곳에 서 있는 여자가 사람일
리 없었다. 하지만 아이 잡아먹는 귀신이라기엔 너무 단정하고 고왔
다. 아무리 정신이 나갔어도 제 자식을 잡아먹을 여자처럼 보이지는

않았다. 그렇다면 저 여자는 사람 모습을 한 여우인가.

쏴아아아.

바람이 불어와 아름드리나무 가지를 흔들었다. 잎과 가지가 맞부 딪치는 소리가 밤의 적막을 깨트렸다. 바람에 여자의 치마 끝자락이 다시 지면 위로 사르륵 올라갔다 가볍게 내려앉았다.

또 오렴.

그 말에 유순이 여자의 하얀 얼굴을 쳐다보았다. 눈이 마주치자 여 자가 유순을 향해 웃는 것만 같았다. 여자의 눈이 촉촉하게 젖어 있 어서, 웃고 있는 여자가 너무 쓸쓸해 보여서 유순까지 가슴이 저렸 다. 침소로 돌아온 유순은 저도 모르게 울고 말았다.

유순이 두 번째로 별채를 찾은 건 여자를 만나고 난 지 얼마 뒤였 다. 유순은 또 별채 빗장 아래를 알짱대는 도련님을 발견하고 단박에 안마당으로 데리고 나왔다. 다시는 별채 근처에 가면 안 된다고 일러 주면서도 자꾸만 눈길이 별채로 향하는 건 자신도 어쩌지 못했다. 그 날 저녁 별채로 발걸음을 옮기면서도 유순은 자기가 왜 그곳엘 가고 있는지 이유를 댈 수 없었다. 무서운 얘기를 들을 때 귀를 막으면서 도 한편으론 계속 듣고 싶어 하는 심리랑 비슷했다. 어쩌면 '또 오렴' 했던 여자의 마지막 말이 유순을 그리로 떠밀었는지도 몰랐다.

그날도 하늘엔 희미한 초승달이 걸려 있었다. 빗장을 올리고 안채 로 살금살금 들어가는데, 어디선가 낮게 읊조리는 소리가 들렸다.

자장 자장 우리 아기. 우리 아기 잘도 잔다.

유순이 발걸음을 딱 멈췄다. 귀에 익은 자장가였다. 어릴 때 낮잠을 잘 때면 어머니가 똑같은 가사를 흥얼거리며 유순의 등을 토닥토닥 두들겨주곤 했다. 하지만 지금 귓전을 맴도는 소리는 유순이 그때 들었던 자장가와는 느낌이 완전히 달랐다. 덤덤하고 높낮이 없이 착 가라앉은 것이 노래라기보다는 마치 주문처럼 섬뜩하게 들렸다.

자장 자장 우리 아기.

잠시 여운을 두고 또다시 높낮이 없는 중얼거림이 들렸다. 유순이 자석에 끌리듯 소리가 들리는 쪽으로 다가갔다. 유순은 언젠가 그 목소리를 들은 적이 있었다. 지난번에 만났던, 하얀 치마저고리를 입은 여자의 목소리다.

유순의 기척을 느꼈는지 여자가 스르르 고개를 들었다. 핏기 하나 없이 창백한 여자의 하얀 얼굴은 손을 뻗어 만지면 손이 그대로 얼굴을 쓰윽 통과해버릴 것처럼 투명했다. 얼굴엔 변함없이 쓸쓸한 우수가 드리워져 있었다.

왔니?

여자가 보일락말락 웃으며 품에 안고 있던 포대기를 들어 보였다.

아기가 방금 잠들었어.

유순은 포대기 속을 들여다보다가 헉, 하고 숨을 들이켰다. 포대기 안엔 아무것도 없었다. 가운데가 덩그렇게 빈 포대기 속은 죽은 자의 벌어진 눈처럼 새카맣고 음산했다.

이상하네? 아기가 어디 갔지?

여자가 돌연 고개를 갸웃거리며 유순에게로 다가왔다. 두 발로 걷는 게 아니라, 뱀이 움직일 때처럼 소리 없이 스르르 미끄러진 것처럼 보였다.

내 아기를 어떻게 했어?

여자가 불쑥 손을 뻗어 유순의 손목을 거머쥐었다. 얼음장처럼 차가운 감촉에 유순은 소스라치게 놀랐다. 여자의 몸이 유순에게 바짝 다가왔다.

내, 아기를, 돌려줘.

여자의 숨결이 뺨에 닿았다. 입김에서 한여름 바위 동굴 안에 들어갔을 때 같은 서늘한 냉기가 뿜어져 나왔다. 그 냉기가 유순의 뺨을 타고 서서히 목 아래로 내려왔다. 누군가 차디찬 손으로 목을 죄는 감촉이었다.

"이것 놔!"

유순이 여자를 홱 뿌리치고 물러나 뒤로 달렸다. 여자가 쫓아올까 싶어 돌아보지도 못했다.

자장 자장 우리 아기.

등 뒤에서 여자가 자장가 가사를 읊는 소리가 따라붙었다. 제법 거리가 멀어졌음에도 여자의 목소리는 유순의 등 뒤에 달라붙은 것처럼 귓가에 나지막하지만, 똑똑하게 들렸다.

마침내 문 앞까지 온 유순이 헉헉 숨을 내쉬며 부리나케 문을 닫고 빗장을 걸었다. 그러자 조금 전까지 집요하게 따라붙었던 주문 같은 자장가도 거짓말처럼 사라졌다. 여자의 숨결이 닿았던 곳에 남아 있는 서늘한 냉기만이 조금 전 일어난 일이 꿈이 아니라는 사실을 말해 주고 있었다.

"애초에 별채로 들어간 게 잘못이었어요."

울음을 그쳤던 유순이 다시 코를 훌쩍였다. 김씨는 딱히 맞장구칠 말을 찾지 못해 그저 고개만 끄덕였다.

"그랬더라면 귀신 눈에 띄는 일도 없었을 텐데."

"어른은 안 건드린다면서?"

그러자 유순이 세차게 고개를 도리질쳤다.

"아무도 몰랐어요."

"몰랐다니 뭘?"

"귀신이 저주를 건다는 걸요."

그날은 아침부터 후덥지근하게 찌는 날씨였다. 며칠간 계속된 폭염 때문에 사람들은 다들 지친 눈치였다. 유순도 마찬가지였다. 어둑어둑하게 밀려오는 회색 구름을 보면서 비라도 퍼부어 더위를 좀 식혀주었으면 싶었다. 더위에 힘들어하는 어른들과 달리 도련님은 여전히 생기가 넘쳤다. 술래잡기를 하자며 축 늘어져 있는 유순의 손을 끌고 안마당으로 데려갔다. 몇 차례 술래랑 숨는 사람 역할을 번갈아

하다가 유순이 술래할 차례가 됐다.

"꼭꼭 숨어라. 장독 뒤에 숨어라."

유순이 큰 나무 앞에 등을 돌리고 서서 노래를 부르기 시작했다. 탁탁탁, 발소리가 들리면서 도련님이 어디론가 숨으러 달려가는 소리가 들렸다.

"꼭꼭 숨어라. 머리카락 보인다."

"꼭꼭 숨어라. 내 뒤에 숨어라."

한참 동안 노래를 부른 유순은 뒤돌아 사방을 살폈다. 도련님이 보이지 않았다. 장독대 뒤에도, 마루 밑에도 없었다. 아이들이 몸을 숨길 만한 곳을 모조리 다 뒤져도 도련님은 코빼기도 볼 수 없었다. 유순은 주변을 샅샅이 뒤지다가 부엌에까지 들어갔다.

일하던 하녀들이 일제히 왜, 하는 시선으로 헐레벌떡 달려온 유순을 쳐다보았다. 아무래도 거기에도 없는 모양이었다.

'혹시……'

유순이 불안한 시선으로 별채 쪽을 바라보았다. 그렇게 가면 안 된다고 주의를 줬는데. 하지만 그걸로 어린아이 호기심을 막지 못한다는 걸 유순도 잘 알고 있었다. 자신도 궁금증을 못 이겨 별채를 찾았으니까.

'설마 도련님이 또?'

유순이 서둘러 별채를 향해 뛰었다. 늘 단단하게 잠겨 있던 빗장이 젖혀져 문이 삐죽 열린 게 눈에 띄었다. 도련님이 연 걸까? 하지만 키가 닿지 않을 텐데……. 유순은 두근거리는 가슴을 억누르며 안으로 들어갔다.

낮에 드러난 별채는 밤보다 훨씬 더 황량해 보였다. 어둠 속에선 가려져 있어 몰랐는데, 지금 보니 빈 사당 건물 곳곳에 거미줄이 늘어져 있었다. 사당을 에워싼 담벼락도 군데군데 허물어졌다. 잿빛 하늘 아래서 본 별채는 거대한 흉가를 연상케 했다.

저만치서 도련님 모습이 보였다. 정확히 말하면 도련님의 뒷모습이었다. 우두커니 서서 빼꼼 문이 열린 광 안을 바라보고 있었다. 저 문도 도련님이 열었을까? 대체 뭘 저렇게 빤히 쳐다보고 있는 거지?

어쨌든 빨리 여기서 도련님을 데리고 나가야겠다고 생각한 유순이 '잡았다!' 외치며 도련님 어깨를 감싸 안는데, 광 안에서 웅크리고 앉았던 무언가가 스르륵 일어났다.

히히히.

낮고 음산한 웃음소리. 유순은 누가 정수리에 찬물을 들이부은 것처럼 온몸에 소름이 쫙 끼쳤다.

길게 풀어헤친 머리가 앞으로 흘러내려 얼굴은 보이지 않았다. 바닥까지 닿은 새카만 검은 머리칼이 움직일 때마다 바닥을 쓸며 스으윽 소리를 냈다. 거무스름한 치마저고리를 입은 걸 보니 여자인 모양이었다. 길게 늘어뜨린 까만 머리와 거무튀튀한 옷 때문에 햇빛이 들지 않는 어두컴컴한 광 안에 선 여자 형상은 커다란 잿빛 덩어리 같았다.

스으윽.

여자의 형상이 한 발짝 앞으로 움직였다. 지독한 악취. 부패한 시체
에서나 날 법한 냄새가 훅 풍겨 나왔다. 유순이 도련님을 감싸고 주
춤주춤 뒤로 물러났다.

스으윽.

여자가 다시 한 발 앞으로 다가왔다. 두 팔을 앞으로 스윽 내밀고
서. 길게 자란 손톱엔 마른 핏자국인지 때인지 모를 검붉은 것이 잔
뜩 끼어 있었다. 별안간 여자가 유순에게 바짝 매달린 도련님 손목을
휙 낚아챘다.

"꺄아아아!"

"으앙, 엄마아아!"

겁먹은 도련님의 울음과 유순의 비명이 동시에 터져나왔다.

여자는 둘이 기겁을 하는데도 도련님 손목을 놓지 않았다. 하얗고
여린 도련님 피부에 여자의 기다란 손톱이 박혔다. 쾌쾌한 악취가 다
시 유순의 코를 찔렀다. 여자가 도련님을 제 쪽으로 와락 끌어당겼다.

"으아아앙!"

도련님은 여자에게 끌려가지 않으려고 기를 쓰며 유순의 치맛자락
을 붙잡았다. 그제야 정신이 번쩍 든 유순이 있는 힘을 다해 여자를
밀치고서 제 몸으로 도련님을 감쌌다. 여자는 갑작스러운 일격에 털
썩 주저앉았다가 비틀거리며 일어섰다.

"아이를…… 내놔."

여자의 입에서 신음이 새어 나왔다. 애원 같기도, 협박 같기도 했다. 유순이 세차게 고개를 흔들었다. 저 괴물은 아이 잡아먹는 귀신이 틀림없다. 겁 없이 별채에 온 도련님을 잡아가려는 거다. 내가 그렇게 내버려둘까 보냐!

"어림없는 소리!"

유순이 도련님을 꼭 끌어안았다. 아이는 겁에 질려 꺽꺽거렸고 바들바들 떨었다. 너무 놀라 이젠 눈물도 나오지 않는 모양이었다.

여자가 별안간 도련님을 향해 훌쩍 몸을 날렸다. 그 충격에 유순이 옆으로 나가떨어진 사이, 여자는 바닥에 쓰러진 도련님을 덮쳤다.

히히히.

여자가 웃자 입이 비죽 벌어지며, 짐승의 것을 닮은 지저분하고 뾰족한 이빨이 드러났다. 여자가 도련님을 물어뜯으려나 싶은 순간!

"대체 이게 어찌 된 일이야!"

쩌렁쩌렁한 호령과 함께 문이 활짝 열렸다. 큰 마님이었다. 큰 마님 등 뒤론 힘깨나 쓸 것 같은 남자 하인 세 명이 눈을 휘둥그렇게 뜨고서 있었다. 유순과 도련님 비명을 듣고 달려온 모양이었다.

쓰러진 도련님 위에 엎드려 있던 여자가 큰 마님을 보고 비틀비틀 몸을 일으켰다. 얼굴을 뒤덮은 여자의 새카만 머리칼 사이로 언뜻 드러난 두 눈동자가 날카롭게 빛났다. 지독히 증오하는 무언가를 봤을 때처럼 눈빛이 독기로 이글거렸다.

큰 마님도 어쩐 일인지 똑같이 매서운 눈빛을 하고 여자를 노려보왔다. 두 여자는 한참을 그렇게 서서 서늘한 기운을 뿜어냈다.

큰 마님이 고개를 슬며시 떨구는 사이 여자가 별안간 큰 마님에게 달려들었다. 큰 마님은 얼른 몸을 돌렸으나, 이미 늦었다. 여자의 긴 손톱이 큰 마님의 얼굴을 할퀴고 지나갔다. 바닥에 핏방울 몇 점이 후드득, 떨어졌다. 그제야 놀란 하인들이 달려들어 큰 마님한테서 여자를 떼어냈다. 여자의 입에서 사람이 낸 것이라곤 믿기지 않는, 짐승 같은 절규가 새어 나왔다.

쇄아아아아아.

찌푸린 하늘에서 장대비가 쏟아지기 시작했다.

후드득후드득 떨어지는 빗줄기는 땅바닥을 적시고, 지붕 위를 툭툭 때렸다. 빗소리는 여자의 절규까지 삼켜버린 것 같았다. 몸부림치던 여자가 잠잠해졌다. 하인들이 여자를 다시 광 안으로 끌고 들어갔다. 함께 광으로 들어섰던 큰 마님이 한참 동안 말없이 여자를 바라보았다. 큰 마님의 꾹 다문 입에서는 어떤 말도 나오지 않았다. 무슨 생각을 하는지도 알 수 없었다.

몸을 돌려 광 밖으로 나오다 큰 마님은 다리에 힘이 풀렸는지 그만 휘청거렸다. 상처에 밴 피가 얼굴을 적시는 비와 섞여 뺨을 타고 흘러내렸다. 하지만 상처나 비 따위는 신경도 쓰지 않는 모양이었다. 도련님과 유순도 곁으로 부르더니 광 안에서 여자를 꼼짝 못하게 붙들고 있던 하인들에게 명령했다.

"밖에 나와 광 문을 닫아 걸어라."

큰 마님의 싸늘한 음성을 들었는지 여자가 불에 덴 것처럼 벌떡 몸을 일으켜 뛰어나오려 했다. 하지만 억센 남자들 손이 여자가 움직이지 못하도록 꽉 눌렀다.

"안 돼! 안 돼!"

여자는 세차게 고개를 흔들며 반항했다. 그 바람에 얼굴을 뒤덮고 있던 머리칼이 뒤로 젖혀지며 여자의 얼굴이 드러났다. 가느스름한 눈매, 섬세하게 오뚝 솟은 콧날. 어디선가 본 기억이 있는 얼굴이었다. 유순이 저도 몰래 헉, 숨을 들이켰다.

달밤에 별채에서 봤던 그 여자였다. 하얀 치마저고리를 받쳐 입고, 뒤로 쪽 찐 머리를 한 배꽃 같은 여자. 아기가 없는 포대기를 안고 높낮이 없는 자장가를 읊고 있던 여자. 그 여자가 저 여자였단 말인가?

유순의 눈이 여자와 마주쳤다. 여자의 눈빛엔 아까 큰 마님을 쏘아보았을 때와 똑같은 독기가 어려 있었다.

"내 아기를 뺏어간 년! 나도 네 아기를 데려갈 거야!"

여자는 뒤로 고개를 젖히고 킬킬거리며 미친 듯이 웃기 시작했다.

히히히.

듣는 것만으로도 간담을 서늘하게 만드는 낮고 음산한 소리였다. 저러다 숨이 넘어가지 않을까, 싶을 정도로 여자는 발작 같은 웃음을 그치지 않았다.

끼이익.

여자를 떼놓고 밖으로 뛰어나온 하인들이 서둘러 광 문을 닫았다.

굳게 닫힌 문에 다시 육중한 빗장이 걸렸다. 이제 여자는 밖으로 나올 수 없었다.

큰 마님은 발작적인 웃음이 그칠 때까지 쏟아지는 비를 맞으며 한동안 광 문 앞에 서 있었다. 여자는 더는 난동을 부리지 않았다. 열어 달라고 문을 두드리거나, 괴성을 지르지도 않았다. 자극했던 무언가가 사라져버린 탓일까. 아무 일도 없었던 것처럼 고요한 가운데 빗소리만 들릴 뿐이었다.

자장자장 우리 아기. 우리 아기 잘도 잔다.

조용한 광 안에서 중얼거리는 소리가 흘러나왔다. 단조롭고 높낮이가 없는 자장가. 달밤에 여자가 아기 없는 포대기를 안고서 읊조리던 바로 그 가락이었다.

유순은 그대로 정신을 잃고 쓰러졌다.

"여자는…… 도련님 생모였어요."

유순이 속에서 무언가를 쥐어 짜내는 것처럼 힘겨운 어조로 말했다.

"5년 전 도련님을 낳고 정신이 이상해졌대요."

부부가 그토록 고대하던 첫 아이. 그것도 3대독자 귀한 아이였다. 그런데도 여자는 기뻐하지 않았다. 계속 한숨짓다가 갑자기 이유 없이 눈물을 흘리는 일이 잦았다. 뭔가에 쫓기는 사람처럼 안절부절 불안해하기도 했다. 아이를 낳은 몸이라 잘 먹어야 할 텐데도 식욕이 없다며 상을 물리기 일쑤였다.

여자가 특히 힘들어한 건 젖이 안 나온다는 사실이었다. 도련님은 나오지 않는 엄마 젖을 하염없이 빨다가 울음을 터뜨렸다. 큰 마님은 먹는 게 부실해서 그렇다며 미역국이다 뭐다 젖이 잘 돌게 한다는 음식들을 억지로 챙겨먹였지만, 소용없었다. 여자는 아이에게 젖을 주지 못하는 자신을 자책했고, 더욱 자괴감에 시달렸다.

결국 출산한 지 얼마 안 된 아낙을 유모로 들이는 것으로 문제가 일단락됐다. 하지만 그게 여자의 상처 입은 마음을 달랠 순 없었다.

여자의 감정은 폭풍에 요동치는 파도를 탄 것 같았다. 도련님이 자신의 품에 안겨 칭얼대거나, 유모 젖을 빨면서 방긋 웃는 모습을 보면 왈칵 울음을 터뜨렸다. 아이가 울음을 터뜨리면 쩔쩔매며 달래다가 별안간 화를 내고 소리를 지르기도 했다. 그러다 어미 자격이 없다면서 자신을 책망하거나, 바느질 가위로 제 팔뚝을 찌르려 했다. 어떨 때는 도련님을 살기등등한 매서운 눈초리로 쏘아보기도 했다.

큰 마님은 며느리를 도무지 이해할 수 없었다. 출산은 세상 여자들 다 겪는 일인데, 왜 저렇게 혼자만 애 낳은 것처럼 유별나게 구나, 싶고 그런 며느리가 한심스러웠다.

"제 속으로 낳은 자식을 버거워하다니. 어미 자격도 없구나."

큰 마님의 힐난은 여자의 가슴에 가시가 돼서 박혔다.

저라고 제 새끼가 왜 안 귀하겠어요. 하지만 이상하게 마음이 따라가지 않아요. 가끔은 아이한테서 도망치고 싶어요. 아이가 없었던 때로 돌아가고 싶어요. 저는 정말 자격이 없는 어미일까요?

여자의 가슴에 입 밖에 내지 못한 말이 차곡차곡 쌓였다. 그러던 어느 날 드디어 사단이 일어났다.

손자의 자지러지는 울음소리를 듣고 방으로 뛰어든 큰 마님은 눈을 의심케 하는 광경을 보았다. 여자가 커다란 베개로 아기 머리를 내리누르려 하고 있었다. 아기는 본능적으로 위험을 감지했는지 작은 얼굴이 새빨개질 정도로 경련을 일으키며 맹렬하게 울어댔다.

"네가 기어이 머리가 돌아버렸구나!"

큰 마님이 몸을 던져 누워 있는 아기를 안아 올렸다. 그리고 버럭 호통을 쳤다.

"이게 무슨 짓이야!"

여자는 그제야 정신이 들었는지 큰 마님 품에 안긴 아기를 멍하니 쳐다보다 와들와들 떨면서 울음을 터뜨렸다.

"아가, 미안하다. 용서해주렴, 아가."

여자가 아기에게 손을 뻗었다. 하지만 큰 마님이 매몰차게 밀쳐내며 도련님을 품속에 숨겼다. 여자를 노려보는 큰 마님의 눈빛은 전에 없이 매서웠다.

"제 새끼도 잡아먹을 어미로구나. 이대로 둬선 안 되겠다."

경고와도 같은 말을 남기고, 큰 마님은 손주를 품에 안은 채 그대로 방을 박차고 나왔다.

"그래서 여자를 광에 가둔 건가?"

김씨가 설마 하며 묻자 유순이 힘없이 고개를 끄덕였다.

"제정신이 아니라고, 그대로 두면 도련님을 해칠지도 모른다고요."

김씨는 말문이 막혔다. 자식과 떨어져 볕도 들지 않는 어두운 광에서 5년을 지냈다니. 옥에 갇힌 죄인처럼 지내는 동안, 여자는 조금씩 원래의 제 모습을 잃어버렸다. 자신의 마음도 잃어버렸다. 그렇게 여자는 귀신이 되어갔다.

하지만 김씨는 그런 극단적 결정을 내린 큰 마님도 이해가 아주 안 가는 건 아니었다. 조금만 늦었더라면 여자는 정말 아기를 죽였을지도 모른다. 자기가 낳은 자식을 해치려 했으니 여자는 제정신이 아닌 게 분명했다. 그러니 또다시 아기를 해치려 들지도 모른다. 그때는 이번처럼 운이 좋지 않을 수도 있다. 아무리 엄마라도 더 이상 아기 옆에 두는 건 너무도 위험한 일이었다.

더구나 유순이 일했던 양반집 대감마님은 조정 관료다. 아내가 미쳐서 3대 독자를 해쳤다는 소문이 퍼지면 계속 관직에 있기 어려울 것이다. 가문의 명예도 바닥에 떨어질 게 뻔하다. 여자를 친정에 돌려보내는 방법도 있겠지만, 아무리 조심하더라도 입소문은 나게 마련이다. 큰 마님이 그토록 극단적인 결정을 내린 데는 이런 이유들이 작용한 게 아니었을까.

"큰 마님은 며느리가 죽었다고 하고, 부랴부랴 새 며느리를 들었어요."

"그게 자네가 본 안방마님이겠구나."

유순이 다시 고개를 끄덕였다. 큰 마님은 고분고분하고 온순한 새 며느리가 전처가 낳은 자식을 잘 돌보리라 생각했다. 상대적으로 신분이 기우는 안방마님의 친정은 딸을 후처로 시집보내는 걸 크게 괘념치 않아 했다. 어머니 말이라면 거역하는 법이 없는 대감마님도 말없이 큰 마님 결정에 따랐다.

별다른 내색은 안 했지만, 대감마님 역시 나날이 정신이 이상해지는 아내한테 적잖이 지친 것 같았다. 이래저래 안성맞춤인 혼인이었다.

비밀을 철저히 유지하기 위해 큰 마님은 진실을 알고 있는 사람들을 집에서 내보냈다. 넉넉한 돈을 안겨 입막음하는 것도 잊지 않았다. 광이 있는 별채엔 사람들이 얼씬도 못 하게 했다. 조상들 위패를 모신 사당까지 다른 곳으로 옮겼다.

다행히 인근엔 아이 잡아먹는 귀신이 출몰한다는 이야기가 퍼져 일꾼들은 지시를 내리지 않아도 산과 인접한 별채에 발 들이기를 꺼렸다. 심지어 병으로 죽은 게 틀림없는 손녀 혜은도 귀신이 데려간 것이라고 수군거렸다.

큰 마님은 사람들의 어리석은 마음을 이용하기로 했다. 귀신을 달래기 위한 거라며 하인들에게 주기적으로 밥과 고기로 상을 차려 별채에 내가게 했고, 며칠에 한 번씩 남몰래 광 문을 열어 여자가 차려진 밥을 먹을 수 있도록 했다. 이렇게 철저하게 보안을 기울인 덕분에 비밀은 그동안 잘 지켜졌다.

도련님은 생모가 광 속에 갇힌 줄 모르고 안방마님을 어머니라 여기며 자랐다. 어느 날 하인이 실수로 문을 열어 놓는 바람에 별채로 들어가기 전까지. 그곳에서 자신에게 달려드는 미친 여자를 보기 전까지.

도련님은 충격이 심했는지 며칠을 심하게 앓았다. 건강이 회복된 뒤에도 예전 같은 활달한 모습은 되찾지 못했다. 도련님은 시무룩하고 말 없는 어린애가 됐다. 비밀을 알아버린 걸까. 유순은 집안 어른들이 도련님에게 광 속 여자에 대해 뭐라고 둘러댔을지 궁금했다. 어쩌면 나쁜 꿈을 꾼 거라고 아이를 속였을지도 모른다. 하지만 풀 죽은 도련님을 볼 때마다 아이가 어쩌면 뭔가를 눈치챈 게 아닌가, 하는 의심이 들었다.

광 속에 갇힌 미친 여자 소문은 삽시간에 집 안에 확 퍼졌다. 아랫사람들 단속에 일가견 있는 큰 마님이지만, 하인들이 밤낮으로 몰래 속닥거리는 것까지 막을 순 없었다. 누구는 산에서 귀신이 내려왔다고 했고, 누구는 큰 마님에게 원한을 품은 혼령이라고 했다. 마침내 호기심 많고 발이 넓은 하인 하나가 예전에 이 집에서 일했던 사람을 통해 진상을 알게 됐다.

그는 자신이 알게 된 비밀을 다른 사람들과 거리낌없이 공유했다.

"도련님 생모가 귀신이었어!"

일꾼들이 쑥덕거리는 소리를 들을 때마다 유순은 손으로 귀를 틀어막고 싶었다. 할 수만 있다면, 도련님 귀도 제 손으로 막아주고 싶었다. 소문이 들리지 않도록.

하지만 유순은 그 집에 오래 머물 수 없었다. 도련님을 제대로 돌보지 못한 죄로 쫓겨났기 때문이다. 유순도 그런 난리를 일으켜놓고 계속 머물 수 있을 거라곤 생각지 않았다. 그래서 돈 몇 푼 던져주며 나가라는 큰 마님 말씀에도 그저 고개를 조아리고 물러났다.

보따리를 꾸려 대문을 나서려는데, 춘세가 달려 나와 '나랑 같이 살지 않겠냐'고 했다. 춘세는 유순이 일한 대감마님 집을 이따금 드나들던 외거노비였다. 주인집에 사는 솔거노비들과 달리, 외거노비는 자기 집에 살면서 주인 일을 거들었다. 춘세도 작은 오두막에 홀로 살면서 대감마님이 조상들한테서 물려받은 밭을 관리, 경작하는 일을 했다. 밭에서 난 쌀과 곡식을 바치기 위해 대감 댁을 드나들던 춘세는 그간 남몰래 유순을 눈여겨봤던 모양이다.

유순도 춘세가 싫지 않았다. 그렇지 않아도 앞길이 막막하던 유순으로선 반가운 제안이었다.

같이 지내보니 춘세는 수완이 좋았다. 주인 밭에서 난 작물을 꼬박꼬박 신공(身貢)으로 바치는 한편, 근처 다른 사람들 땅도 함께 관리해 짭짤한 소작료를 받았다. 수고비 대신 받은 작물을 시장에 비싸게 내다 팔아 이윤을 남기기도 했다. 몇 년을 그렇게 살다 보니 제법 적잖은 돈이 모였다. 춘세는 그걸로 노비 문서를 사들여 종의 신분에서 벗어났다.

그 무렵 이미 부부처럼 지내고 있던 춘세와 유순은 정식으로 언약을 맺고 부부가 됐다. 여러모로 인생의 새 출발을 하게 된 그들은 삼개나루 인근에 작은 가게를 얻어 건어물 장사를 시작했다. 가게가 어느 정도 자리 잡자, 오랫동안 아이를 미뤄왔던 둘은 이제야말로 부모될 준비가 됐다고 생각했다.

하지만 공교롭게도 아기를 낳아야겠다고 작정하니 뱃속에 들어서
질 않았다. 부부는 바싹바싹 애가 타는 마음으로 두 해를 넘겼다. 그
러다 마침내 기다리던 아기가 들어섰다. 기다림 속에서 열 달을 보낸
유순은 무사히 건강한 사내아이 달수를 낳았다. 그게 바로 한 달 전
일이다. 유순은 더할 나위 없이 행복했다.

하지만 그 기쁨은 오래가지 않았다. 여자가 내린 저주 때문이었다.

"행복해서 잊고 있었어요. 아이를 데려가겠다는 여자의 협박을요."

유순의 표정이 다시 멍해졌다. 흐릿한 시선이 무언가를 찾을 때처
럼 허공을 이리저리 헤매고 있었다. 떠올리기만 해도 마음이 어지러
워지는 걸까. 안쓰러운 마음에 김씨가 유순의 손을 꽉 거머쥐었다.

"무슨 일이 있었던 거야? 차근차근 말해보게."

"여자가…… 돌아왔어요."

그렇게 말하며 유순이 바닥으로 고개를 떨궜다.

간밤에 잠에서 깬 유순은 곁에 있어야 할 아기가 사라진 걸 보고 깜
짝 놀랐다. 혼자선 움직일 수도 없는 아기가 대체 어딜 간 거지? 가슴
이 덜덜 떨렸다. 그럴 리가 없겠지만, 행여나 뒤척이다 아기를 깔아뭉
갠 건가 싶어 이불 밑까지 살펴봤다. 하지만 아기는 흔적도 없었다.

"달수야, 달수야."

유순은 저도 모르게 아들 이름을 연거푸 부르고 있었다. 엄마 목소

리를 들으면 아기가 어디선가 옹알거리는 소리를 들려줄 것만 같았다. 울음이라도 터뜨려줄 것 같았다. 하지만 애타는 유순의 목소리를 제외하면 주변은 싸늘할 만큼 고요했다.

자장자장 우리 아기, 우리 아기 잘도 잔다.

그때 밖에서 희미한 음성이 들려왔다. 높낮이 없는 단조로운 가락. 아이를 어르는 자장가가 아니라 주문이라도 외는 듯한 섬뜩한 음성.

화들짝 놀란 유순이 방문을 벌컥 열어젖혔다.

밖에는 보름달이 휘영청 떠 있었다. 하얗게 부서지는 달빛을 받으며, 눈에 익은 형체 하나가 마당에서 아기를 안고 서 있었다. 달빛 못지않게 새하얀 치마저고리를 입고, 쪽 찐 뒷머리에 비녀를 꽂은 여자. 배꽃처럼 하얀 여자의 얼굴이 유순을 보더니 방긋 웃었다.

자장자장 우리 아기, 우리 아기 잘도 잔다.

여자의 입술에서 다시 단조로운 가락이 흘러나왔다. 포대기 같은 걸 안은 여자가 앞뒤로 가볍게 몸을 흔들었다. 아기를 달래려는 것처럼. 포대기 밖으로 비죽 튀어나온 아기 머리가 축 늘어져 여자의 움직임을 따라 이리저리 흔들렸다.

유순은 숨이 멎는 것 같았다. 그 속의 아기는 달수가 틀림없었다. 불끈 쥔 유순의 두 주먹이 덜덜 떨렸다. 저 여자가 내 아기를 데려갔어! 오래전 도련님을 자기한테서 떼놓은 데 앙심을 품고서.

'내 아기를 뺏어간 년! 나도 네 아기를 데려갈 거야!'

여자가 했던 말이 유순의 귓전에 우레처럼 되살아났다. 유순은 온몸에 흐르는 피가 차갑게 얼어붙는 것만 같았다. 당장에라도 달려가 아기를 빼앗으려 했지만, 충격 때문인지 공포 때문인지 발이 떨어지지 않았다.

착하기도 해라. 울지도 않네?

여자가 기특하다는 듯 포대기 안을 들여다보았다. 아닌 게 아니라 아기는 낯선 이의 품에서도 안 울고 얌전히 있었다. 이상하다고 생각하는 유순을 향해 여자가 살며시 포대기를 열어젖혔다.

내가 재웠어.

포대기에 든 아기 얼굴이 드러났다. 유순이 헉, 숨을 들이켰다. 분명 익숙한 달수 얼굴이지만, 너무도 이상했다. 입을 조금 벌리고 잠든 얼굴은 허옇다 못해 푸르딩딩했다. 오목조목한 눈코입도 옴짝달싹 하지 않는다.

여자가 큰 비밀이라도 알려주는 투로 말했다.

이젠 다시는 울지 않을 거야.

유순이 이를 악물었다. 그러자 새하얀 여자가 기괴하게 얼굴을 일그러뜨리며 히죽 미소 짓는가 싶더니, 허리를 꺾고 웃기 시작했다.

히히히히.

사람 같지도, 짐승 같지도 않은 기괴하고 음산한 웃음이었다.

으아아아아.

더는 참을 수 없어진 유순이 괴성을 지르며 달려들어 품에서 아기를 낚아챘다. 그 소란에도 아기는 아무런 반응이 없었다. 잠든 듯 살포시 감은 눈도 뜨지 않았다. 유순이 아기의 코밑에 손가락을 대봤다. 숨결이 느껴지지 않았다.

"달수야, 달수야!"

유순이 아기를 흔들었다. 처음엔 가볍게, 하지만 움직이지 않자 손에 점점 더 힘을 줬다. 아기는 꿈쩍도 하지 않았다. 울음소리도 내지 않았다.

"왜 울지 않는 거야, 왜!"

유순이 울면서 손으로 바닥을 쳤다. 내려치는 손이 터지고 갈라져 피가 흘러나오는데도 아기는 미동도 않고 누워만 있었다.

"울어봐, 울어보란 말이야!"

아기를 품에 안고 앞뒤로 흔들었다. 하지만 착한 아기는 영영 잠에서 깨지 않았다. 울지 않는 아기에 정신이 팔린 나머지, 유순은 여자가 연기처럼 홀연히 사라진 것도 눈치채지 못했다.

"진짜 아기 잡아먹는 귀신은 바로 그 여자였어요! 제 새끼를 죽이려 했던 그 여자가 우리 달수 목숨까지 빼앗아 버린 거예요!"

유순은 제 옆에 둔 죽은 아기를 꼭 끌어안더니 아기 가슴에 얼굴을 파묻고 흐느끼기 시작했다.

김씨는 어찌할 바를 몰라 울음소리가 잦아들 때까지 가만히 유순의 등을 어루만졌다.

어째서 강제로 아들과 생이별한 엄마가 또 다른 어미의 가슴을 찢어놓았을까. 유순의 말대로 복수 때문일까.

광 속에 있던 여자는 술래잡기를 하다가 별채까지 들어온 도련님이 제 자식이라는 사실을 곧바로 알아차렸는지도 몰랐다. 그러니 5년 만에 만난 아들을 가로막은 유순에게 이를 갈았는지도 몰랐다.

'하지만 유순은 아무것도 몰랐는데……'

김씨는 가슴이 답답해 한숨만 나왔다.

달수를 죽인 건 아기를 잃은 한 엄마의 원한이다. 자식을 향한 부모의 집착은 그만큼 크고 무섭다. 거기까지는 김씨도 납득이 갔다.

그러나 단 한 가지, 김씨가 도저히 이해되지 않는 점이 있다. 유순이 달밤에 처음 마주친 하얀 치마저고리를 입은 배꽃 같은 여자는 무엇이었을까. 유순과 도련님에게 달려들던 여자는 본래 색깔을 알아볼 수 없을 만큼 때가 탄 옷을 걸치고 머리를 풀어헤친 채 광 속에 갇혀 있었다고 헀는데…….

'아마도 생령(生靈)이었나 보군.'

김씨가 속으로 가만히 중얼거렸다. 세상을 떠난 자의 몸에서 빠져나온 망령(亡靈)처럼, 때로는 살아 있는 사람 몸에서도 영혼이 빠져나온다는 말을 김씨는 어디선가 들은 적이 있다. 그만큼 간절히 바라는 게 있기 때문이다.

갇힌 여자의 몸에서 빠져나온 영혼이 달 밝은 밤 별채 안을 거닐고 있었던 건 밖에 나가고 싶다는 염원, 다시 아이를 보고 싶다는 간절한 바람 때문이 아니었을까. 그렇게 생각하자 김씨는 눈앞의 유순과 마찬가지로 광에 갇혔던 여자도 이루 말할 수 없이 불쌍했다.

"이젠 그만 울게. 계속 울다가 눈까지 짓무르겠네."

김씨가 유순의 어깨를 툭툭 두들겼다. 하지만 그렇게 말하는 김씨의 목소리에도 울음기가 배어 있었다.

"자식을 품에서 떼놓고 몇 년씩 광에 가두다니……. 미쳤다곤 하나, 너무하지 않은가."

선노미의 이야기를 듣고 난 올빼미가 길게 탄식했다. 방 안에 앉은 다른 사람들도 다들 올빼미처럼 심란한 표정이었다. 선노미도 그랬었다.

뒤늦게 집에 돌아온 춘세는 아내와 아기가 사라진 걸 알고 동네방네 헤매다 주막까지 찾아왔다.

울다 지쳐 쓰러진 유순 대신 주모가 춘세에게 자초지종을 알려 줬다. 춘세는 믿을 수 없다는 표정으로 망연자실했다.

곁에서 이야기를 훔쳐 듣던 선노미도 기가 막혀 입이 딱 벌어졌다.

"아마도 광에 갇힌 여자는 산후병을 앓았던 것 같네."

연암이 조용히 입을 열었다.

"산후병은 아이 낳은 산모가 죽는 병 아닙니까?"

너구리가 의아하다는 듯 물었다.

"죽지는 않고 마음에 병이 드는 경우도 더러 있다고 들었네. 세종대왕의 여동생이신 정선공주께서도 산후에 울증에 빠지셔서 시름시름 앓다 돌아가셨다고 하더만."

"그렇다면 광에 가둘 게 아니라 치료를 받아야 했군요."

노루가 안타깝다는 듯 혀를 찼다.

"애당초 아이를 낳기만 하면 저절로 애정이 생길 거라고 기대하는 게 잘못 아닌가? 어미라고 무조건 아이를 예뻐하라는 법은 없어."

여우가 시큰둥하게 말했다.

"세현, 누가 자네 아니랄까 봐 또 그런 냉소적인 말을 하는군."

연암이 여우를 향해 씁쓸하게 중얼거렸다. '세현'이라 불린 여우는 고개를 삐딱하게 숙였다.

"냉소적인가요? 하지만 어미도 저절로 되는 건 아닙니다. 아이를 키우면서 만들어지는 거죠."

연암이 마치 처음 보는 사람인 것처럼 세현의 얼굴을 물끄러미 들여다보았다.

둘의 대화를 듣던 선노미는 문득 주모 김씨 얼굴을 떠올렸다. 무뚝뚝하고 애정 표현에 인색한 편이지만, 김씨가 자신과 여동생들을 위해서라면 뭐든 서슴지 않고 하리라는 걸 선노미는 잘 알고 있었다. 선노미 눈에 비친 김씨는 태어날 때부터 그랬을 것만 같았다. '어머니'가 아닌 김씨의 모습을 선노미는 상상할 수 없었다.

'어머니는 날 낳기 전에 어땠을까.'

선노미는 태어나 처음으로 처녀 시절 김씨의 모습을 머릿속에 그려봤다.

정신을 잃었던 유순이 눈을 떴다.

누렇게 뜬 벽지와 낡은 세간살이가 눈에 익은 걸 보니 제 집에 누워 있는 모양이었다. 퍼뜩 고개를 돌려 옆을 쳐다봤다. 어제까지 곁에 있던 아기가 지금은 사라지고 없었다. 아기가 누워 있던 요 위에는 동그랗게 파인 작은 자국만 남아 있었다. 아기의 흔적이 그것뿐이라고 생각하니 유순은 목이 메었다.

'꿈이 아니었어.'

눈을 질끈 감았다. 나쁜 꿈이었다면 좋겠다고 생각했다. 눈을 뜨면 여전히 아기가 곁에 있고, 다행이라고 가슴을 쓸어내릴 수 있기를 바랐다. 하지만 모든 게 현실이었다. 아기는 죽었고, 자신은 아직도 멀쩡하게 살아 있다.

남편은 술이라도 마시러 나갔는지 기척이 없었다. 그 사람도 가슴이 찢어지겠지. 남편이 자신을 달래려 하기보다는 이렇게 혼자 내버려둔 게 유순은 차라리 마음이 편했다. 적어도 오늘 하루만큼은.

유순은 주모 김씨에게 사실을 있는 그대로 털어놓지 않았다. 진실을 얘기하면 김씨는 자신을 귀신 보듯 했을 것이다. 몇 년 전이었더라면, 유순도 자신 같은 여자를 경멸했을 게 틀림없었다. 유순은 남편에게조차 비밀을 숨기기로 마음먹었다. 사실 남편이야말로 가장 진실에서 멀어져야 할 사람이었다. 그러니 유순은 비밀을 무덤까지 가져갈 작정이었다.

지난밤 유순은 아기울음 소리에 잠이 깼다. 남편이 자리에 없는 걸 보니 또다시 밤마실을 나간 모양이라고 생각했다. 유순은 자신이 아기를 가졌을 때 남편에게 다른 여자가 생긴 걸 어렴풋이 짐작했다. 그래도 그때는 곧 태어날 자식이 부부 사이 인연을 다져주는 끈이 될 거라 믿었다. 하지만 그 반대였다.

어렵게 낳은 아이였지만, 유순은 아기 돌보는 게 버거웠다. 달수는 손이 많이 가는 아이였다. 지치지도 않는지 밤마다 끊임없이 울어댔다. 남편을 도와 가게를 돌보면서 집안 살림도 해야 하는 유순은 한밤 중에도 몇 번이고 아기를 달래기 위해 녹초가 된 몸을 일으켜야 했다.

반면 남편은 아기 울음소리가 들리지 않는 모양이었다. 자기보다 잠귀도 더 밝은 사람이 희한하게 아기가 울 때면 깨지도 않고 잘만 잤다. 몇 번은 남편이 아기를 달래주길 기대하며 그대로 자리에 누워 있어 봤지만, 남편은 갑자기 귀가 먹기라도 했는지 미동도 하지 않았다. 어쩔 수 없이 매번 자리에서 일어나야 하는 건 유순이었다.

잠 못 드는 날이 한 달쯤 이어지자 심한 두통이 찾아왔다. 나중엔 아기 울음소리만 들려도 머리가 지끈거리기 시작했다. 아기는 엄마를 약 올리기라도 하는 것처럼 남들 앞에선 등 뒤에 업혀 쌔근쌔근 잠들었다. 동네 아낙들이 '달수는 어쩜 이렇게 순할까. 효자야, 효자' 라고 할 때면 유순은 겉으론 웃었지만, 속으론 아이가 미웠다.

"애 보는 게 뭐가 힘들다고."

유순의 하소연을 듣고는 남편은 그렇게 말했다.

"엄마가 당연한 거 아냐?"

남편은 힘들다는 유순의 말이 이해 가지 않는 모양이었다. 그러는 자기는 아기 돌본 적도 없으면서. 유순은 목구멍까지 올라오는 불평을 애써 삼켰다. 한편으론 남편 말이 맞고, 자신은 한심하기 짝이 없는 엄마라는 생각이 들어서였다.

아기의 잠투정 때문에 남편이 밖에서 자고 오는 횟수가 점점 늘어났다. 어쩌면 아기 때문이 아니라 아기 보느라 초췌해지고 시들어버린 자신 때문인지도 모른다고 생각했다. 아기는 소원한 부부 사이도 이어준다던데 자신들에겐 해당되지 않았다. 유순은 아기 없이 부부가 알콩달콩 지냈던 옛날로 돌아가고 싶었다.

그날 유순은 당연하다는 듯 한밤중에 깨서 울어대는 아기 입을 난폭하게 틀어막았다.

"제발 그만 좀 울어, 너 때문에 내가 미칠 것 같아. 엄마가 미치는 꼴 보고 싶니?"

아기는 더욱 발악하며 울어댔다. 울음소리가 귀에 윙윙 울려서 유순은 머리가 깨질 것만 같았다. 그래서 아기 입을 틀어막은 손에 더욱 힘을 줬다.

얼마나 시간이 흘렀을까. 서서히 아기 울음소리가 잦아들었다. 머리를 헤집던 끔찍한 두통도 사그라들었다. 주위가 조용해지자 유순은 아기를 내려다보았다.

아기는 아무런 소리도 내지 않았다. 거짓말처럼 너무나 조용했다.

자그마한 손발은 미동도 하지 않았다. 화들짝 놀란 유순은 아기 입에서 손을 뗐다.

"달수야, 달수야!"

그래도 아기는 눈을 뜨지 않았다. 울지도 않았다. 흔들어도 보고, 꼬집어도 봤지만, 아기는 조용히 잠들어 있을 뿐이었다.

"왜 안 우는 거야! 울어, 울어 보라니까!"

조금 전까지 자지러지게 울던 아기에게 악을 쓰던 유순은 이젠 울어보라고 외치고 있었다. 하지만 아기는 울지 않았다. 아마도, 두번 다시 울지 않을지도 몰랐다.

유순은 싸늘하게 식어버린 아기를 가슴에 안고 흐느끼기 시작했다. 아기가 죽었다는 슬픔에, 아기를 그렇게 만들어 버린 게 자신이라는 뼈아픈 자각에 온몸이 시리도록 아팠다.

네 아기를 데려갈 거야!

광에서 본 여자의 서슬 퍼런 음성이 유순의 귓전에 되살아났다. 퍼뜩 어떤 생각이 머릿속을 스치고 지나갔다.

'나도 아기 잡아먹는 귀신이었어. 그 여자처럼.'

달밤에 만났던 여자는 유순이 자기와 똑같은 사람이라는 걸 알아보았는지도 모른다. 여자의 쓸쓸한 미소에 그토록 가슴이 아렸던 것도, 여자가 자신을 향해 그토록 환하게 웃어 보였던 것도 서로가 아기 잡아먹는 귀신이라는 동질감을 느꼈기 때문인 걸까.

하늘엔 둥그런 보름달이 떠 있었다. 유순이 울지 않는 아기를 업고

서 허겁지겁 밖으로 달려 나갔다. 죽은 아기와 함께 나루터에서 몸을 던져 제 안에 숨어 있는 아기 잡아먹는 귀신을 영원히 수장시켜버릴 생각이었다.

히히히.

썰렁한 유순의 빈집에서 음산한 여자 웃음소리가 나지막하게 들려왔다.

일을 마친 주모 김씨가 아이들이 잠든 방문을 살포시 열고 들어왔다. 술기운 탓인지 김씨 얼굴이 불그스름했다.

보통 때는 손님들이 술을 권해도 손사래 치는 김씨지만, 이날만은 예외였다. 단골손님들이 '주모, 한잔 어떻소' 하며 건네는 술을 마다하지 않았다. 간밤에 유순한테서 들은 찝찝한 이야기를 떨쳐내기 위해선 술이 필요했다. 절실히.

문간 쪽에 옥이가 쌔근쌔근 잠들어 있었다. 김씨는 고이 잠든 막내딸 얼굴을 어루만지려다 아이가 깰까 봐 손을 거뒀다. 아직 앳된 티가 가시지 않은 옥이 얼굴을 가만히 들여다보니 문득 아기 때 옥이 모습이 떠올랐다. 쉴새 없이 칭얼거리고, 밤마다 툭하면 울어 젖혀 엄마를 깨우곤 하던 그 아기가.

'아기 잡아먹는 귀신은 실제로 있어요!'

유순이 울부짖던 소리가 귓전에 되살아났다. 김씨는 소름이 끼친다는 듯 몸을 부르르 떨었다.

사실 김씨도 아기 잡아먹는 귀신을 만난 적이 있다. 옥이가 아직 돌이 안 될 무렵이었다. 남편은 시름시름 앓아누웠고, 김씨는 남편 병간호하랴, 혼자 주막일하랴, 아직 어린 선노미와 복이 돌보랴, 눈코 뜰 새가 없었다. 눈물과 땀으로 하루하루를 간신히 버텼다. 가끔은 감당하기 힘들 정도로 무거운 짐을 지워준 하늘이 원망스럽기도 했다.

　손이 많이 가는 옥이는 그렇지 않아도 숨이 턱 끝에 찬 김씨를 벼랑 끝으로 내몰았다. 어느 날 밤, 어김없이 엄마를 괴롭히던 옥이를 등에 업고 어르다, 김씨는 문득 아기를 바닥에 세게 내동댕이치고 싶은 충동에 휩싸였다. 짧은 순간이었지만, 지금까지 머릿속에 생생하게 남아 있을 만큼 그 충동은 강렬했다. 만약 그때 아기 잡아먹는 귀신에 굴복했더라면, 지금 이렇게 어여쁘게 자란 옥이는 이 세상에 없을지도 몰랐다.

　'귀신한테서 널 지킬 수 있어 정말 다행이야.'

　김씨가 속으로 가만히 속삭였다. 잊고 싶었던 오래전 기억을 떠올려서인지 주책스럽게도 뜨거운 눈물이 김씨의 뺨을 타고 흘러내렸다.

3

춘추관의 괴문서

기담회에 새로운 인물이 찾아왔다. 선노미가 방 안에 들어서니 처음 보는 선비 하나가 연암 일행과 담소를 나누고 있었다. 기담회 분위기가 여느 때보다 화기애애하다 싶었더니 그런 이유가 있었다.

새로 참여한 이는 젊은 선비였다. 나이는 일행 중 제일 젊은 '노루'와 비슷하거나, 그보다 한두 살 더 어린 것 같았다. 뚱뚱하지도 날씬하지도 않은 보통 체격에 얼굴이 말쑥했다. 햇볕을 통 안 쬐고 사는지 얼굴이 하얀 것이 방 안에 틀어박혀 글공부만 할 것처럼 생겼다. 떡 벌어진 체구에 얼굴이 불그레한 연암과는 대조적이었다.

같은 선비라도 이렇게 다들 다르구나, 싶어 선노미는 내심 흥미로웠다. 새로 온 선비는 어딘지 모르게 유약해 보였지만, 온화한 인상이었다.

"네가 선노미로구나."

젊은 선비가 호기심 어린 눈초리로 선노미를 찬찬히 뜯어보았다.

"네 얘기는 무광한테서 익히 들었다."

'무광'이라고 불린 노루가 본인 대신 선비를 소개했다.

"여기 종훈은 어린 시절 나랑 서당을 함께 다닌 친구란다. 기담회 얘길 해줬더니 꼭 한번 와 보고 싶다고 해서 말이지."

"감사하게도 여기 계신 선생들께서 허락해주신 덕분에 자리에 낄 수 있었지요."

종훈이 다른 선비들을 향해 깍듯하게 고개를 숙였다.

"격식을 차리는 자리도 아닌데 사람 하나 더 부르는 게 뭐가 어렵다고. 게다가 진석은 자네 부친을 뵌 적도 있다고 하더군."

연암이 올빼미를 가리켰다. 올빼미, 아니 진석이 고개를 끄덕였다.

"꽤 오래전 일이지만, 자네 부친께선 내 큰형님과 가까운 사이라 가끔 우리 집에 들르곤 하셨다네. 부친께선 무탈하신가?"

갑자기 종훈의 얼굴이 어두워졌다.

"돌아가셨습니다."

"이런……. 언제?"

"석 달 전에요."

"그런 일이 있었구먼. 찾아가 뵙지도 못해 미안하네."

종훈이 아닙니다, 하면서 손사래를 쳤다.

"아버님께선 춘추관 사관(史官)이셨다면서?"

자칫 어두워지려는 분위기를 바꾸고 싶었는지 세현이 물었다. 종훈이 그렇다고 대답하며 끄덕이자 곁에 있던 무광이 끼어들었다.

"종훈도 사관입니다. 아버지 대(代)를 이은 셈이 됐죠."

"대를 잇다니……. 수찬관(修撰官)을 하신 아버지랑 감히 댈 바는 아니지."

종훈이 민망하다는 표정을 지었다. 수찬관은 춘추관에서 가장 높은 자리다. 모두 일곱 명인데, 행정, 연구 기관인 홍문관 부제학과 승지 여섯 명이 수찬관 직무를 겸임했다. 한편 종훈은 사초(史草)를 작성한다고 했다. 왕의 주변에서 일어나는 일을 매일 기록한 자료가 사초다. 사초 기록은 주로 새로 문과에 급제한 젊은 사람들이 맡는데, 이들은 교대로 돌아가며 사초를 기록한다고 했다. 한마디로 종훈 부자는 같은 사관이라도 직급이 우두머리와 말단으로 천지차이었다.

"전하 곁을 그림자처럼 보필하는 일 아닌가. 돌아가신 아버님께서 자랑스러워하실 걸세."

'너구리'가 말했다. 그 말에 종훈은 얼굴빛이 심각해지더니 자세를 고쳐 앉았다.

"실은 아버지께서 겪으신 기이한 경험을 이야기하려고 이 자리에 나왔습니다. 어쩐지 그게 돌아가신 아버지를 위한 일이 될 것 같아서요. 염치없는 부탁이긴 하지만, 오늘은 제 얘기를 들어주실 수 있으신지요?"

선비들이 서로 얼굴을 마주 보았다. 뜻밖이긴 하지만, 딱히 반대 의견은 없어 보였다. 선비들 의견이 일치한 것을 확인한 종훈이 이번엔 선노미를 바라봤다.

"괜찮겠니?"

선노미가 네, 하고 대답했다. 높으신 분들이 정한 일이니 자신이 감 놔라 배 놔라 할 입장이 못 됐다. 그럼 오늘은 내가 필요 없겠구나, 싶어 머리를 조아리고 일어서려는데 머리 위로 우렁우렁 울리는 연암의 엄한 목소리가 들렸다.

"너, 어딜 가려는 게냐?"

선노미가 화들짝 놀랐다.

"그, 그러니까, 오늘은 이 선비분께서 말씀하신다고 하셔서……."

"그렇다고 자리를 뜨다니. 이 기담회 주역은 바로 너 아니냐."

연암의 말에 다른 선비들도 모두 한마디씩 거들었다.

"그래, 너로 인해 만들어진 자리다."

"버팀목이 사라지면 안 되지."

어찌할 바를 몰라 주춤거리는 선노미에게 종훈이 다정하게 말을 건넸다.

"그냥 있어다오. 가버리면 네 자리를 뺏은 것 같아 내가 미안할 것 같구나."

선노미가 쭈뼛쭈뼛하며 다시 바닥에 엉덩이를 내려놨다.

"황송하옵니다."

"뭘 이런 걸로 황송하달 것까지야."

선비들께 고개 숙여 인사 올리고 머리를 드는데, 세현의 냉소적인 목소리가 들렸다. 늘 그렇듯 빈정거리는 말투였다. 하지만 이상하게도 선노미는 마음이 편안해졌다. 제 존재를 인정받은 것 같아서였다. 자신은 이 기담회의 어엿한 일원이며, 선비들이 자신을 받아들여줬다는 생각에 가슴이 뿌듯했다.

"막상 이야기를 시작하려니 어렵군요."

어수선했던 분위기가 안정되자, 종훈이 입을 열었다. 표정이 딱딱한 걸 보니 긴장이 되는 것 같았다. 방 안에 있는 여섯 쌍의 눈동자가 일제히 저만 보고 있으니 부담스러울 만도 했다.

종훈의 시선이 앞에 앉은 선노미에게 슬쩍 닿았다. 너, 이런 자리에서 용케도 얘기를 잘했구나. 종훈의 눈이 그렇게 말한 것 같았다. 여기 있는 사람을 모두 동물이라고 생각하면 한결 편해진다는 전하지 못할 대답을 속으로 삼키며 선노미는 아무도 알아채지 못하게 조용히 웃었다.

"그냥 편하게 이야기하면 되네."

무광이 어려워하는 친구를 다독였다. 거기에 힘을 얻었는지 드디어 첫 마디가 나왔다.

"23년 전 일입니다."

종훈이 목소리를 가다듬고 이야기를 시작했다.

종훈의 아버지 원호는 춘추관 수찬관이었다. 춘추관은 국가 행정을 기록하고, 역사를 편찬하는 기관이다. 국왕이 승하하고 다음 국왕이 즉위하면 선왕에 대한 실록을 작성하는 곳도 춘추관이다.

그곳의 수장인 수찬관은 발생한 사건을 기록하고 보관하는 일을 총괄했다. 그중 제일 중요한 업무가 실록 편찬이었다. 실록은 중앙 및 지방 관청이 행정 업무를 기록한 시정기(時政記)와 사초를 바탕으로 만들었는데, 사초에서 어떤 글자와 글귀를 뺄지 결정하는 산삭(刪削) 과정을 담당하는 것도 수찬관이었다.

이토록 중요한 업무를 맡은 원호는 늘 바빴다. 성격 자체도 꼼꼼하고 실수를 싫어한 탓에 밤늦도록 춘추관에서 일에 파묻혀 지내는 때가 많았다. 그날도 원호는 늦은 밤까지 홀로 관내에서 문서를 살펴보던 참이었다.

문득 고개를 들어 창밖을 보니 이미 밖은 캄캄한 어둠이 내려앉은 뒤였다. 별빛도 보이지 않는 칠흑같이 시커먼 하늘엔 붉은 달만 음산하게 빛났다. 검붉은 달 색깔이 핏빛을 연상시켜 섬뜩하게 보였다.

'붉은 달이 뜨면 나라에 변고가 생긴다던데…….'

원호는 불길한 예감에 마음이 어수선했다.

달은 금방이라도 붉은 피를 뚝뚝 떨어뜨릴 것 같았다. 그러면 하늘에선 핏물이 빗줄기처럼 쏟아져 내리겠지. 생각만 해도 끔찍해 원호는 불쾌한 상상을 떨쳐내려 머리를 흔들었다.

쓰윽쓰윽.

어디선가 움직임이 일어나는 소리가 들렸다. 제 숨소리까지 똑똑히 들릴 만큼 적막한 실내가 아니었다면 알아챌 수 없었을 작은 소리였다. 어딘지 모르게 귀에 익은 소리 같기도 했다. 원호는 미간을 모으고 소리에 집중했다.

쓰윽쓰윽.

숫돌을 갈 때처럼 돌을 비비는 것 같기도 했다. 문득 원호는 소리
의 정체를 깨달았다. 벼루에 먹을 가는 소리였다. 이 시간에 먹을 간
다니. 글이라도 쓰려는 건가. 순간 원호는 눈이 번쩍 뜨이는 것 같았
다. 누군가 불 꺼진 춘추관에서 글을 쓰려 한다!

원호는 저도 모르게 벌떡 일어났다.

춘추관 기록물에 눈독 들이는 이들은 적지 않았다. 임금은 선대 왕
들의 자취를 남긴 실록에 어떤 글이 실릴지 궁금해하는 한편 두려워
했다. 자신의 일거수일투족을 담은 사초는 왕들에게 더 두려운 존재
였다. 부끄러운 실책을 후대에 남기지 않으려고 사초를 지우려 한 왕
도 있었다. 정승 판서를 비롯한 고위 관리도 마찬가지였다. 행여 자
신의 이름이 부끄러운 기록으로 남을까 봐 춘추관 사관들에게 아부
하거나, 사관을 은근히 위협하는 자들도 있었다.

이런 밤늦은 시간에 춘추관에서 먹 가는 소리가 들린다는 건 누군
가 남몰래 기록물을 지우거나, 고쳐 쓰려는 수작일 수 있었다.

'대체 어떤 뻔뻔한 자인가!'

화가 난 원호가 소리 나는 쪽으로 부리나케 달려가려다 문득 발걸
음을 멈췄다. 누군지 몰라도 그런 대담한 짓을 하려는 자가 무방비
상태로 오진 않았을 것이다. 행여 들키더라도 증거를 남기지 않으려
고 철저하게 준비했겠지. 칼 같은 걸 품에 넣고 와서 자신을 목격한

사람을 찔러 죽이려 할지도 모른다.

거기까지 생각이 닿자 원호는 살금살금 발소리를 죽였다. 먼발치서 누군지 지켜보고 적당한 상황을 봐서 행동을 취하는 게 현명할 것 같았다.

사락사락.

가까이 다가가자, 이번엔 종이가 바스락거리며 종이 위로 붓끝이 스치는 소리가 들렸다. 의심의 여지가 없었다. 누군가 여기서 글을 쓰고 있다.

원호는 두근거리는 가슴을 억눌렀다. 멀리서는 몰랐는데, 컴컴한 어둠 한 귀퉁이에 희미한 노란 빛이 어른거리는 게 보였다. 초가 타면서 내는 불빛이었다. 과연 한 남자가 촛불에 의지한 채 구석에 놓인 책상에 앉아 글씨를 쓰고 있었다.

저만치서 보이는 남자는 유려한 손놀림으로 무언가를 써내려갔다. 글 쓰는 일이 어지간히 손에 익었는지 손동작이 물 흐르듯 자연스러웠다. 남자가 종이 위로 멋스럽게 한 획을 휙 그은 것처럼 붓을 위로 치켜들었다.

원호는 남자의 얼굴을 보기 위해 고개를 더 내밀었다. 하지만 서가가 시야를 가로막고 있어 제대로 보이지 않았다. 조바심이 난 원호가 서가 가운데 놓인 책자를 한쪽으로 주섬주섬 밀어젖혔다. 공간을 만들어 그사이로 남자 얼굴을 엿볼 생각이었다.

좌르륵.

원호의 손이 헛도는 바람에 책자가 한꺼번에 바닥으로 떨어졌다. 바닥에 책 떨어지는 소리가 일순 적막을 깨뜨렸다. 실내가 조용한 탓인지 그 소리는 한여름 소나기를 동반한 벼락 소리 만큼이나 커다랗게 들렸다.

글 쓰던 남자가 고개를 들었다. 가운데가 텅 비어버린 서가 사이로 남자의 얼굴이 드러났다. 노랗게 일렁거리는 촛불 빛이 남자의 얼굴 윤곽을 뚜렷하게 비췄다. 그 얼굴을 본 순간, 원호는 온몸의 피가 싸늘하게 얼어붙는 것 같았다.

남자의 얼굴은 온통 피투성이였다. 한쪽 눈은 얻어맞았는지 눈꺼풀이 퉁퉁 부어올라 아예 감기다시피 했고 입술도 찢어져 여기저기서 피가 흘렀다. 상투를 풀어 흘러내린 머리칼이 얼굴과 어깨를 뒤덮고 있는데, 한쪽이 움푹 팬 머리에서 흘러내린 피가 말라붙어 머리칼에 피딱지가 더덕더덕 엉겨 있었다. 성한 곳이 하나 없는 몰골이었다.

'저건 사람이 아니다!'

원호는 직감했다. 살아있는 사람이 저런 모습으로 춘추관 같은 곳에서 글씨를 쓰고 있을 리가 없다. 그렇다면 저자는 귀신인가. 내가 지금 귀신을 마주하고 있단 말인가. 소름이 끼치며 등골이 서늘해졌다.

남자가 얼이 빠진 듯이 꼼짝도 못 하는 원호를 물끄러미 바라봤다. 무표정한 시선에선 아무런 감정도 느껴지지 않았다.

"큰 화가 일어날 것이오."

남자가 느닷없이 원호를 향해 말했다. 낮고 묵직한 음성이었다.

"그, 그게 무슨 소리요!"

뜻밖의 말에 두려움조차 잊어버린 원호가 남자를 다그치려는데, 촛불이 훅 꺼졌다. 남자의 모습도 촛불과 함께 순식간에 사라졌다.

원호는 망연자실한 채 남자가 있던 곳을 멍하니 쳐다봤다. 방금 무슨 일이 일어난 거지? 꿈이라도 꾼 걸까?

남자가 앉아 있던 자리로 조심스럽게 다가가보니 거기엔 책자가 한 권 놓여 있었다. 연한 자색 겉표지에 제목이 적히지 않은 얇은 책자. 남자는 조금 전 이 책자에 글자를 쓰고 있었던 모양이었다.

원호가 주저하며 책자를 집어 들었다. 겉표지를 넘기고 첫째 장을 펼쳤다.

읽되, 말하지 않는다.

'읽되, 말하지 않는다?'

이게 무슨 소리인가. 여기 적힌 내용을 발설하지 말라는 뜻인가? 원호가 다음 장을 넘겼다.

함부로 입에 올리는 자, 목숨으로 대가를 치를 것이다.

두 번째 글귀까지 읽은 원호는 기분이 언짢았다. 무슨 대단한 내용이길래 이렇게 협박에 가까운 글을 써놓은 걸까. 불쾌해서 책자를 덮어버리고 싶었지만, 한편으로는 책에 적힌 내용이 궁금해 한 장을 더 넘겼다.

그 다음부터는 백지였다. 몇 장을 넘겨도 백지가 계속 이어졌다. 원호는 속은 기분이 들었다. 귀신과 함께 나타난 책자여서 심상치 않은 물건이라 짐작했는데, 그게 아니었던 모양이었다. 어쩌면 이 책자는 귀신과 무관한 것일지도 몰랐다. 원래부터 이 자리에 있던 물건이고, 귀신이 글씨를 쓰고 있던 게 아니었던 것이다. 아니, 귀신조차도 실제 나타난 건지 어쩐지 분명하지 않았다. 그간 너무 피로해 헛것을 보았던 걸까.

그렇게 생각하며 책을 덮으려는데 속지 어딘가에 적힌 붉은 글씨가 원호의 시선을 스쳤다.

원호가 다급히 글씨가 적힌 곳을 찾아 펼쳤다. 글을 읽어내린 원호의 얼굴이 백지장처럼 하얗게 변했다. 누군가 등 뒤에서 차가운 얼음물을 쏟아 부은 것처럼 온몸에 오싹 소름이 끼쳤다.

지금으로부터 5년 뒤…….

책자에는 지금으로부터 5년 뒤에 일어날 일이 적혀 있었다. 그것은 도저히 믿기 힘든, 놀랍고 무서운 일이었다.

"대체 무슨 내용인가?"

너구리가 궁금하다는 듯 유난히 눈을 깜빡였다.

종훈은 주저하는 게 말하기 곤란한 눈치였다.

"그렇게 보채지 말게나, 석호."

무광이 나무랐다.

"더 이상 말하기 어려운 내용을 담고 있는 건가?"

진석이 물었다.

"그렇다기보다는…… 이야기엔 순서란 게 있으니까요."

"혹시 '말하면 목숨으로 대가를 치른다'는 말 때문에 그러나?"

세현의 질문에 종훈이 고개를 저었다.

"그렇지는 않습니다. 이미 지나간 일이 됐으니까요."

하긴 23년 전 종훈의 아버지가 겪은 일이라고 했으니, 5년이 지난
뒤에 발생할 거라고 했던 엄청난 사건도 이미 18년 전 과거가 됐다.

"그런데 그 일이 진짜로 일어나긴 했는가?"

연암이 물었다. 종훈은 거북하다는 표정을 하고 고개를 끄덕였다.

"그렇습니다. 예언이 이뤄진 거죠."

원호는 혼란에 빠졌다. 이 일을 어떡해야 하나. 누군가에게 의논해
볼까. 하지만 믿을 만한 의논 상대를 떠올릴 때마다 '함부로 입에 올
리는 자, 목숨으로 대가를 치를 것이다'라는 구절이 떠올라 용기가
사라졌다.

그렇다고 그냥 모른 척하고 있자니, 책에 적힌 내용이 마음에 걸려

밤에 잠도 잘 오지 않았다. 행여 그 글이 사실이 된다 한들 원호가 할 수 있는 일은 아무것도 없었다. 그건 원호의 역량을 벗어나 있는 불가항력의 일이었다.

만약 원호가 그 일을 막기 위해 뭔가 할 수 있는 게 있다면, 설령 목숨을 잃게 된다 하더라도 내용을 발설했을지 모른다. 예컨대 '언제쯤 어느 지역에서 큰 홍수가 터지니 미리 제방을 쌓아야 합니다'라고 상소를 올렸을지도 모른다. 그래서 많은 사람들을 살릴 수 있다면 그런 희생은 감수할 수 있었다.

하지만 알아도 어찌할 도리가 없는 일을 위해 목숨까지 걸어야 할까?

사람들은 자기 말을 들으면 미쳤다고 비웃을지도 모른다. 하긴 원호 자신도 그 무렵엔 자신이 정말 제정신인지 의심스러웠다. 이러다 미쳐버리는 건 아닌지 덜컥 겁이 나기도 했다.

원호는 자색 책자를 눈에 잘 띄지 않는 서가 외진 곳에 몰래 숨겨 두었다. 행여 다른 사람의 눈에 띄기라도 하면 큰일이라고 생각해서였다. 하지만 다음 날 다시 그곳을 찾았을 때 책자는 이미 온데간데 없이 사라지고 없었다.

누가 가져간 걸까? 아니, 춘추관 자료를 그렇게 함부로 반출할 수는 없다. 혹시나 내가 잘못 본 건 아니었을까? 피투성이 모습으로 글씨를 쓰던 귀신도, 그 괴상한 책자도 전부 꿈에서 겪은 일은 아닐까?

이럴 줄 알았으면 차라리 책자를 집에 가져갈 걸 그랬다. 그랬으면 적어도 자신이 본 게 꿈인지, 현실인지 헷갈릴 일은 없었을 것이다.

거기까지 생각이 미치자 원호는 세차게 고개를 흔들었다.

'무슨, 큰일 날 소릴!'

누군가 그 책을 보고 어디서 난 거냐고 묻기라도 하면 큰일이다. 어쩌면 원호가 쓴 거라고 오해할지도 모른다. 그러면 그때야말로 목숨이 위태로워질 수도 있었다.

"휴우……."

원호가 저도 몰래 한숨을 내쉬었다.

"무슨 고민이라도 있으신 겐가."

곁에 있던 수찬관 병찬이 원호의 한숨 소리를 들었는지 걱정스레 물었다.

병찬은 일곱 명의 수찬관 중 가장 나이가 많았다. 춘추관 경력도 가장 긴 최고참이다. 머리칼과 송충이 같은 눈썹에 허옇게 서리가 내린 병찬이 걱정스러운 눈길로 원호를 바라보고 있었다.

"눈이 퀭하군. 살도 내린 것 같고."

"아무것도 아닙니다."

원호가 서둘러 아무렇지도 않은 척했다. 하지만 병찬은 그리 호락호락 물러나지 않았다.

"아무것도 아닌 게 아닌 것 같은데. 자네, 요새 잠은 잘 자고 다니나? 낯빛이 허옇게 떠서 휘청휘청 걸어 다니는 게 영락없이 귀신 꼴일세."

'귀신'이라는 말에 원호는 저도 몰래 침을 꼴깍 삼켰다.

"걱정은 나누면 반이 된다고 하지 않던가. 무슨 일인지 말해보게. 이 늙은이가 입은 제법 무거우니."

원호가 그제야 병찬을 빤히 쳐다보았다. 아닌 게 아니라 병찬의 무거운 입은 충분히 믿음이 갔다. 병찬은 남의 비밀을 함부로 말하고 다니느니 차라리 제 혀를 뽑을 인물이다. 하지만 문제는 병찬이 비밀을 지키느냐, 마느냐가 아니다. 입을 뻥긋했다간 제 목숨이 달아날 수도 있다는 게 문제였다.

"춘추관에 계신 지 얼마나 되셨습니까?"

원호가 병찬에게 은근슬쩍 물었다.

"25년째일세."

"그럼 이곳 일은 그야말로 훤하시겠군요."

"그렇다고 할 수 있지. 왜 그러나?"

원호가 망설이다가 조심스럽게 입을 열었다.

"혹시 이상한 책자를 보신 적 있습니까?"

"이상한 책자라니?"

병찬이 눈을 둥그렇게 떴다.

"누가 밖에서 몹쓸 책자라도 갖고 온 모양인가 보군. 단속을 철저히 해야겠어. 그런데 무슨 내용이던가?"

원호는 말문이 막혔다.

"아니, 아무것도 아닙니다. 그냥 여쭤본 것이니 마음에 담아두지 마십시오."

원호가 대충 얼버무리고 자리를 피하려 했다. 그러자 병찬이 별안간 원호 소맷자락을 붙잡았다.

"혹시…… 그 책자의 겉표지가 연한 자색이 아니던가?"

병찬의 눈이 이상하게 빛났다. 원호를 꿰뚫어 보는 듯한 시선이었다.

원호는 그의 강렬한 눈빛에 숨이 턱 막혔다. 병찬도 그 책자를 본 적 있는 걸까? 아니, 혹시 자신이 몰래 꽂아둔 책자를 병찬이 가져간 게 아닐까? 그렇다면 병찬 역시 책에 적힌 내용을 봤을 것이다. 책자 얘길 꺼낸 걸 보고 책에 적힌 글을 쓴 사람이 자신이라고 의심하고 있는지도 몰랐다.

"대감께서도 그 책자를 아십니까?"

병찬의 송충이 같은 두 눈썹이 꿈틀거렸다.

"겉표지에 제목이 없었지?"

"그렇습니다."

"안에는 읽은 내용을 함부로 입에 올리지 말라고, 입에 올리는 자는 목숨으로 대가를 치를 거라고 적혀 있었을 걸세. 그렇지 않나?"

원호가 입을 딱 벌렸다가 고개를 크게 끄덕였다. 어쩐지 속이 후련했다. 꿈이 아니었다. 그 책자는 실제로 존재했던 것이다. 그것만으로도 가슴 속 응어리가 한결 풀어진 기분이었다.

"자네, 그 책에서 무얼 읽었나?"

"그건……."

원호는 말문이 턱 막혔다. 병찬은 원호를 한동안 물끄러미 바라보다가 고개를 흔들었다.

"그래, 말할 수 없을 테지. 말하지 않아도 좋네."

"대체 그 책자는 무엇입니까? 어째서 춘추관에 그런 물건이 있는 겁니까? 대감께서도 책자에 적힌 내용을 읽으신 겁니까?"

원호가 쉴 새 없이 질문을 쏟아냈다. 정신이 없을 정도였다. 병찬이 손을 들어 원호를 제지했다.

"마지막 질문부터 대답하지. 나는 그 책자를 직접 본 적이 없네."

"그렇다면 어째서……."

이번엔 병찬이 휴, 한숨을 쉬었다.

"그건 춘추관에 오랫동안 떠돌던 기담이라네. 이제껏 실제로 그걸 봤다는 사람은 만난 적이 없어. 자네가 처음이지."

"기담이라고요……."

원호가 저도 모르게 중얼거렸다. 그러다 정신이 번쩍 들어 병찬에게 물었다.

"그 책의 정체는 대체 뭡니까?"

"예언서일세."

"예언서요?"

"그렇네. 몇 년 뒤 나라에 뭔가 큰 일이 일어날 거라고 적혀 있지 않던가?"

원호가 또 한 번 고개를 세차게 끄덕였다. 병찬이 원호를 빤히 보더니 다시 깊은 한숨을 쉬었다.

"그 책자는 항상 나라의 변괴를 앞두고 나타났네. 전쟁이나, 기근 같은."

"어떻게 그런……."

원호가 저도 모르게 신음했다.

"대체 누가 그런 걸 우리에게 알려주는 겁니까?"

"아마도 죽은 사관일 테지."

"사관이라고요?"

"그래, 연산군 때 수많은 사관들이 죽임을 당하지 않았나. 사관이 쓴 기록을 문제 삼고 말이야. 자색 책자에 글을 쓴 건 아마도 그들 중 하나일 걸세."

병찬이 언급한 사건은 약 300년 전에 일어난 일이다. 무오년에 일어나 '무오사화(戊吾史禍)'라는 이름이 붙은 그 난리의 주된 피해자는 사관들이었다. 벌 중에 가장 끔찍한 형벌인 능지처참을 당한 이들도 있었다.

글씨를 쓰고 있던 남자의 처참한 얼굴이 떠올랐다. 머리가 깨지고, 입술이 찢어진 끔찍한 얼굴. 모진 고문 때문에 성한 곳 하나 찾아보기 어려웠던 그 얼굴.

'아, 그랬던가.'

원호가 속으로 탄식했다.

"죽어서도 사관은 사관일세. 기록을 그만둘 수 없었던 게지."

병찬이 말했다.

"하지만 사관은 이미 일어난 일을 기록하는 자 아닙니까? 어째서 책자를 쓴 사관은 일어나지도 않은 일을 기록하고 있는 겁니까?"

"그것까지는 나도 모르겠네."

병찬은 솔직하게 시인했다.

"나라 사랑하는 마음…… 같은 게 아닐까?"

나라 사랑하는 마음. 원호는 갑자기 부끄러워졌다. 책자를 쓴 사관은 글을 쓰다 목숨을 잃은 후에도 계속 나랏일을 기록하고 있는데, 나는 이게 뭔가. 알량한 목숨이 그렇게도 아까운가. 문득 어떤 생각이 원호의 머리를 스쳤다.

"책에서 본 내용은 실제로 일어난답니까?"

"그렇다네."

"하지만 확실한 건 아니겠지요? 떠도는 기담일 뿐 대감께서도 책을 직접 보신 적은 없다 하지 않으셨습니까."

병찬이 한참 동안 침묵했다. 원호가 대답을 구하듯 그를 쳐다보았다. 병찬이 '그래, 확증은 없네. 그래서 기담이라 하는 것 아니겠나'라고 말해주길 기다렸다. 그래서 원호의 심란한 마음에 한가닥 위안을 주길 바랐다.

별안간 병찬이 자리에서 벌떡 일어섰다.

"따라오게. 보여줄 것이 있네."

"보여주신다니, 뭘 말입니까?"

"보면 알 걸세."

병찬은 그렇게 말하고 성큼성큼 앞서 걷기 시작했다.

병찬을 따라 춘추관 지하로 내려가니 꼬불꼬불한 미로가 이어졌다.

병찬은 사방이 어두워 분간도 잘 가지 않는 곳에서 익숙한 발걸음
으로 모서리를 몇 번 돌았다. 원호는 이제껏 춘추관 내 그런 곳이 존
재하는 줄도 몰랐다. 미로 끝에 다다르자 어른 둘이 간신히 서 있을
만한 좁은 공간이 나왔다.

병찬이 머리 위로 손을 뻗어 한참을 더듬더니 무언가를 끄집어냈
다. 나무로 만든 길쭉한 상자였다. 꽤 오래됐는지 여기저기 벌레가
좀먹은 흔적들이 있었다. 습기 때문인지 뚜껑도 눅눅했다. 병찬이 먼
지를 후, 불어내고 상자 뚜껑을 열었다. 상자 안엔 빛바랜 하얀 종이
가 잔뜩 들어 있었다.

"이게…… 뭡니까?"

"읽어보게."

원호가 제일 위에 있는 종이 한 장을 집어 들었다.

'임인(壬寅)년 3월, 역적 무리들이 임금을 죽이려 하다.'

지금으로부터 35년 전에 일어난 일을 가리키는 것 같았다. 당시 역
적들이 작당해 임금을 시해하려 하다가 발각됐다. 역모에 얽힌 60여
명이 감옥에 갇혔다. 옥에 갇힌 이들은 칠팔 개월간 의금부의 모진
심문을 받았다. 결국엔 잡혀온 사람들 대부분이 처형됐다. 사람들은
이 일을 가리켜 임인옥사(壬寅獄事)라 불렀다.

"이, 이건?"

눈을 커다랗게 뜨고 더듬거리는 원호에게 병찬이 덤덤하게 말했다.

"뒷면을 보게."

'기해(己亥)년, 사관 이홍진, 쓰다.'

기해년이라면, 임인옥사가 일어나기 3년 전이다. 이럴 수가. 원호는 손에 땀이 배었다.

"다른 것들도 다 한번 보게."

원호가 넋이 나간 얼굴로 다른 문서들을 헤집었다.

'경술(庚戌)년과 신해(辛亥)년, 2년간 나라에 대기근이 이어진다. 수많은 백성이 기근으로 굶어 죽는다.'

'병자(丙子)년, 오랑캐가 나라를 침략한다. 이듬해인 정축(丁丑)년, 임금이 항복하고 삼전도에서 오랑캐에게 신하의 예를 갖춘다.'

'임진(壬辰)년, 왜가 나라를 침입한다. 전쟁은 7년간 계속된다.'

모두 실제로 벌어진 일들이었다. 뒷면엔 하나 같이 변괴가 발생하기 몇 년 전 날짜와 그것을 기록한 사관들의 이름이 적혀 있었다. 종이는 기록한 때가 전부 다 다른지 비교적 상태가 좋은 것부터 누렇게 떠서 글자가 희미해진 것까지 모두 제각각이었다. 상자 속엔 그런 종이가 수십 장이었다. 상자 가장 아래쪽에 있는 종이는 연산군이 폐위된 지 얼마 지나지 않아 기록한 것이었다.

"대체 이건, 이것은……."

원호가 말을 잇지 못했다.

"그렇네. 책자를 본 사관들이 그대로 기록해 놓은 걸세."

종이 뒷면에 적힌 날짜가 책자를 본 시점인 모양이었다. 그렇다면 자색 책자에 적힌 일은 모두 몇 년이 지난 뒤에 현실이 된 셈이다. 어떻게 이런 일이……. 원호가 저도 몰래 꿀꺽 침을 삼켰다.

"이걸 기록한 사관들은 그 대가로 목숨을 잃었습니까?"

병찬이 고개를 흔들었다.

"그들은 발설하지 않았네."

"어째서요?"

"말한다 한들 할 수 있는 게 없으니까. 게다가 그들은 자신이 책자에서 읽은 일이 진짜로 일어날지 어떨지 확신할 수도 없었네. 사실인지 아닌지도 모르는 일을 위해 귀한 목숨까지 걸 순 없지 않은가."

원호는 가슴이 뜨끔했다. 바로 지금 제 심정과 똑같아서였다. 켕기는 속마음을 감추며 원호가 물었다.

"그런데 어떻게 이 글들이 남아 있습니까?"

병찬이 한 호흡 정도 사이를 두고 대답했다.

"사관은 기록하는 자일세."

아까도 병찬이 했던 말이었다.

"자신이 본 걸 기록하지 않을 수 없었겠지. 타인에게 말할 순 없었지만, 알게 된 사실을 기록해서 몰래 보관해놓은 걸세. 그러다 임종할 때 피붙이에게 전해준 거야."

"아……."

원호가 낮은 숨을 토해냈다.

"글은 말보다 오래 가지. 그게 글의 힘일세. 우린 역사를 바꿀 순 없어도 역사를 기록할 순 있어."

"하지만 그게 무슨 소용이 있단 말입니까?"

저도 몰래 원호의 목소리가 높아졌다.

"바꿀 수도 없는 일을 기록해서 뭘 어쩐답니까."

무력감이 밀려왔다. 자신이 어찌할 수도 없는 국가 중대사를 그저 알고만 있으라니. 할 수 있는 게 고작 기록밖에 없다니. 그건 바꿀 수도 없는 미래를 알려주고 속수무책으로 가만히 있으란 말과 마찬가지로 가혹했다.

"그게 춘추관에서 일하는 자가 할 소린가. 그렇다면 사초는 왜 쓰고, 실록은 왜 만드는가."

병찬이 꾸짖는 투로 말했다.

"하지만 실록은 과거에 일어난 일이고, 이건 미래에 일어날 일입니다."

"내가 어찌할 수 없다는 점에선 마찬가지야."

명료한 말에 원호는 입을 닫았다. 뭐라고 반론하고 싶은 생각이 굴뚝 같았지만, 막상 할 말이 머리에 잘 떠오르지 않았다.

"왜…… 저였을까요?"

한참이나 입을 다물고 있던 원호가 마침내 운을 뗐다.

"대감께선 25년이나 춘추관에 계셨습니다. 하지만 책자를 본 적 없다 하셨지요. 그런데 왜 저한테 나타난 걸까요. 왜 제게 그런 일을 알려준 걸까요."

원호는 아무래도 부당하다는 생각이 들었다. 몰라도 되는 비밀을 알게 된 것이, 자신에게 그런 가혹한 짐을 떠맡긴 책자가 원망스러웠다.

"운명은 사람을 가리질 않네."

병찬이 딱하다는 듯 말했다.

"선한 사람은 상을 받고, 악한 자는 벌을 받는다고 하지만, 현실에선 어디 꼭 그렇던가. 하늘이 하는 일이니 우리 같은 인간은 그저 받아들일 수밖에."

원호가 기어이 고개를 떨궜다. 거짓말이길 바랐는데, 그저 허황된 소리인 줄만 알았는데 자신이 본 일은 앞으로 결국 일어나고야 마는 걸까. 그때 어떤 심정으로 그 일을 바라보고 있을까.

"힘내시게. 이 글들을 보면 알겠지만 자네 혼자만 겪은 일이 아니네."

잠시 또 침묵이 흘렀다. 한기가 오슬오슬 원호의 품을 파고들었다. 처음 이곳에 올 때는 그저 지하라 서늘하다고만 생각했는데, 오한이 들 정도로 추위가 느껴지는 걸 보면 시간이 꽤 지난 모양이었다. 아니면 충격이 너무 컸거나.

원호가 슬며시 고개를 들었다. 병찬이 연민 섞인 시선으로 자신을 바라보고 있었다.

"그런데 대감께선 이런 문서가 존재하는 줄 어찌 아셨습니까? 저는 춘추관에 이런 곳이 있는 줄도 오늘 처음 알았는데요."

병찬이 씨익 웃으며 고개를 끄덕였다. 그날 병찬이 처음 보인 웃음이었다.

"아까 사관들이 임종 때 피붙이에게 자기가 기록한 걸 전했다고 하지 않았나. 그게 입소문을 타고 여기까지 들어오게 된 걸세. 하긴, 춘추관 최고참 사관들 사이에서만 전해지는 입소문이긴 하지만서도."

"특급 비밀이란 건가요?"

"이를 테면 그런 거지."

"입이 무겁다고 하셨으면서 특급 비밀을 발설하셨습니다."

조금은 기분이 풀린 원호가 병찬에게 농담을 건넸다.

"들었으니 자네도 이제 비밀 결사대 일원일세."

원호와 병찬이 얼굴을 마주 봤다. 누가 먼저랄 것 없이 두 사람은 일제히 허허, 웃음을 터뜨렸다.

한 달이 흘렀다. 시간이 가면서 원호가 받았던 충격은 조금씩 가라앉았다. 물론 그렇다고 완전히 사라진 것은 아니었다. 늘 무거운 납덩이처럼 가슴을 묵직하게 짓누르는 건 변함이 없었다. 하지만 그에겐 매일 반복해야 할 일상이 있었다. 실록의 토대가 되는 시정기 편집 작업 때문에 한동안 눈코 뜰 새 없이 바쁜 나날이 계속됐다. 분주함은 고뇌를 잊게 만드는 최고의 처방이었다.

그날도 원호는 한밤이 될 때까지 춘추관 책상에 앉아 글을 고치다 찾아볼 자료가 있어 붓을 잠시 내려놓고 서가 쪽으로 향했다.

휘리릭.

눈앞에서 하얀 물체가 빠르게 스쳐 지나간 것 같았다. 너무 순식간이라 형체도 보이지 않았다. 원호가 눈을 깜빡였다. 오래 글을 들여다봐서 눈에 피로가 온 건가.

서가에서 필요한 자료를 찾아 책장을 넘기고 있는데 등 뒤로 한기가 느껴졌다. 한여름 더위를 피해 산속 동굴에 들어섰을 때 느끼는 서늘한 기운이었다. 목덜미에 와닿는 냉기가 서서히 원호의 온몸을 파고들었다. 한겨울 문지방 사이로 들어온 차가운 바람이 으스스 몸을 떨게 할 때처럼.

원호가 용기를 내 천천히 뒤를 돌아보았다. 몇 발짝 거리를 두고 남자가 서 있었다. 자색 책자에 글씨를 쓰고 있었던 그 남자였다.

남자는 여전히 피로 범벅이 된 처참한 얼굴을 하고 있었다. 여기저기 찢어진 하얀 바지저고리도 핏물이 점점이 배어났다. 귀신은 발이 없다는 말을 들은 것 같아 원호는 문득 남자의 발치를 내려다보았다. 남자는 버선도 신지 않은 맨발이었다.

남자가 말없이 겁에 질린 원호의 얼굴을 쳐다보았다. 퉁퉁 부은 눈두덩이 사이로 뭉개진 눈알이 보여 원호는 저도 모르게 헉, 소리를 내뱉었다. 남자가 가만히 손가락을 제 입가에 가져다 댔다. 쉿, 조용히 하라고 경고를 하는 것만 같았다. 고문을 받다 그렇게 됐는지 손가락도 기이한 형태로 뒤틀려 있었다.

원호는 괜스레 주위를 두리번거렸다. 한창 일이 많은 시기라 어쩌면 자기 말고도 아직 춘추관에 남아서 일하고 있는 관원이 있을지 몰랐다. 다행히 근처에 아무도 없다는 걸 확인하자 원호가 목소리를 깔고 속삭였다.

"당신은 예전에 사관이었지요."

질문이 아니었다. 원호는 남자의 정체를 확신했다. 그럼에도 남자의 입에서 답을 듣고 싶었다. 하지만 남자는 아무런 대꾸도 하지 않았다.

"내 앞에 왜 또 나타난 게요? 아직도 할 말이 남았소?"

남자가 천천히 짓무른 입을 열었다. 낮고 내리누르는 듯한 목소리였다.

"쓰시오."

"쓰라니, 뭘?"

휘이이익.

눈앞에서 별안간 한 줄기 바람이 불었다. 원호는 반사적으로 눈을 감았다. 조금 뒤 눈을 떴을 때 남자의 모습은 사라지고 없었다. 원호는 한동안 넋이 나간 표정으로 멍하니 서 있었다.

'아, 그랬구나.'

한참 동안 얼빠진 모습으로 서 있던 원호가 알았다는 듯 고개를 끄덕였다. 남자가 나타난 것은 자신을 재촉하기 위해서였다. 네가 본 것을 쓰라고. 기록을 남기라고. 그것만이 자신이 할 수 있는 유일한 일이니.

원호는 조금 전 앉아 있던 책상으로 돌아가 두근거리는 가슴을 진정시켰다. 그리고 묵묵히 먹을 갈고, 먹물에 붓을 찍었다. 하얀 종이 위에 자신이 읽었던 내용을 써 내려간 뒤, 먹물이 말랐을 때 종이 뒷면에 이렇게 썼다.

'정축(丁丑)년, 사관 박원호 쓰다.'

"아버지는 돌아가시기 전에 제게 그 글을 보여주셨습니다."

종훈이 말을 이었다. 방 안에 있는 사람들은 모두 숨을 죽이고 그의 말을 들었다.

"살 날이 얼마 안 남았다는 걸 눈치채신 게지요."

종이를 받아든 종훈은 아버지 원호에게 이게 무엇이냐고 물었다. 원호가 담담한 목소리로 말했다.

"내 부끄러움의 기록이다."

의아해하며 글을 읽던 종훈은 깜짝 놀랐다. 종이 뒷면에 적힌 날짜를 보고는 더욱 놀랐다. 아버지가 글을 쓴 시점은 사건이 발생하기 5년 전이었기 때문이다.

원호는 아들에게 자색 책자에 대해 말해주었다. 앞으로 종훈이 해야 할 일도.

원호는 그 종이를 춘추관 수찬관 최고참에게 전해주라고 했다. 그는 이게 무엇인지 알 거라면서.

종훈은 아버지 유언을 그대로 따랐다. 종이를 봉투에 넣어 춘추관 수찬관을 찾았다.

원호 말대로 최고참 수찬관은 종이를 보고서도 이게 뭔지, 왜 가져온 것인지 아무런 질문도 하지 않았다. 그저 다 안다는 듯 고개만 몇 번 끄덕였을 뿐이다.

원호가 남긴 글은 지금쯤 춘추관 지하에 다른 종이들과 함께 보관돼 있을 것이다.

"도대체 무슨 내용이었나?"

석호가 궁금해 못 견디겠다는 듯 물었다. 종훈이 길게 한숨을 내쉬었다. 종이엔 이렇게 적혀 있었다.

'임오(壬吾)년, 임금이 아들인 세자를 뒤주 속에 가둬 죽이다.'

선비들이 놀라 입을 딱 벌렸다. 한동안 왕실을 발칵 뒤집어 놓았던 사건이었다. 왕실의 안위는 곧 국가의 안위이니 그로 인해 나라 안이 뒤숭숭했었다. 국정 운영을 떠나서라도 아버지가 아들을 죽인 건 있어선 안 될 비극이었다.

선노미는 자신이 태어나기도 전에 일어났던 그 일을 잘 모른다. 다만 그때 죽은 세자의 아들이 지금 임금 자리에 있다는 것만 알고 있을 뿐이다. 부자 간의 슬픈 사연을 들어서인지 선노미는 가슴이 먹먹해졌다.

"임오년에 변이 일어났을 때 아버지는 한동안 식음을 전폐하셨습니다."

종훈의 목소리가 쓸쓸했다.

"나라의 녹을 먹는 신하이니 저는 아버지가 개탄스러워하는 게 당연하다고 생각했습니다. 당신도 아들이 있으니 더 가슴 아프셨을 테고요. 그런데 알고 보니 또 다른 이유가 있었던 겁니다."

원호를 괴롭힌 건 무력감이었을 것이다. 알면서도 아무것도 하지 못한 자신에게 견딜 수 없이 화가 났었는지도 모른다. 막연히 알고 있던 일이 눈앞에 현실로 되어 나타나니 깊은 충격을 받았을 것이다. 그 심정을 헤아리는 것만으로도 갑갑했는지 선비들 몇은 고개를 절레절레 내저었다.

"어찌 그런 일이……."

무광이 중얼거렸다. 어린 시절부터 알고 지냈던 친구에게 이런 비밀이 있었다니. 놀랐다는 표정이었다.

"뭐라도 사전에 손쓸 방법이 없었을까요?"

진석이 안타까운 표정으로 말했다.

"뭘 어떻게 손쓴단 말인가?"

세현이 날카롭게 받아쳤다.

"전하께 고한다거나……."

"뭐라고 고할 텐가? 나중에 아드님을 뒤주에 가둬 죽일 수 있으니 조심하시라고? 아니면 그런 운명을 피할 수 없으니 지금부터 마음 단단히 잡수시라고? 경을 칠 일이지."

세현이 이죽거리자 진석이 무안한 표정으로 입을 다물었다.

"헌데 자네는 이런 일을 다 털어놔도 되는가? 춘추관 지하 방은 몇 몇 사람들만 아는 특급 비밀이라며?"

석호의 말이었다.

"안 될 이유가 있습니까?"

종훈은 꽤 태연자약했다.

"설마하니 밤중에 몰래 그곳에 침입하시려는 건 아니겠지요?"

얼굴에 슬쩍 웃음기를 띠며 농담까지 하는 걸 보니 제법 여유도 있어 보였다.

"자네, 다 내려놓은 사람 같군."

연암이 종훈을 물끄러미 바라보다 말했다. 종훈은 허를 찔린 듯한 표정으로 가만히 있다가 고개를 끄덕였다.

"어쩌면…… 그런지도 모르겠습니다. 그냥 모든 게 다 무의미해졌습니다."

다들 입을 다물고 종훈이 계속 말을 잇길 기다렸다.

"솔직히 말해 두렵습니다. 저도 아버지 같은 일을 겪을까 봐서요. 감당하지 못할 걸 알게 되면 어떻게 합니까."

침묵이 흘렀다.

"자네가 할 수 있는 걸 하면 되네."

한참 뒤, 연암이 입을 열었다. 종훈이 고개를 들어 연암을 바라봤다. 알 수 없다는 표정을 짓고 있었다.

"기록 말일세. 그게 자네가 할 수 있는 일 아닌가."

종훈의 표정이 더욱 흐려졌다. 뭐라고 하고 싶은 듯했지만, 이내 말을 삼키고 마지못한 듯 고개를 끄덕였다.

"듣고 보니 기록이 그렇게 중요한 거로군."

무거운 분위기를 바꾸고 싶었는지 석호가 짐짓 명랑한 음성으로 말했다.

"선노미야, 잘 들었지? 앞으로도 주막에서 보고 들은 걸 잘 기록해 놔야 한다?"

종훈이 문득 생각났다는 듯 선노미를 돌아봤다. 이야기에 정신이 팔려 잊어버렸는데 그리고 보니 너도 이 자리에 있었구나, 하는 얼굴이었다.

"너, 글을 아느냐?"

종훈의 질문에 무광이 선노미 대신 대답했다.

"글은 모르지만, 저 아이한테는 남다른 능력이 있네."

"남다른 능력?"

"선노미는 한 번 보고 들은 건 모조리 다 기억하지. 그게 저 아이만의 기록법일세."

"호오……."

종훈이 감탄인지 뭔지 모를 복잡한 표정을 짓고선 선노미를 한참 바라봤다. 선노미는 어쩐지 쑥스러워져서 고개를 아래로 내리깔고 그의 시선을 피했다.

석호가 다시 시원찮은 농담을 했고, 한바탕 웃음이 터졌다. 몇 차례 술잔이 돌면서 분위기가 고조됐다. 그러는 사이 밤은 점점 깊어졌다.

종훈이 참석한 기담회는 그렇게 어찌어찌 막을 내렸다.

종훈이 다시 삼개주막을 찾은 건 기담회가 있고 나서 일주일 뒤였다. 등 뒤에서 기척이 들려 돌아보니 종훈이 선노미를 향해 빙그레 미소 짓고 있었다.

"잘 지냈니?"

질문을 던지고선 대답도 기다리지 않고 종훈은 성큼성큼 걸어 마루에 걸터앉았다.

"어쩐 일로 오셨습니까?"

"널 보러 왔다."

종훈이 뜻밖의 말을 했다. 선노미가 눈을 동그랗게 뜨고 '네?' 하는데, 종훈이 주모 김씨를 불러 장국밥을 주문했다.

"그냥 자리만 차지하고 있으면 주모한테 미안하지."

선노미가 말똥말똥 종훈을 쳐다보기만 했다. 그가 뜬금없이 자신을 찾아온 이유를 알 수 없었다.

"쓸 것이 있느냐?"

종훈이 물었다.

선노미가 부리나케 안방으로 달려가 종이와 벼루, 먹을 꺼내왔다. 요전번 세현이 하인을 시켜 전해준 물건이었다. 종훈이 의아스러운 표정으로 물건을 이모저모 살펴보았다.

"어디서 난 것이냐?"

"기담회에 오신 선비분께서 주셨습니다."

"……그래."

종훈이 생각에 잠긴 표정으로 펼쳐진 종이를 들여다보았다.

"먹은 갈 수 있느냐?"

선노미가 고개를 저었다.

"그럼 잘 봐라."

종훈이 직접 시범을 보였다. 선노미는 선비가 익숙한 솜씨로 먹 가는 모습을 홀린 듯이 쳐다보았다. 처음 보는 광경에 마음을 빼앗긴 한편, '저 선비가 왜 저러시나?' 속으로 의아하게 생각했다.

"한번 보고 들은 건 다 기억한다고 했겠다?"

종훈이 확인하는 것처럼 물었다.

"그러하옵니다."

선노미의 선선한 대답에 종훈은 만족스러운 표정을 지었다.

"잘 됐다. 앞으로 널 다시 만날 일은 없을 테니."

"네?"

얼빠진 소리를 내는 선노미를 무시하고 종훈은 붓으로 하얀 종이 위에 가로로 길게 선을 그었다. 선이 끝나는 지점에서 붓끝은 다시 아래로 길게 내려왔다.

"기역(ㄱ)이다."

종훈은 이번엔 기역 옆에 세로로 길게 선을 그린 다음, 중간에 점 하나를 툭 찍었다.

"이것은 'ㅏ'다. '아'라고 읽는다. 기역과 아를 더하면 '가'가 된다."

종훈의 붓이 종이 위에 또 다른 기호를 그렸다.

"이것은 니은(ㄴ)이다. 니은과 '아'가 합쳐지면 '나'가 된다."

하얀 종이 위에 줄줄이 낯선 기호들이 채워졌다. 기역니은디귿리을, 아야어여오요우유…… 선노미가 눈을 휘둥그레 떴다. 누가 먹음직스러운 한과를 한 아름 품에 안겨줬을 때 어린아이들이 지을 것 같은 표정이 선노미 얼굴에 희미하게 떠올랐다.

마침내 종훈이 붓을 놓자, 하얀 종이는 선노미가 처음 본 글자들로 가득 찼다. 종훈은 고개를 들어 선노미 얼굴을 바라봤다.

"다 기억하겠느냐?"

선노미가 고개를 끄덕였다.

"이것만 익히면 언문을 읽을 수 있다. 글자도 쓸 수 있다."

"어째서 제게……."

놀란 선노미의 입에서 감사하다는 말보다 그 말이 먼저 툭 튀어나왔다.

"마지막으로 내가 할 수 있는 일을 하고 싶었다."

"마지막이요?"

선노미 말엔 대답도 않고 종훈이 자리를 떨치고 일어나 주막 밖으로 사라졌다.

뒤늦게 장국밥을 들고 온 복이가 텅 빈 자리와 귀신이라도 본 것 같은 선노미, 그 주변으로 어지러이 널려 있는 하얀 종이를 알 수 없다는 표정으로 바라보았다.

따뜻한 봄 햇살이 삿갓 위를 간지럽혔다.

낚싯줄이 툭툭 움직이는 걸 보니 물고기가 먹이를 문 모양이다. 종훈이 낚싯대를 힘껏 잡아당겼다. 낚싯대에 딸려 올라온 생선이 바닥에 떨어져 파닥파닥 움직였다.

'실한 놈일세. 뜻밖에 횡재했네.'

종훈이 생선을 옆에 있는 바구니에 툭 던져 넣었다.

시골로 내려온 지 한 달이 다 돼 가고 있었다. 시간은 느릿느릿 흘렀다. 그사이 종훈도 어느새 시골살이에 익숙해졌다.

아내는 처음엔 종훈의 결정을 이해하지 못했다. 시골로 내려가고요? 기껏 과거에 급제해서 이제 막 관직에 들어가 놓고요? 난데없이 그게 무슨 말이에요? 아내는 그렇게 말했다.

하긴 남들은 이해 못 할 만도 했다. 사관 자리에서 물러나겠다고 했을 때 다들 종훈을 설득했다. 앞길이 구만 리인 젊은이가 왜 창창한 미래를 팽개치냐고. 시골에서 세월을 낚는 건 나이가 들어서 해도 되는 일 아니냐고. 그럴 때마다 종훈은 그럴듯한 핑계를 대느라 머리를 쥐어짜야 했다. 그동안 피로가 쌓였나 봅니다. 시골서 바람을 쐬면서 몸보신 좀 하고 올라오겠습니다. 말은 그렇게 했지만, 다시 관직에 돌아올 생각은 꿈에도 없었다.

그걸 보고 말았으니까.

그날의 경험은 종훈의 인생을 송두리째 바꿔놓았다. 시간을 돌려 없었던 일로 만들 수만 있다면……. 생각하니 입맛이 써서 종훈은 가만히 고개를 가로저었다.

그날, 춘추관에 들자마자 종훈은 병찬을 찾아 돌아가신 아버지가 남긴 종이를 내밀었다. 병찬은 물끄러미 그것을 들여다보았다.

"이거였구만. 그가 보았던 것이."

병찬이 구부정한 어깨를 한층 더 둥글게 말고서 혼잣말처럼 중얼거렸다. 이미 오래전 허옇게 센 머리칼과 눈썹은 이젠 숱이 빠져 듬성듬성했다. 이가 빠진 탓인지 볼도 홀쭉하게 패었다. 하지만 살날보다 죽을 날이 더 가까워 보이는 이 노인이 총기만은 젊은이 못지않다는 걸 아는 사람들은 다 알고 있었다.

"아버지가 책자를 봤다는 걸 알고 계셨습니까?"

종훈의 물음에 병찬이 고개를 끄덕였다.

"예전에 그가 나한테 상담했던 적이 있네. 읽은 내용까지 말하진 않았지만."

"두렵습니다."

종훈이 중얼거렸다.

"어째서 자신이 감당하지도 못할 일을 알아야 합니까? 어째서 그 무게를 등에 짊어지고 살아야 하는 거냐고요!"

"자네, 아버지랑 똑같은 말을 하는군."

병찬이 쓸쓸한 표정을 지었다.

"어쩌면 그게 우리 사관들의 숙명일지도 모르네."

"숙명이라고요?"

"그렇네. 자네 말대로 우리는 무언가를 바꿀 수 있는 힘은 없어. 하지만 그걸 기록할 수는 있네. 그게 우리의 일이야."

"저는 잘 모르겠습니다."

종훈이 고집을 피우는 아이처럼 심드렁하게 말했다. 병찬이 깊이 한숨을 내쉬었다.

"따라오게."

종훈은 병찬을 따라 20여 년 전 아버지가 걸어갔던 춘추관 지하의 꼬불꼬불한 미로 안으로 들어갔다.

병찬은 오래된 나무 상자를 꺼내 종훈에게 열어보라고 했다. 상자 속엔 누렇게 빛바랜 종이들이 보관돼 있었다. 종이를 하나씩 읽어보는 종훈의 입이 떡 벌어졌다. 자신이 바꿀 수 없는 미래를 알아버린 자들이 남긴 기록이 꼬리에 꼬리를 물고 이어졌다.

"이, 이건……."

"그렇네. 자네 아버지만 겪었던 일이 아니야."

종훈은 다리에 힘이 빠져 자리에 털썩 주저앉았다.

"어째서 이런 일이 생긴 거지요?"

"그건 나도 모르겠네."

병찬이 솔직하게 시인했다.

"하지만 이 글을 남긴 사관들은 모두 자신의 사명을 다했네. 이 글들은, 그들이 품고 있던 고뇌에 대한 기록일세."

원호가 '부끄러움에 대한 기록'이라고 한 것을 병찬은 그렇게 말했다. 종훈은 할 말을 잃고 멍하니 입을 벌린 채 다물 줄을 몰랐다.

병찬이 원호가 쓴 글을 나무 상자 안에 넣고 뚜껑을 닫았다. 다시 상자가 있던 곳에 돌려놓은 뒤, 병찬은 종훈을 쳐다봤다.

"아직 마음이 심란한 것 같은데 찬찬히 머리 좀 식히다 오게. 그렇게 허옇게 질린 얼굴로 돌아다녔다간 사람들이 대낮에 귀신 나온 줄 알겠네. 왔던 길은 찾아갈 수 있겠지?"

종훈이 고개를 끄덕였다. 병찬은 종훈을 남겨놓고선 뒷짐을 진 채 느릿느릿 발을 끌고 사라졌다.

병찬이 떠난 뒤에도 종훈은 한참 동안 넋을 놓고 앉아 있었다. 얼마나 시간이 지났을까.

휘이이익.

어디선가 한 줄기 바람이 불었다. 바람과 함께 저만치서 희뿌연 형체가 어른거리며 자신에게 다가왔다.

스르륵 스르륵.

정체를 모를 그것이 움직일 때마다 바닥을 스치는 소리가 들렸다. 발을 질질 끌고 있는 것 같았다.

주저앉아 있던 종훈이 고개를 들었다. 버선도 신지 않은 맨발이 제일 먼저 눈에 들어왔다.

그 상태로 오랫동안 걸어 다녔는지 발에는 흙먼지가 시커멓게 끼어 있었다. 종훈의 시선이 서서히 위를 향했다. 해진 바지 사이로 살이 찢어져 너덜거릴 정도로 참혹한 상처가 보였다. 군데군데 핏물이 점점이 밴 하얀 저고리가 나타났다. 마침내 떨리는 마음으로 얼굴을 본 순간, 종훈은 헉, 하고 숨을 들이켰다.

피투성이 얼굴이 자신을 내려다보고 있었다. 한쪽 눈이 퉁퉁 부어 찌그러지고, 풀어헤친 머리엔 딱딱하게 말라붙은 피가 엉겨 있었다.

"다, 당신은!"

공포로 혀가 굳어 입이 잘 돌아가지 않았다. 저 남자는 대체 누구인가, 어째서 이런 곳에 있나. 모양새를 보니 사람은 아닌 게 분명했다. 하지만 귀신이 무슨 말을 하려고 자신한테 나타난 건가.

남자가 손을 뻗어 종훈에게 얇은 책자를 건넸다. 남자의 손가락은 무언가로 세게 비틀었는지 기묘하게 뒤틀려 있었다. 종훈이 부들부들 떨리는 손으로 남자가 건넨 책자를 받아들었다.

"이, 이건 뭡니까?"

남자는 아무 말 없이 종훈을 물끄러미 쳐다보았다. 종훈더러 알아서 확인하라는 듯이.

종훈은 남자가 건넨 책자를 바라보았다. 연한 자색 책자였다. 표지엔 아무런 제목도 없었다.

'이게 아버지가 말씀하셨던 책자인가?'

종훈은 가슴이 떨렸다.

책장을 넘기자, 첫 장에 '읽되 말하지 않는다'라고 적혀 있었다. 다음 장을 펼치자, '말하는 자, 목숨으로 대가를 치를 것이다'라는 글귀가 나왔다.

종훈은 불안한 심정으로 책장을 팔락팔락 넘겼다. 무언가 엄청난 것을 보게 될 것 같아 가슴이 쿵덕쿵덕 뛰었다. 다음 장부터는 아무것도 적히지 않은 공백이 계속됐다. 이걸로 끝인가, 하고 책을 덮으려는데, 제일 마지막 장에 빨간 글씨로 무언가 적혀 있었다.

"큰 화가 일어날 것이오."

머리 위에서 남자의 낮은 목소리가 들렸다.

"아, 아니, 이것은!"

종훈이 번쩍 고개를 들었다. 하지만 눈앞엔 이미 아무것도 없었다. 조금 전까지 손에 들고 있던 자색 책자도 흔적도 없이 사라졌다.

책에서 본 섬뜩한 문장만이 불로 지진 화상 자국처럼 선명하게 종훈의 뇌리에 남았다.

그 뒤로 한동안 종훈은 아무 일도 손에 잡히지 않았다. 자신이 읽은 엄청난 내용 때문에 밤에 잠도 잘 오지 않았다. 식욕이 없어 살도 쭉쭉 빠졌다.

그러던 차에 오랜 친구 무광으로부터 기담회 이야기를 들었다. 종훈은 그 자리에 끼고 싶다고 친구를 졸랐다. 결단을 내리기 전에 책자에 얽힌 이야기를 털어놓고 싶었다. 비록 모든 걸 다 털어놓을 순 없겠지만, 조금이라도 이야기하면 자신을 짓누르는 무거운 부담도 다소 가벼워질 것 같았다.

그곳에서 종훈은 선노미라는 아이를 만났다. 여자였으면 경국지색이라는 말을 들었을 법한 외모에, 한번 들은 건 뭐든지 기억한다는 놀라운 아이였다. 하지만 그 놀라운 아이는 미천한 신분 때문에 글을 모른다고 했다.

종훈은 한양을 떠나기 전, 아이를 만나러 주막에 들렀다. 아이에게 언문을 가르쳐주면 아무것도 할 수 없는 자신의 무력함이 약간이나마 구원받을 것 같아서였다.

아이에게 글을 가르쳐주고 주막을 나선 종훈은 집으로 돌아와 방문을 닫아걸고 자신이 책에서 읽은 내용을 종이에 남겼다.

'130년 뒤인 경술(庚戌)년, 치욕스럽게 나라를 빼앗기다.'

한참 동안 자신이 쓴 글을 내려다보고 있던 종훈은 먹이 마르자, 뒤편에 제 이름을 적어넣었다.

'경자(庚子)년, 사관 박종훈 쓰다.'

종훈은 마지막으로 춘추관에 들러 자신이 쓴 글을 병찬에게 전했다. 병찬이 의아하다는 표정으로 종훈이 봉한 봉투를 열어 내용물을 확인하려 했다. 종훈이 만류했다.

"보지 마십시오. 자색 책자에서 읽은 글입니다."

봉투를 열려던 병찬의 손이 딱 멈췄다. 노인의 손이 가늘게 떨리는 걸 종훈은 놓치지 않았다.

"그래, 지금 알려선 안 될 테지."

병찬은 종훈이 '말하는 자, 목숨으로 대가를 치를 것이다'라는 책자의 경고를 의식해 자신을 만류했다고 생각하는 것 같았다. 하지만 아니었다. 노인이 그 글을 보고 충격을 감당할 수 있을지 걱정이 돼서였다.

"한양을 떠나겠습니다."

종훈이 말했다. 병찬은 깜짝 놀라 종훈의 얼굴을 물끄러미 쳐다봤다.

"혹시 책 내용 때문인가?"

종훈이 말없이 고개를 끄덕였다.

"충격이 클 거란 건 충분히 이해하네. 아직 젊으니 더 그럴 걸세. 하지만 그렇게 달아나는 건 아니지 않나?"

"달아나는 게 아닙니다."

종훈이 말했다. 기근이라면, 홍수라면, 하다못해 전쟁이라 해도 이렇게 막막하진 않았을 것이다. 하지만 나라를 빼앗긴다니, 대체 어찌해야 좋단 말인가. 그런 상황에서 자신이 무슨 일을 더 할 수 있단 말인가.

매일같이 임금 뒤를 따라다니며 사초를 작성하는 것도 무의미했다. 백여 년 후 종묘사직이 사라진다는 이야기를 들으면 전하는 무슨 표정을 지을까. 그때도 지금처럼 태연히 정사를 돌볼 수 있을까. 이

나라가 앞으로도 대대손손 이어질 것처럼 행동할 수 있을까.

시시각각 파고드는 무력감을 종훈은 도저히 견딜 수 없었다. 그래서 벼슬길을 뒤로 하고 지방에 틀어박히기로 했다. 시골 농부처럼 초야에 묻히면 이토록 큰 무력감과 자괴감은 느끼지 않아도 될 터였다. 그런 면에서 보자면, '도망'이라는 병찬의 말도 틀린 건 아닌 셈이다.

도망치듯 시작한 시골 생활은 행복하지도, 편안하지도 않았다. 매 순간 자색 책자에서 본 구절을 떠올리게 하는 조정 업무에서 벗어나니 제 목을 꽉 옥죄는 보이지 않는 올가미가 조금은 느슨해진 것 같았다. 하지만 느슨해진 것일 뿐 사라진 건 아니었다.

천진난만한 동네 아이들의 해맑은 미소를 보거나, 순박한 시골 민심을 접할 때마다 '저들의 아들이나 손주가 나라 잃는 아픔을 맛볼 테지' 하는 생각이 들어 종훈은 숨이 턱턱 막혔다. 어디에 가더라도 자신은 그 올가미에서 완전히 벗어날 수 없다는 걸 종훈은 시골에 내려온 뒤에야 절실히 깨달았다.

게다가 죄책감과 양심의 가책은 오히려 커졌다. 아무리 자신이 어찌할 수 없는 일이라곤 하나, 나라가 망한다는데 이렇게 손 놓고 있어도 되는 걸까. 미래로부터 등을 돌리고 시골서 유유자적 낚시로 소일하는 건 비겁하고 이기적인 삶 아닌가. 이렇게 한평생 살다 가면 후회만 남지 않을까.

'차라리 그 책자를 안 봤더라면…….'

회한이 밀려왔다. 그랬으면 자신은 지금도 전도유망한 인재라는 소리를 들으며 출셋길을 차근차근 밟아갔을지도 모른다. 아무런 걱정도 없이. 그런데 뜻하지 않게 자신이 바꿀 수도 없는 나라의 운명을 알아버리는 바람에 예정된 삶의 궤도에서 벗어나 버렸다. 이게 무슨 얄궂은 숙명이란 말인가.

어쩌면 그게 우리 사관들의 숙명일지도 모르네.

문득 병찬이 했던 말이 떠올랐다. 자신을 바라보던 병찬의 쓸쓸한 눈빛도. 그 눈빛에 담긴 건 무력감이었을까.

우리는 무언가를 바꿀 수 있는 힘은 없어. 하지만 그걸 기록할 수는 있지. 그게 우리의 일이야.

종훈은 귓가를 맴도는 병찬의 말을 떨치려는 듯 고개를 세차게 흔들었다. 그 기록 따위가 대체 다 뭐란 말입니까! 병찬이 곁에 있다면 그렇게 외치고 싶었다. 글이 얼마나 무력한지 뼈저리게 깨달았는데. 글만으로는 아무것도 바꿀 수 없다는 걸 잘 알고 있는데.

자네가 할 수 있는 걸 하면 되네.

갑갑한 마음을 진정시키려고 참여한 기담회에서 연암 선생은 그렇게 말했다. 하지만 할 수 있는 일이란 게 대체 뭔가. 쓴웃음이 나왔다. 100여 년 뒤에 나라가 망하리라는 걸 알게 된 지식인이 할 수 있는 일이 과연 있긴 하단 말인가. 고작해야 주막 심부름꾼 소년에게 언문을 가르쳐주는 것 말고는.

'가만있자, 언문을…… 가르쳐준다……?'

순간 종훈은 머리를 세게 얻어맞은 것 같았다. 눈앞을 가로막고 있는 희뿌연 안개도 다소나마 걷히는 느낌이었다. 그래, 그거다. 왜 그 걸 생각 못 했었나!

나라가 위태로울 때면 으레 사사로운 이익을 채우려는 간신배들이 날뛰었다. 배웠다는 사람들일수록, 사회 지도층일수록 그런 사람들 이 많았다. 나라를 다시 일으켜 세운 건 평범한 백성들이었다. 양반들 에게 천대받으면서도 묵묵히 나라를 지탱하고, 위기가 오면 언제나 발 벗고 나섰던 백성들.

그들만 무너지지 않는다면 설령 나라를 잃더라도 다시 찾을 수 있 을 것이다. 운명을 바꿀 순 없더라도 결코 운명에 집어 삼켜지지는 않을 것이다. 그러니 그들에게 힘을 실어주자. 배움으로, 지식으로.

종훈의 얼굴에 서서히 미소가 떠올랐다. 아주 오랜만에 희망을 찾 은 자의 미소.

'서당을 열자. 언문을 가르치자.'

양반집 종이든, 평범한 동네 아낙이든 서당을 찾는 사람은 누구든 내치지 않으리라. 한 명이라도 더 많은 이들에게 지식을 전하리라. 그 들이 자녀와 손자에게 배움을 전수할 수 있도록. 그래서 다시 일어설 힘을 기를 수 있도록.

어쩌면 이것이 글의 힘인지도 모른다. 글은 무력하지만, 무력하지 않다. 아무것도 바꿀 수 없어 보이지만, 어쩌면 모든 것을 바꿀 수도 있다. 그런 글의 힘을 전하는 것이 100여 년 뒤 망국(亡國)을 앞둔 기 록하는 자의 사명이고, 자신에게 주어진 숙명인지도 모른다. 그러니 더는 세월 낚는 낚시꾼 행세나 하면서 허송세월하지 말자. 앞으로 해야 할 일이 있으니.

툭툭 자리를 털고 일어난 종훈은 그대로 낚싯대를 툭 꺾어버렸다. 바구니 안에서 아직도 펄떡거리고 있는 생선도 도로 강물에 던져버렸다.

'조금 아깝긴 해도 진짜 월척은 따로 있으니.'

빈 바구니와 꺾인 낚싯대를 뒤로 한 채 종훈이 집을 향해 발걸음을 옮겼다. 손은 비었지만, 가슴은 새로운 계획과 희망으로 가득 찬 것 같았다.

주위엔 붉은 노을이 서서히 번지고 있었다. 언젠가 원호가 봤던, 핏빛 달을 닮은 붉은 노을 속을 종훈은 뚜벅뚜벅 한 걸음씩 힘차게 내디뎠다.

4
—

공기놀이 하는 아이

화사한 복숭아꽃이 흐드러지게 필 무렵이었다. 손님들 아침상을 물리고 평상을 닦고 있던 옥이가 무슨 심통이 났는지 입이 댓 발이나 나와 있었다.

"아침부터 복 달아나게 입이 왜 그 모양이야!"

주모 김씨가 못 참고 막내딸을 나무랐다. 어머니 야단을 맞은 옥이 얼굴이 한층 더 구겨졌다.

"남들은 다 꽃구경 다니는데……."

옥이가 다시 불호령이 떨어질까 봐 말끝을 흐리며 쫑알거렸다.

그 정도 말로도 김씨는 옥이가 하고픈 말을 충분히 예상할 수 있었다. 요는 자신도 꽃구경하러 가고 싶다는 거다.

'아이고야.'

한번 말을 꺼내면 좀처럼 물러서지 않는 옥이 고집을 잘 아는지라, 김씨는 머리가 지끈거렸다.

하긴 길고 긴 겨울이 가고 수줍은 여인의 발그레한 볼을 닮은 봄꽃이 산천을 물들이는 계절이었다. 마음이 들뜨는 게 당연지사이긴 했다. 동네 부녀자들도 화전(花煎) 놀이하러 간다 어쩐다, 하며 부산을 떨었다. 화전은 찹쌀가루를 둥글게 빚어 참기름에 지진 뒤, 위에 진달래꽃을 장식한 떡이다. 삼짇날 화전을 싸 들고 교외에 나가 꽃구경하며 먹는 게 서민들 세상 사는 소소한 재미 가운데 하나였다.

하지만 하루하루 먹고사느라 바쁜 김씨는 꽃구경 따위는 딴 세상 일이었다. 떡 싸 들고 한가하게 꽃 볼 시간 있으면 장국밥을 하나 더 팔고 싶은 게 김씨의 속마음이었다.

"허튼 소리 하지 말고 상이나 박박 문질러 닦지 못해!"

김씨가 옥이에게 한 번 더 퉁을 줬다.

"아침부터 왜 애를 들들 볶으시는 거요."

싸리문 밖에서 걸걸한 목소리가 들리는가 싶더니 목재소 최씨가 주막 안으로 들어서고 있었다. 최씨는 예전에 주막을 자주 드나들던 단골이다. '예전에'라고 하니 지금은 아예 발길을 뚝 끊은 것처럼 들리는데, 반쯤은 맞고 반쯤은 틀렸다. 최씨를 대신해 둘째 아들 만득이가 종종 아버지가 마실 탁주를 받으러 오기 때문이다.

삼개나루는 강을 건너는 뗏목이 모인 곳이라, 주변 목재소는 항상 일감이 끊이질 않았다. 목재소야 반가운 일이지만, 그만큼 바쁠 수밖에 없었다. 주막에 들러 여유롭게 술 한잔 들 시간 내기도 어려웠다. 술을 좋아하는 최씨로선 몹시 아쉬운 일이었다. 그래서 궁여지책으로 만득이를 시켜 주모가 담근 탁주를 받아오게 했는데, 최씨는 이렇듯 좀 특별한 방식으로 삼개주막 단골 지위를 유지하고 있었다.

"그동안 통 코빼기도 안 보이더니 어쩐 일이시우."

김씨가 퉁명스레 말했다. 단골들한테 핀잔 주듯 말하는 게 김씨 입버릇이었다. 그게 김씨 나름대로 반기는 표시란 걸 잘 아는 최씨는 허허, 웃어넘겼다.

"주모가 손님 구박하는 건 여전하시구려."

최씨가 마루에 털썩 엉덩이를 내려놓고 양반다리를 하고 앉았다.

"오다 들어보니 꽃구경 얘기가 들리던데, 한번 갔다 오지 그러오? 한양엔 꽃구경 명소도 많은데. 살구나무꽃 보기 좋은 필운대, 복사꽃 피는 북둔……."

김씨가 최씨의 말허리를 중간에서 탁 끊었다.

"괜히 쓸데없는 소리로 옥이 쟤 헛바람 더 들게 하지 마시구려."

최씨가 옥이를 슬쩍 돌아봤다. 옥이는 최씨가 제 편을 들어줄 때부터 기대에 찬 시선으로 귀를 쫑긋 세웠다. 그러다 엄마가 그의 말을 단호하게 잘라버리자 실망한 표정으로 부엌으로 터덜거리며 들어갔다.

"저 또래 계집애들이 다 그렇지."

최씨가 부엌으로 사라지는 옥이를 보며 그리운 듯 아련한 표정을 지었다. 딸 덕이 어릴 때가 생각난 모양이었다. 덕이와 옥이는 세 살밖에 터울이 안 지지만, 하루가 다르게 쑥쑥 크는 아이들을 보면 열네 살과 열한 살은 이만저만 차이 나는 게 아니었다. 하물며 사내아이들보다 조숙한 여자아이는 말할 것도 없었다.

"꽃구경 얘기 하자고 온 건 아니실 테고, 뭘 잡수실 거요?"

김씨가 주문을 받았다.

"오랜만에 주모 장국밥 먹어볼까. 헌데 선노미는 어디 갔소?"

주막 한쪽 구석에서 장작을 패고 있던 선노미가 최씨가 자기를 부르는 걸 듣고 냉큼 달려왔다. 장작 패는 일이 힘에 부쳤는지 이마에 송글송글 땀이 배어 있었다.

"아저씨 오셨어요?"

선노미가 깍듯하게 인사했다. 선노미도 친구 만득이 아버지 최씨를 잘 알았다. 처음 만득이네 놀러갔을 때 마주친 최씨는 큰 키와 우락부락한 몸집 때문에 무서워 보였지만, 언젠가부터 그가 속마음이 꽤 부드러운 사람이란 걸 눈치챘다. 애들이란 그런 걸 꽤 잘 알아채는 법이다.

"못 보던 사이 많이 컸구나."

최씨가 선노미를 위아래로 훑어보며 인사를 건넸다. 말은 그렇게 했지만, 속으론 자신도 모르는 사이 아들 만득이와 선노미를 견줘보고 있었다. 아버지를 닮아 어깨가 넓고 가슴팍이 탄탄한 만득이에 비해 선노미는 뼈대 자체가 가늘고 얇다. 키도 만득이보다 한 뼘이나 작다.

'어느 쪽이 장작인지 모르겠구만.'

여릿여릿한 선노미 체구를 보며 최씨는 속으로 중얼거렸다. 그런 속마음을 알 턱이 없는 선노미는 얌전하게 최씨가 말을 꺼내길 기다렸다.

"요즘 주막에 양반 나리들이 모여서 기담회인지 뭔지를 한다며?"

"어떻게 아셨어요?"

선노미가 놀라 눈을 둥그렇게 떴다.

"어떻게 알긴. 허구한 날 주막 드나드는 사람들한테서 들었지. 좁은 동네 아니더냐. 너도 거기에서 무슨 이야기를 한다던데, 도대체 뭔 얘기를 하는 거니?"

선노미가 최씨에게 기담회 취지를 간략하게 설명했다. 주막에서 보고 들은 기이한 이야기를 양반 나리들에게 전해준다고. 주막에 모이는 선비들은 무슨 이유에선지 다 그런 이야기에 관심이 많다고.

선노미 말을 들으며 최씨가 쯧쯧 혀를 찼다.

"양반들이 한심하게 그런 짓이나 하고 있다니. 말하자면, 심심풀이 장난 같은 거 아니냐. 그럴 시간 있으면 나랏일에나 신경 쓸 것이지."

여느 때와 달리 사람 좋은 최씨 목소리가 날카롭게 날이 서 있었다.

"저도 거기서 많이 배워요. 얼마 전엔 언문도 배웠어요."

선노미가 항변하듯 말했다. 기담회를 나쁘게 말하는 걸 들으니 기분이 좋지 않기도 했거니와 최씨가 공연히 편견을 가진 것 같아 풀어줘야겠다는 생각에서였다. 하지만 선노미의 예상은 빗나갔다.

"언문? 그런 걸 배워서 대체 어디다 써 먹는데?"

"네?"

선노미는 말문이 막혔다. 얼마 전 종훈에게서 언문을 배운 뒤로 밤마다 선노미는 제가 알고 있는 단어들을 종이에 써보는 재미에 흠뻑 빠졌다. 마치 새로운 세계가 열린 것 같았다. 그런데 그런 걸 어디다 써 먹느냐니.

"우리 같은 사람들이 글을 배워서 과거를 보겠니, 벼슬을 하겠니? 너한테 글을 가르쳐준 건 널 위해서가 아니야. 다 자기네들 심심풀이지."

글을 가르쳐줄 때 종훈의 진지한 얼굴이 선노미 머릿속에 떠올랐다. 그런 의도로 가르쳐준 건 아닌 것 같았는데…… 하지만 그렇지 않아도 심기가 불편해 보이는 최씨한테 괜한 말로 화를 더 부추기고 싶지 않았다.

"하여튼 높으신 나리들 하는 일은 다 그 모양이야. 백성들한테 뭐가 필요한지 안중에도 없지. 그러니 아랫것들이 힘들 수밖에."

최씨가 이를 악물었다. 투박하고 거친 두 주먹을 꽉 쥐고 부르르 떨기까지 했다. '높으신 분들'이 앞에 있으면 한 대 치기라도 할 기세였다. 뭔가 맺힌 게 많은 모양이라고 선노미는 짐작했다.

"미안하다. 좀 흥분했구나. 네가 잘못한 것도 아닌데."

열을 내던 최씨가 문득 정신을 차렸는지 곁에 다소곳이 앉은 선노미에게 사과했다.

"어쨌든 널 찾아오길 잘한 것 같구나. 너한테 부탁을 하나 해야겠다."

"부탁요?"

선노미가 어리둥절해서 최씨를 바라봤다. 덕이의 가무잡잡한 말상 얼굴은 아버지에게서 물려받은 모양이었다. 최씨의 말상 얼굴이 한 껏 진지한 표정으로 선노미 눈을 똑바로 쳐다보고 있었다.

"그래, 지금부터 내가 하는 얘기를 양반 나리들께 전해다오."

"무슨 얘기인가요?"

선노미가 관심을 보이자 최씨의 눈빛이 날카로워졌다.

"나라를 다스리는 사람들이 꼭 알아야 할 이야기다."

"하지만……."

선노미가 '아무 얘기나 다 되는 건 아니라서요' 하고 말하려는데, 최씨가 먼저 가로막았다.

"그래, 기이한 얘기라고 했지? 이것도 충분히 기이한 이야기야. 기 담회에 소개해도 부족함이 없을 만큼."

선노미가 마지못해 고개를 끄덕였다. 무슨 이야기인지 몰라도 바 쁜 최씨가 직접 자신을 찾아올 정도라면 꽤 절박한 게 틀림없었다. 그런 최씨 청을 거절할 순 없었다. 친구 만득이를 봐서라도 그건 안 될 일이었다.

마침 옥이가 장국밥을 가지고 왔다. 최씨는 '야, 이거 오랜만일세' 하면서 뜨거운 국밥을 후룩후룩 먹기 시작했다. 선노미는 잠자코 최 씨가 식사를 끝내길 기다렸다. 그릇이 거의 바닥을 보일 무렵, 주머니 에서 수건을 꺼내 입매를 닦고 나서 최씨가 자세를 똑바로 했다. 본 격적으로 이야기를 시작하려는 것 같았다.

"내가 어릴 때 겪었던 일이다."

선노미가 맞장구를 치듯 고개를 끄덕였다. 마치 그게 신호탄이라도 된 것처럼 최씨가 술술 이야기를 풀어나가기 시작했다.

"아는지 모르겠지만 난 한양 출신이 아니다. 내 고향은……."

최씨가 난감하다는 표정으로 말꼬리를 흐렸다.

"꼭 어디라고 밝히시지 않아도 돼요."

선노미가 얼른 눈치를 채고 말했다.

"아, 그래. 어쨌든 내가 시골 출신이란 것만 알아둬라. 한양과는 비교도 안 될 만큼."

최씨 가족은 시골에서 돗자리 짜는 일을 했다. 돗자리 짜기는 서민들 사이에서 인기 높은 직종 가운데 하나였다. 승려나 감옥에 갇힌 죄수까지 돗자리 짜는 일을 부업으로 삼았다. 심지어 가세가 기운 양반이 돗자리를 짜는 경우도 드물지 않았다. 뭇 사람들 시선을 감내해야 하는 장사와 달리, 돗자리 짜는 건 집에서도 할 수 있는 일이니 체면을 중시하는 양반들한테 안성맞춤이었다.

돗자리 짜는 사람들이 많다는 건 그만큼 경쟁이 치열하다는 뜻이기도 했다. 그걸로 먹고 살 정도는 돼도 큰돈을 벌기란 쉽지 않았다. 하지만 최씨 아버지 복동은 제법 장사 수완이 있었다. 가난한 집이든 부잣집이든 돗자리는 생활필수품이라는 점을 간파해 품목을 다양화했다. 서민들을 대상으로 한 왕골이나 부들, 볏짚으로 짠 돗자리에서부터 부자들을 겨냥한 용수석(골풀로 만든 돗자리), 등석(등나무 줄기로 만든 돗자리), 화문석(꽃무늬를 수놓은 돗자리)까지…….

다행히 집에는 일손도 부족하지 않았다. 최씨 위로 나이 차가 많이 나는 두 형이 일찌감치 아버지를 도와 돗자리 짜는 일에 뛰어들었다. 시간이 지나면서 최씨 집은 '돗자리 짜는 최씨네'로 유명해졌다. 입소문이 나면서 부러 먼 데서도 돗자리를 만들어달라고 부탁하러 오는 사람들도 생겼다. 살림살이가 고만고만한 이웃 고객들은 큰 벌이는 안 돼도 안정적인 수입원이었다.

덕분에 최씨는 어린 시절 제법 유복하게 자랐다. 막내라 부모님한테 귀여움도 제법 받았다. 그러나 형들과 나이 터울이 꽤 진 탓에 형제들끼리 어울려 논 기억은 거의 없다. 어린 시절 최씨의 동무는 자신보다 세 살 어린 옆집 소녀 꽃님이었다.

꽃님이 아버지 춘성은 조상 대대로 물려받은 작은 밭뙈기를 일궈 거기서 나는 곡식으로 먹고 살았다. 그는 근면 성실한 사람이었지만, 복동과 달리 고지식했다. 세상사에도 그리 밝다고 할 수 없었다. 복동은 이따금 막내동생 뻴인 춘성을 가리켜 '타고 난 농사꾼이야'라고 했는데, 그 말 속엔 칭찬과 훈계가 다 들어 있었다.

춘성은 홀아비였다. 아내는 꽃님이를 낳다가 산후 후유증으로 세상을 떠났다고 했다. 그 뒤로 춘성은 새장가를 들지 않고 혼자 어린 딸을 키웠다.

아버지가 밭에 나가 있는 동안 꽃님이는 혼자 우두커니 집을 지켰다. 어느 날, 홀로 집에 있던 꽃님이가 마당에서 자기처럼 혼자 놀고 있는 최씨를 보더니 같이 놀자고 손짓했다. 그때부터 둘은 친 오누이처럼 꼭 붙어 다녔다. 꽃님은 '만수 오라버니, 만수 오라버니' 최씨 이름을 부르며 뒤를 졸졸 따라다녔다.

타고나길 몸이 약한 꽃님이는 만수처럼 밖에서 뛰놀 수 없었다. 어쩌다 한번 술래잡기라도 할라치면 안색이 파랗게 질려 가쁜 숨을 헉헉 몰아쉬기 일쑤였다. 어쩔 수 없이 만수가 집 안에서 꽃님이랑 노는 법을 배워야 했다.

꽃님이가 좋아했던 건 공기놀이였다. 만수도 막상 해보니 작은 돌여러 개를 위로 던졌다, 손바닥에 올려놓고 떨어지지 않게 뒤집었다하는 그 놀이가 싫지 않았다. 집에서 혼자 공기를 갖고 놀다가 형님들한테서 '계집애처럼 무슨 공기놀이야'라고 꾸지람을 듣기도 했다.

한번은 만수가 집 근처에서 공깃돌 삼기에 딱 좋은 작고 반들반들한 조약돌 다섯 개를 골라 꽃님이에게 건넸다.

"이걸로 오라버니랑 공기놀이하면 되겠네."

꽃님이는 그렇게 말하며 복사꽃이 필 때처럼 환하게 웃었다.

하지만 그런 일은 일어나지 않았다. 꽃님이가 결국 병으로 드러누웠기 때문이다.

어린 딸 하나만 보고 살던 춘성은 속이 바짝바짝 탔다. 몸에 좋다는 약도 지어 먹이고, 용하다는 의원도 모셔와 봤지만 아무런 소용이 없었다. 병세는 제자리걸음인데, 가계 부담만 점점 커졌다. 엎친 데덮친 격으로 태풍과 폭우가 번갈아 오는 바람에 밭에서 난 수확량도

평년에 비하면 반의 반도 거두지 못했다.

상황이 어려워지자 춘성은 가깝게 지내는 복동에게 이따금 돈을 빌리기 시작했다. 복동 역시 춘성의 형편이 딱하다는 걸 알고 아이 약값에 쓰라며 몇 푼씩 보태주곤 했다. 하지만 그게 언제까지고 계속될 순 없는 노릇이었다.

만약 춘성이 조금만 얼굴이 두꺼웠다면, 일이 그렇게까지 틀어지진 않았을지 모른다. 그러나 춘성은 남 신세 지고는 못 사는 고지식한 성격이었다. 결국 세상 물정에 밝은 복동에게 한마디 상의 없이 식리인(殖利人)에게서 돈을 빌렸다. 그게 파국의 시작이었다.

식리인은 전문적으로 사채를 빌려주는 사람들이다. 민간에 돈을 빌려주고 비싼 이자를 쳐서 되돌려 받았다. 전국적으로 질 나쁜 식리인들이 생겨나 활개를 치고 다녔는데, 여기엔 나라님 책임도 없다고는 할 수 없었다. 대출 사업을 주도한 게 정부였기 때문이다.

특히 재정이 어려운 지방관들이 대출 이자 수입으로 부족한 지방 예산을 충당했다. 그 과정에서 탐관오리와 민간이 결탁해 갖은 폐해를 낳았다. 대표적인 것이 악질 식리인이다.

나라에선 백성들 허리가 휘지 않는 수준으로 대출 금리를 책정했지만, 실상은 그대로 지켜지지 않았다. 원금의 두 배를 받거나, 원금과 이자를 합친 금액을 다시 원금으로 책정해 거기서 두 배를 받는 식리인도 있었다. 그들은 빌린 사람이 못 갚으면 불량배를 동원해 협박하거나, 재산을 몰수했다. 관리들을 매수한 덕에 그런 짓을 해도 처벌도 받지 않았다. 한양에서 멀리 떨어진 지방일수록 이런 일이 비일비재했다.

하필이면 춘성이 돈을 빌린 식리인 수팽도 그런 사람이었다. 그는 감영(監營: 지역 관찰사 관아) 아전이었는데, 인근 지역 아전들까지 모조리 포섭해 거대한 사채 조직을 만들었다. 이를 통해 매년 수십만 냥을 조성해 형편이 어려운 백성들을 도와주는 척하면서 고금리 사채놀이를 했다.

수팽의 상전들은 이런 일을 보고도 못 본 척했다. 모두 수팽에게 뒷돈을 받아먹거나 그에게서 은밀히 도움을 받고 있었기 때문이다. 행정 업무를 담당하는 아전인지라 수팽은 탐관오리의 비리가 담긴 기록물을 빼돌리거나 삭제할 수 있었다.

그런 인간인 줄 모르고 춘성은 수팽에게서 돈을 빌렸다. 계약 문서에 지장까지 찍었다. 까막눈이라 문서에 적힌 내용은 읽을 수 없었지만, 수팽 말만 듣고 그냥 그러려니 했다. 순진한 춘성은 설마하니 관아에서 일하는 아전이 자신을 등쳐먹으려 들 거라곤 상상조차 못했다.

그런데 정신을 차려보니 이자가 눈덩이처럼 불어나 있었다. 처음 했던 말과 다르지 않냐고 춘성이 따지자, 수팽은 계약서를 들이밀었다. 자네가 지장까지 찍지 않았느냐, 그래놓고 지금 와서 왜 딴소리를 하느냐고 오히려 눈을 부라렸다.

처음에는 조금씩 살림살이를 내다 팔며 이자를 갚아나갔지만 그래도 하루가 다르게 불어나는 빚을 갚을 수 없었다. 급기야 수팽은 춘성이 조상 대대로 일군 밭을 내놓으라고 했다. 일이 그 지경까지 가자, 마침내 춘성은 복동에게 사채 빌린 일을 털어놓았다.

"어쩌자고 그런 짓을 했나! 수팽 그놈 소문을 듣지도 못했단 말인가."

춘성의 이야기를 들은 복동이 벌컥 소리를 질렀다. 춘성은 고개를 푹 떨궜다.

"자네가 세상 물정에 어두운 건 알았지만 이 정도일 줄이야……."

"면목 없습니다."

"나한테 면목 없을 거야 없네만, 그래도 한마디 물어보기라도 할 것이지."

북동의 말에 안타깝고 쓸쓸한 마음이 묻어났다. 춘성의 얼굴은 아예 흙빛이었다. 제대로 먹지도 자지도 못하는지 살도 많이 내렸다. 마음고생이 심한 게 한눈에도 드러났다. 복동도 더는 춘성을 나무라지 않았다. 지금 와서 탓한들 어쩌랴. 이미 엎질러진 물인 것을.

"어쩌면 좋을까요?"

춘성이 다급한 눈빛을 하고 물었다. 하지만 복동도 뾰족한 수가 있을 리 없었다.

"관아에 고해보기는 했는가?"

춘성이 고개를 흔들었다. 새로 오신 원님을 직접 뵙겠다고 몇 번이고 관아를 찾았지만, 수팽이 어떻게 손을 써놨는지 안에 들어갈 수도 없었다.

복동은 그 말을 듣고 쯧쯧, 혀를 찼다.

"다들 끼리끼리 작당을 해서는……."

두 남자는 머리를 맞대고 한참을 고민했다. 하지만 좀처럼 신통한 방법이 떠오르지 않았다. 문득 복동이 묘안이 떠올랐는지 '참, 그렇지!' 하며 제 무릎을 탁, 쳤다.

"들자 하니, 원님이 기방의 어느 기녀한테 푹 빠졌다고 하네. 동헌 나들이보다 기방 나들이를 더 자주 하신다지."

"그래서요?"

"기방 행차하시는 길목에 버티고 있다가 읍소해보는 건 어떤가? 사람들 눈도 있으니 막무가내로 내치진 못할 걸세."

"그거 좋은 생각입니다!"

춘성이 비로소 얼굴을 폈다. 모든 고민이 한꺼번에 걷히는 것 같았다.

"그렇다고 너무 기대하진 말게나. 가재는 게 편이라고, 원님도 수 팽 편을 들지 모르니까."

들떠서 어쩔 줄 모르는 춘성을 보고 복동이 차분하게 한마디 했다.

"설마 그럴 리야 있겠습니까. 나랏일 하시는 분이니 억울한 백성들 이야기를 들어주시겠지요."

"그러면 오죽 좋겠냐만."

복동이 혼잣말처럼 중얼거렸다. 안도하는 춘성과 달리, 복동의 얼굴엔 옅은 그늘이 드리워져 있었다.

춘성은 이틀 후 복동이 일러준 길목에서 두 시진 넘게 원님을 기다
렸다. 저만치서 원님 행차가 보이기 시작했다. 조금 있으면 건너편 기
방으로 가기 위해 다리를 건널 터였다. 나무 뒤에 몸을 숨긴 채 지켜
보던 춘성은 원님 가마가 제 옆을 지나치자, 뛰어나와 가마 앞에 무
릎을 꿇었다.

"웬 놈이냐?"

가마를 따라가던 아전 하나가 뛰어나와 눈을 부라렸다. 춘성은 그
를 무시하고 바닥에 머리를 조아렸다.

"원님께 긴히 아뢸 말씀이 있습니다. 부디 내치지 마십시오."

길 가던 사람들이 호기심 어린 눈으로 힐끔힐끔 이 광경을 바라보
았다. 아전은 사람들 시선이 거북했는지 한시바삐 춘성을 쫓아버리
려 했다. 하지만 춘성은 바닥에 손을 짚고 꿈쩍도 하려 들지 않았다.

"고할 게 무엇이냐?"

이대로는 길을 못 가겠다 싶었는지 결국 잠자코 있던 원님이 물었다.

"흉년에다 딸자식 병구완하느라 아전 수팽에게 돈을 빌렸습니다.
그는 말도 안 되는 이자를 요구하며 협박하다가 이젠 조상 대대로 물
려받은 땅까지 내놓으라고 합니다. 억울합니다. 도와주시옵소서!"

춘성이 하소연을 줄줄 털어났다. 도중에 감정이 북받쳐 눈물, 콧물
까지 쏟아냈다. 하지만 가마 위에 앉아 춘성을 내려다보는 원님의 눈
빛은 싸늘했다.

"그게 뭐 어쨌단 말이더냐."

"네?"

예상치 못한 반응에 춘성은 어리둥절해서 눈물로 범벅이 된 얼굴을 들어 원님을 마주 봤다.

"돈을 빌렸으면 갚는 게 당연한 이치 아니더냐. 뭐가 잘못됐단 말이냐."

"하, 하지만 그런 이자는 도저히 감당할 수가 없습니다."

원님은 심드렁한 표정이었다.

"그것 역시 네가 동의한 것 아니었느냐?"

"제가 까, 까막눈이라서 수팽이 저를 속였습니다. 계약서 내용을 몰랐습니다."

"그것 역시 미련하고 무식한 네 잘못이다."

춘성은 망연자실해서 원님 얼굴을 빤히 쳐다봤다. 이런 반응이 나오리라고는 상상조차 못했다. '가게는 게 편이야'라고 했던 복동의 말이 떠올랐다. 정말 원님은 그 악독한 수팽 편일까. 나 같은 억울한 백성 말은 안중에도 없을까.

"잘못은 자기가 해놓고 고을 수령 앞에 불쑥 나타나 관리를 모함하다니 무엄하기 짝이 없구나. 한 번만 더 이런 짓을 했다간 잡아들여 곤장을 치겠다."

원님은 차갑게 내뱉고는 가마를 출발시켰다. 더는 볼일이 없다는 듯 뒤 한번 돌아보지 않았다. 아전이 험악한 눈빛으로 춘성을 쏘아보더니 가마를 뒤따랐다.

가마가 사라진 뒤에도 춘성은 돌이 된 것처럼 자리에서 일어서질 못했다. 깊은 절망감과 허탈함에 힘이 빠져 몸을 일으킬 수가 없었다.

'저들을 믿은 내가 바보였구나.'

순진하기 짝이 없었던 자신이 저주스러웠다.

네 잘못이다. 원님의 서릿발 같은 음성이 춘성의 귓전에 맴돌았다.

'그래, 내 잘못이야.'

춘성이 쓸쓸하게 중얼거렸다. 저렇게 썩어빠진 관리들을 믿은 게 잘못이었다. 공정하지 못한 건 바로 잡아줄 수 있을 거라고 착각했던 자신의 잘못이었다. 눈에서 다시 눈물이 솟구쳤다.

춘성의 말을 다 들은 복동은 깊은 한숨을 내쉬었다. 일이 결국 그렇게 됐나. 아주 예상 못 했던 건 아니었다. 하지만 한가닥 기대를 걸고 싶었다. 새로 온 원님은 다를 수도 있다고 믿고 싶었다. 그 기대는 무참히 빗나갔다. 결국 가재는 게 편이었다.

"차라리 도망치게."

복동이 목소리를 낮춰 속삭였다.

"밤중에 꽃님이랑 어디 먼 곳으로 달아나게. 그 방법밖에 없어."

"농사꾼이 밭을 두고 어딜 갑니까."

"그놈의 밭도 넘어가게 생겼지 않았는가. 고민할 게 뭐가 있나."

춘성도 할 말이 없었는지 묵묵히 고개를 떨궜다.

"어쨌든 제가 벌인 일인데 책임도 안 지고 도망쳐서야……."

"이 답답한 사람아, 아직도 그런 말이 나오는가. 수팽은 나쁜 놈일세. 원님까지 제 편이니 눈에 뵈는 게 없을 거야. 자네가 자기를 고발했다는 걸 알면 해코지하려 들 거야. 얼마나 더 험한 꼴을 당해야 정신을 차릴 텐가!"

춘성이 한동안 침묵하다가 입을 열었다.

"저 혼자라면 도망갈 수도 있습니다. 하지만 꽃님이는 어떻게 하고요. 저 몸으로 이리저리 도망 다니는 생활을 버텨 내겠습니까."

이번엔 복동도 왜 안 되냐고 반문하지 못했다. 자신이 보기에도 꽃님이까지 데리고 야반도주는 무리였다. 하필이면 이럴 때 자리에 눕다니. 안타까움에 몸이 달았다.

"꽃님이가 빨리 나아야 할 텐데."

복동은 겨우 그 말밖엔 할 수 없었다.

수팽이 가만있지 않을 거라던 복동의 예상은 옳았다. 며칠 뒤 밭일을 마치고 집으로 돌아가려는 춘성을 수팽이 막아섰다. 등 뒤에 몸이 우락부락하고, 인상이 험악한 장정 셋을 대동하고 있었다. 춘성이 분위기가 심상치 않은 걸 알아채 몸을 피하려 했지만 이미 늦었다.

"뻔뻔스럽게 돈 떼먹고 어딜 가시나."

"이, 이거 왜 이러십니까. 비키십시오."

수팽은 물러서지 않았다.

"그럴 순 없지. 자네한테 볼일이 있거든."

험악한 수팽의 눈빛이 두려워 춘성은 서둘러 말했다.

"돈은 갚는다 하지 않았습니까."

"무슨 수로!"

수팽이 버럭 소리를 질렀다.

"곡물도 안 나는 밭 몇 뙈기 팔아봤자 이자도 갚을까 말까 해. 나한 테는 밑지는 장사라고. 그런데 고맙다고는 못할망정 뒤통수를 쳐?"

춘성은 별안간 눈앞이 캄캄해졌다. 수팽이 자신을 협박한 건 하루 이틀이 아니지만, 이번은 좀 달랐다. 자신이 원님한테 고해바친 데 앙 심을 품고 보복하러 온 것이다. 저런 장정들까지 끌고 온 걸 봐서는 대충 지나갈 것 같지 않았다. 문득 원님 가마를 따라가며 험상궂은 눈초리로 자신을 노려보던 아전 얼굴이 떠올랐다. 그가 수팽에게 일 러바친 걸까. 어쩌면 원님이 직접 수팽에게 말했을 수도 있다. '가재 는 게 편이야'라는 복동의 말이 들리는 것 같았다.

"좋은 일을 하고서도 뒤에서 욕을 먹다니. 난 참 인복도 없지."

수팽이 춘성을 보며 이죽거렸다.

"자네 같은 사람을 두고 뭐라는 줄 아나? 배은망덕하다고 한다고. 배, 은, 망, 덕!"

수팽의 눈에서 번뜩이는 살기를 본 춘성은 몸을 부르르 떨었다. 조 짐이 안 좋았다. 어떻게든 이 자리를 피해야 할 것 같았다.

"잘못했습니다. 용서해주십시오."

춘성이 이를 악물고 꿇어앉아 용서를 빌었다. 분하고 억울하지만 어쩔 수 없었다. 공연히 수팽의 심기를 더 건드렸다간 뒤끝이 좋지 않을 것 같았다.

"잘못했습니다 한마디로 끝낼 순 없지. 그러면 사람을 죽여놓고도 잘못했습니다, 하고 넘어갈 거 아니겠나?"

"죄송합니다. 용서해주십시오."

춘성이 수팽에게 넙죽넙죽 머리를 조아렸다.

"어떻게 해야 나리 마음이 풀리시겠습니까?"

"잘못을 했으면 벌을 받아야지."

춘성이 어리둥절해서 고개를 드는데, 세 남자 중 하나가 뒤로 다가와 춘성의 입에 재갈을 물렸다.

"이거 왜 이러십, 으읍……."

재갈이 물린 춘성은 더는 말을 할 수 없었다. 입이 틀어막혀 발버둥쳐도 소리가 나오지 않았다. 남자 둘이 춘성의 팔을 뒤로 꺾고 수건으로 눈을 가렸다. 앞이 가려 아무것도 보이지 않자 겁이 난 춘성이 비틀거리며 일어나려 했다. 남자들이 웃어대며 춘성의 정강이를 발로 찼다. 그들의 주먹이 춘성의 배에 박히고, 얼굴을 후려갈겼다.

"으윽."

춘성이 신음소리를 내며 바닥에 주저앉았다. 찢어진 입가에선 피가 흐르고 있었다.

해가 져서 사방이 어둑어둑해지기 시작했다. 외진 곳이라 지나다니는 사람들도 없었다. 잠깐 주위를 둘러보고 인적이 없는 걸 확인한 수팽이 남자들에게 말했다.

"이놈을 뒷산으로 끌고 가."

세 남자가 축 처진 춘성을 일으켜 산으로 향했다. 춘성은 뭐라고 웅얼거리며 몸부림쳤지만, 그의 절규는 아무에게도 닿지 않았다.

사람들 발길이 닿지 않는 어두운 산속에서 몇 차례 매질이 이어졌다. 초득, 종갑, 복수 세 남자는 춘성을 나무에 매달아 놓고 인정사정 없이 몽둥이로 때리기 시작했다. 퍽퍽, 몽둥이 휘두르는 소리가 들릴 때마다 춘성의 입에선 비명이 터져나왔다.

"어떠냐? 이제는 반성이 좀 되나?"

수팽이 축 늘어진 춘성의 머리채를 잡고 들어 올렸다. 춘성이 감긴 눈을 슬며시 떠서 수팽을 바라봤다. 초점이 없는 두 눈이 몽롱했다. 이마에서 줄줄 흘러내린 피가 눈을 적시고, 뺨을 타고 흘러내렸다. 춘성이 재갈 물린 입으로 중얼거렸다.

"뭐라고? 무슨 소리인지 도통 알아들을 수가 있나."

수팽이 느물거리며 춘성의 입에서 재갈을 홱 빼냈다.

"……보내주십시오."

"보내달라니? 어디로?"

"집에…… 아픈 여식이…… 기다리고 있습니다."

숨이 가쁜지 춘성이 헐떡이며 띄엄띄엄 말했다.

"거참 눈물 나는 부성애일세."

수팽이 이죽거렸다.

"그러게 생각이란 걸 좀 하고 행동하지 그랬어. 그랬으면 밭만 가져가고 그쳤을 텐데. 그런데 이젠 안 되겠네. 나도 자네 때문에 영 기분이 상해서 말이야."

수팽이 겁에 질린 춘성의 두 눈을 똑바로 쳐다봤다. 감정이 실리지 않은 차가운 두 눈이 뱀을 연상시켰다.

"딸자식이라고 했나? 그거 잘됐군. 색주가에 팔면 몇 푼 받을 수 있겠어. 어차피 이런 못난 아비 밑에 있어봤자 제대로 못 클 텐데."

수팽의 입에서 꽃님의 얘기가 나오자 춘성이 더는 참지 못하고 수팽에게 퉤, 침을 내뱉었다.

"짐승 같은 놈! 너 같은 게, 무슨 관리라고."

소맷자락으로 침을 닦아내는 수팽의 얼굴이 분노로 벌겋게 달아올랐다.

"저, 저 천한 것이……."

다시 퍽퍽 매질이 시작됐다. 나무에 대롱대롱 매달린 춘성의 몸이 몽둥이가 후려칠 때마다 이리저리 흔들렸다. 찢어진 살점이 튀고, 주변에 피가 흩뿌려졌다.

"나쁜 놈들! 반드시 복수하고 말 테다. 내 귀신이 돼서라도……."

이를 악문 춘성의 입에서 저주가 새어나왔다.

"저놈이 아직도 정신을 못 차렸구나. 아주 혼쭐을 내!"

수팽이 악을 썼다.

퍽퍽, 몽둥이질 소리가 조용한 밤하늘에 울려 퍼졌다. 얼마나 지났을까. 춘성의 비명이 잦아들었다. 언젠가부터 끙끙거리는 신음도 들리지 않았다. 춘성은 바닥으로 고개를 툭 떨구고 있었다.

"어라?"

이상하다는 생각이 들었는지 초득이 몽둥이질을 멈추고 춘성의 얼굴을 들어올렸다. 허공을 향해 치뜬 춘성의 눈동자가 전혀 깜빡이지 않았다. 숨소리도 들리지 않았다. 몸도 차디차게 식은 것이 이미 춘성의 몸에선 생명이 빠져나간 것 같았다.

"죽었는뎁쇼?"

복수가 당황해서 말했다.

"뭐라고?"

수팽이 화들짝 놀라 달려왔다. 춘성을 이리저리 살펴보다 수팽은 버럭 고함을 질렀다.

"아니, 죽이면 어떡하느냐!"

"나리께서 매우 치라고……."

종갑이 목을 움츠리며 변명했다.

"치라고 했지 어디 죽이라고 했느냐. 적당히 알아서 했어야지!"

하지만 분통을 터뜨려본들 이미 늦었다. 죽은 사람을 살릴 수는 없는 노릇이었다.

'이를 어쩐다.'

수팽이 머리를 감싸 쥐었다. 사람을 때리는 것과 죽이는 건 또 다른 문제였다. 아무리 원님을 구워삶아 놓았다 하더라도 시끄러운 일이 벌어질지 모른다. 그러면 민심을 달래기 위해서라도 뭔가 조치를 취하는 척해야 할 것이다. 그 말은 자신에게 불똥이 튈지도 모른다는 뜻이었다.

입술을 잘근잘근 씹으며 곰곰이 생각하던 수팽이 번쩍 고개를 쳐들고 세 남자에게 지시했다.

"저놈을 나무에서 끌어내려 목에다 밧줄을 묶어라."

남자들이 수팽의 말을 고분고분 따랐다.

"다 묶었으면 다시 나무에다 매달아라."

"대체 어쩔 생각이십니까?"

종갑이 불안한 표정으로 물었다. 두려운 빛이 얼굴에 역력했다. 수팽의 명령 때문이라곤 하나 얼떨결에 제 손으로 사람을 죽였으니 그럴 만도 했다. 걸핏하면 윗사람들은 쏙 빠져나가고 아랫사람에게 죄를 묻곤 한다는 걸 종갑은 잘 알고 있었다. 그러면 꼼짝 못 하고 당하는 건 자기처럼 명령을 받고 따른 사람들이다.

"저놈은 목을 매 자살한 거다."

수팽이 선언하듯 말했다.

"빚을 못 갚고 고민하다 극단적 선택을 한 거지."

"하, 하지만 몸에 난 상처는 어떻게 하고요?"

복수가 물었다.

"산속이 아니더냐. 굶주린 산짐승들이 한 짓이라 둘러대면 된다.

오작인(仵作人)한테는 내가 잘 일러둘 것이니 걱정할 필요 없다."

오작인은 변사체를 검사하는 사람이다. 다들 꺼리는 일인지라, 주로 신분이 낮은 사람들이 오작인이 됐다. 말단 관리 생활을 오랫동안 해온 수팽은 오작인들을 두루두루 잘 알고 있었다. 누가 입이 무거운지, 누가 돈을 좋아하는지.

"우리가 춘성을 찾아간 건 없었던 일이다. 그런 줄 알고 너희들도 행여 말실수하지 않도록 입조심 단단히 하거라."

초득, 종갑, 복수가 일제히 고개를 끄덕였다.

휘이이익.

바람이 불어 나무에 매달린 춘성의 시체가 흔들흔들 흔들렸다. 노란 달빛을 받은 춘성의 몸은 바람에 나부끼는 여린 나뭇가지 같았다.

"정말 너무하네요."

선노미가 고개를 절레절레 흔들었다. 이야기를 들으니 나리들을 향한 만수의 적개심이 이해가 갔다. 가까운 이웃이 그렇게 억울하게 죽다니. 만약 동무 만득이가 그런 일을 당한다면? 상상만 해도 치가 떨리고, 분통이 터졌다.

만수는 떫은 걸 씹은 표정이었다. 오래 잊고 있었던 일을 새삼 떠올리니 가슴이 저린 모양이었다. 선노미는 만수가 다시 말을 이을 때까지 조용히 기다렸다.

"시신은 사흘 뒤 산에서 발견됐다."

만수가 침울한 목소리로 말했다.

처음 춘성을 발견한 사람은 땔감을 주우러 이른 새벽 산에 올랐던 나무꾼이었다. 나무에 이상한 게 매달려 있는 걸 보고 가까이 다가갔던 그는 허연 눈을 멀겋게 위로 치켜뜬 피투성이 시체를 보고 혼비백산했다.

시신은 춘성의 것으로 판명 났다. 시체를 검시한 오작인은 춘성이 나무에 목을 매달아 죽었다고 했다. 춘성의 죽음은 그가 빚 때문에 괴로워하다 스스로 목을 맨 것으로 결론 났다. 하지만 그 말을 믿는 사람은 많지 않았다.

"말도 안 되는 소리!"

복동이 분에 겨워 부르르 몸을 떨었다. 일도 손에서 놓고 며칠 동안 매일 술을 퍼마셨다. 술을 좋아하는 복동이 약주를 들 때마다 눈을 흘겼던 금순도 그때만큼은 아무 말 없이 남편의 술시중을 들었다.

"시신을 발견한 나무꾼 말로는 몸이 어디 하나 성한 데가 없을 정도로 상처투성이였다고 하더만. 짐승 짓이라니 지나가던 개가 웃을 일이지. 붙잡혀가서 두들겨 맞은 게 틀림없어."

손바닥만 한 동네였다. 이웃집 숟가락, 젓가락 개수까지 훤하게 꿰고 있을 작은 동네에 소문은 삽시간에 퍼졌다.

"아이, 끔찍해라."

금순이 생각만 해도 소름 끼친다는 듯 몸을 떨었다.

"그런 짓을 해놓고 벌도 안 받는다니 하늘도 무심하시지."

누구라고 이름은 언급하지 않았지만, 복동도 금순도 확신하고 있었다. 수팽이 해코지한 것이라고. 수팽의 수하인 불량배 셋이 며칠 전 새벽에 옷에 피를 묻힌 채로 집에 돌아오는 걸 목격한 사람도 있었다. 수팽이 부하들을 앞세워 춘성을 때려죽인 것이라는 소문이 나돌았다.

"다 내 잘못이오. 원님께 읍소하라고 부추기지만 않았어도……. 그 때문에 수팽이 앙심을 품은 거야."

"일이 그리될 줄 어떻게 알았겠어요."

금순이 자책하는 남편을 다독였다.

"다 자기 팔자인 것을요."

한동안 부부는 말이 없었다. 묵묵히 술을 마시던 복동이 고백하듯 머뭇머뭇 말을 꺼냈다.

"전에 춘성이한테 야반도주하라고 했었소."

남편 말에 금순이 눈을 크게 떴다.

"꽃님이 때문에 안 된다고 하더군. 어디 먼 데 도망이라도 갔으면 이런 일은 없었을 텐데."

금순은 한숨을 푹 내쉬었다.

"부모 마음이 다 그런 거죠. 그런데 그분 장례는 어떻게 하죠?"

피붙이라고는 어린 딸밖에 없는 춘성의 장례가 걱정돼 묻는 말이었다. 금순은 여차하면 자기네가 치러주자고 말을 꺼낼 기세였다.

"그놈들이 춘성을 어딘가 얼렁뚱땅 묻어버렸소. 가족이 없어 대신 장례를 치러줬다면서 말이지. 말은 그렇게 했지만, 자기네들도 마음에 걸리는 게 있으니 화근을 남기지 않으려고 서둘러 땅에 묻어버린 거야."

"아유, 불쌍해서 어떡하나."

금순이 훌쩍거리며 옷고름으로 눈물을 닦았다.

"그건 그렇고 꽃님이 차도는 좀 어떻소?"

복동이 문득 생각났다는 듯 물었다.

"똑같죠, 뭐. 딱한 것. 제 아비가 죽은 줄도 모르고선."

복동은 착잡한 기분을 지우기 위해 다시 술을 들이켰다. 하지만 잔뜩 취해 현실을 잊고 싶은 바람과는 달리 아무리 마셔도 마음 밑바닥부터 올라오는 안타까움은 가시지 않았다.

드러누운 꽃님은 좀처럼 열이 내리지 않아 고통스러워했다. 이마에 손등을 대보니 불덩이처럼 뜨거웠다. 아이는 헛것이 보이는지 헛소리를 해댔다.

"아버지, 아버지……."

꽃님이가 또 아버지를 불렀다. 며칠 전부터 줄곧 그 상태였다.

"꽃님아, 정신이 들어?"

꽃님이가 무거운 눈꺼풀을 스르르 들어올렸다.

"만수 오라버니……."

제 앞에 있는 얼굴을 알아본 꽃님이가 힘없이 중얼거렸다.

"아버지는 어디 갔어?"

"아저씨는 볼일이 있어서 먼 데 가셨어. 얌전하게 기다리고 있으면 네가 갖고 싶어 했던 꽃신 사서 돌아오실 거야."

만수가 거짓말로 둘러댔다. 몸도 성치 않은 꽃님이에게 차마 사실을 알릴 순 없었다. 아이는 아버지가 나쁜 놈들한테 잔인하게 살해됐다는 걸 알면 충격에서 헤어나지 못할 것이다. 언제까지가 될지 모르지만, 만수네 가족은 꽃님이에게 사실을 알리지 않을 작정이었다.

만수네가 꽃님이를 집으로 데려온 건 춘성의 시신이 발견되기 며칠 전이다. 저녁에 금순이 닭죽을 끓여서 꽃님이네에 나눠주러 갔더니 춘성은 보이지 않고 방 안엔 꽃님이만 열에 허덕이고 있었다.

"그럴 사람이 아닌데, 대체 아픈 애를 놔두고 어딜 간 거야."

금순이 얼굴을 찡그렸다. 뭔가 불길한 조짐을 느꼈는지 '큰일이 아니었으면 좋겠는데' 하고 중얼거렸다. 아픈 아이를 혼자 내버려두는 게 마음에 걸린 금순은 꽃님이를 집으로 데려왔다. 아이 아버지가 돌아올 때까지 돌봐줄 생각이었다. 하지만 춘성은 끝내 돌아오지 않았다. 얼마 후 춘성이 싸늘한 주검으로 발견됐다는 소식이 들렸다.

"불쌍해서 어쩌니."

만수는 그렇게 울먹이는 금순의 모습을 처음 봤다. 아들 셋 키우느라 억척스러워질 대로 억척스러워진 어머니였다. 그런 어머니가 우는 모습에 어린 만수도 뭔가 엄청난 일이 일어났다는 걸 직감했다.

꽃님이는 당분간 만수네가 맡기로 했다. 꽃님이를 데려가겠다는 친척이 나타나지 않으면 그대로 아이를 키울 생각도 하고 있었다. 복동은 그게 죽은 춘성에 대한 속죄라고 생각했다. 우락부락한 아들들과 달리 애교 많은 꽃님을 딸처럼 예뻐했던 금순도 반대할 생각이 없었다.

가족들 결정에 제일 기뻐한 건 만수였다. 늘 함께 놀던 꽃님이가 여동생이 될지도 모른다 생각하니 좋아서 팔짝팔짝 뛸 것 같았다. 하지만 꽃님이는 자기가 어디 있는 줄도 모르고 며칠째 죽은 아버지만 찾고 있었다.

"아버지는 몇 밤 자면 오셔?"

"열두 밤."

다섯 살짜리 꽃님이는 일곱 개부터는 숫자를 잘 세지 못한다. 그래서 만수는 일부러 꽃님이가 세지 못하는 숫자를 댔다. 자신이 거짓말한 걸 기억했다가 따지면 곤란할 거라고 생각해서였다. 지금 꽃님이 상태로 봐선 그런 걸 기억할 것 같지도 않지만.

"열두 밤?"

"그래, 열두 밤."

꽃님의 눈이 뭔가를 쳐다보듯 아련해졌다.

"열두 밤은 얼마나 길어?"

"전에 숫자 세는 걸 가르쳐줬잖아. 열 다음부터 다시 하나, 둘을 더 세는 거야."

초점이 풀린 꽃님의 눈이 스르르 감기려 하고 있었다. 그대로 눈을 감아버리면 어쩐지 두번 다시 눈을 뜨지 않을 것 같아 덜컥 겁이 난 만수가 계속 말을 걸었다. 하지만 꽃님이는 대꾸할 기운도 없어 보였다.

"꽃님아, 꽃님아, 정신 차려! 아버지 오실 때까지 기다려야지."

만수가 꽃님이를 흔들었다. 꽃님이가 힘겹게 눈꺼풀을 들어올렸다.

"아버지는 열두 밤 자면 오신댔지?"

"그래, 그러니 조금만 참아, 알겠지?"

꽃님이가 가는 숨을 몰아쉬며 숫자를 세기 시작했다.

"하나, 둘……, 셋, 넷, 다섯……."

마치 아버지가 돌아올 날을 손꼽는 것 같았다. 밭은 숨소리 때문에 숫자가 띄엄띄엄 들렸다.

"하나…… 둘…… 셋…… 넷…… 다섯."

꽃님이는 다시 처음으로 돌아가 숫자를 셌다. 미처 여섯까지 가지도 못하고 꽃님이의 작은 고개가 옆으로 툭 떨궈졌다. 파리한 하얀 얼굴에 희미한 미소가 번져 있었다. 꽃님이는 그렇게 좋은 꿈을 꾸는 모습으로 조용히 아버지를 따라갔다.

과거를 회상하는 만수 얼굴은 다섯 살짜리 꽃님이와 막 이별한 여덟 살 사내아이로 돌아가 있었다.

"꽃님이 시신은 식구들이 양지바른 곳에 고이 묻었다."

그럴 수 있었다면 아비 옆에 나란히 묻어주고 싶었는데, 춘성이 묻힌 곳을 알 수 없으니 어쩔 수 없었다. 춘성의 시신이 발견된 뒷산 기슭에 좋은 자리를 골라 묻어줬다. 집으로 돌아오는 길에 금순은 내내 코를 훌쩍거렸고, 복동은 눈가가 빨갛게 젖어 있었다.

하지만 정작 만수만은 울지 않았다. 이상하게도 눈물이 나지 않았다. 충격이 너무 큰 나머지 얼떨떨해서 눈물샘이 막혀버린 것 같았다.

꽃님이를 묻을 때 만수는 꽃님이 가슴 위에 작은 나무 조각을 둥글게 깎아 만든 공깃돌 다섯 개를 가만히 올려놓았다. 자신이 밤을 새워 만든 것이다. 예전에 공기놀이하라며 꽃님이에게 준 조약돌 다섯 개는 어디로 사라졌는지 통 보이지 않았다. 공기가 있으면 죽어서도 혼자가 된 꽃님이가 심심하지 않을 거라는 생각에 만수는 졸린 눈을 비벼가며 만들었다. 나무 공기는 만수가 꽃님이에게 준 마지막 선물이었다.

'꽃님이도 그놈들이 죽인 거야.'

만수는 분한 마음에 두 주먹을 불끈 쥐었다. 춘성이 그렇게 가버리지 않았더라면 어쩌면 꽃님은 지금도 살아있을지 몰랐다. 그러니 춘성을 죽인 자들은 어린 꽃님이까지 죽인 것이다. 아직 어린 나이였지만, 그때 만수는 뼈저리게 깨달았다. 세상이 잘못돼도 아주 잘못돼 있다는 걸. 그리고 그런 세상을 만든 건 높으신 나리들이라는 걸.

만수는 거기까지 말하고선 갈증이 났는지 대접에 물을 따라 벌컥벌컥 들이켰다. 이야기를 마치고 나니 긴장이 풀렸는지 조금은 편안해 보였다.

선노미는 어떻게 말을 꺼내야 할지 몰라 조심스레 만수 눈치를 살폈다. 만수가 왜 자신의 이야기를 선비들에게 들려주라 했는지 알 것 같았다. 기담회 같은 한가한 놀음을 하는 나리들에게 백성들이 겪는 실상을 알려주고 싶었던 거다. 그 마음은 선노미도 충분히 이해가 갔다.

그리고 만수의 이야기엔 분명 마음을 울리는 데가 있었다. 선노미도 들으면서 함께 분노하기도 했고, 슬퍼하기도 했다. 하지만 그 이야기는 기담은 아니었다. 이대로라면 기담회에 내놓을 수가 없었다.

"걱정 마라. 아직 끝이 아니니까."

만수가 선노미의 속마음을 읽은 것처럼 말했다.

"기이한 이야기는 이제부터가 시작이다."

부녀가 모두 저세상으로 가버리고 얼마 지나지 않은 어느 날 저녁이었다. 초득, 종갑, 복수가 술을 마시러 주막에 모였다.

날씨는 금방이라도 비가 올 것처럼 꾸물꾸물했다. 하늘엔 희끄무레한 비구름이 몰려오고 있었다. 셋의 마음도 구름 낀 하늘처럼 찌뿌드드했다.

무뢰배로 인근에 악명이 자자한 세 사람이었지만, 살인은 이번이 처음이었다. 사람을 죽인 건 폭행이나 갈취와는 비교할 수 없을 만큼 뒷맛이 안 좋았다. 꿈자리가 뒤숭숭하고, 항상 누군가가 쫓아올 것처럼 마음이 불안했다. 찜찜함을 씻어버리기 위해 셋은 걸핏하면 함께 모여 술을 마셨다.

"그 일은 잘 마무리된 모양이야."

초득이 조심스럽게 말했다. 구체적으로 언급하지 않아도 다들 '그 일'이 무엇인지는 잘 알고 있었다.

"수팽이 뭔가 손을 썼겠지. 그 사람 그런 짓엔 도가 텄잖아."

복수가 목소리를 깔았다.

"다행이야. 하마터면 우리가 잘못을 뒤집어썼을지도 몰라."

종갑의 말이었다.

"우리가 뭣 때문에 춘성 그자를 때려 죽이겠나. 배후에 수팽이 있다는 걸 다 알아. 그러니 목매 죽었다고 둘러댄 거고."

복수가 술을 쭉 들이켰다.

"어쨌든 이제 잠잠해진 것 같으니 한시름 놓을 수 있겠네. 그래도 당분간은 몸들 사리자고."

초득이 둘에게 주의를 주고선 다시 술잔을 기울였다.

톡.

어디선가 작은 물체가 떨어지는 소리가 들렸다.

"자네, 동전 떨어뜨렸나?"

종갑의 말에 초득이 제 주머니를 뒤졌다.

"아닌데?"

톡, 톡.

또 다시 무언가가 떨어지는 소리가 들렸다.

"비가 오나?"

복수가 하늘을 향해 손을 내밀었다. 아닌 게 아니라, 꾸물꾸물한 하늘에서 빗방울이 하나, 둘씩 떨어지고 있었다.

"날씨 때문에 여기 오래 못 있겠네. 이번 잔만 마시고 이만 들어가지."

종갑이 다른 둘을 재촉했다. 그때.

쏴아아아.

비를 머금은 한 줄기 바람이 불어와 종갑의 머리칼을 스치고 지나갔다. 종갑은 순간 몸이 빳빳하게 굳은 것처럼 꼼짝도 하지 않았다.

"왜 그러나?"

초득이 물었다.

종갑은 대답은 하지 않고 초득에게 스르르 고개를 돌렸다. 그러더니 상 위에 있는 젓가락을 집어 들어 있는 힘껏 초득의 손을 내리찍었다.

"으아아아악!"

초득이 비명을 지르며 제 손을 내려다보았다. 손등 한가운데에 젓가락이 꽂혀 있었다. 종갑이 찍을 때 얼마나 힘을 세게 줬는지 젓가락 끝이 손바닥을 뚫고 비쭉 나와 있었다. 손바닥에서 후드득 핏방울이 떨어졌다.

"자네, 미쳤나? 이게 무슨 짓이야!"

복수가 자리에서 벌떡 일어나 초득의 다친 손을 들여다봤다. 고통이 얼마나 심한지 초득은 바닥을 뒹굴며 끙끙 신음하고 있었다.

"별로 안 마셔서 취하지도 않았을 텐데⋯⋯."

"아, 아닐세. 내가 그런 게 아니야!"

종갑이 새파랗게 질려 외쳤다.

"자네가 안 그랬다고? 그게 무슨 소리야! 내 두 눈으로 똑똑히 봤는데."

종갑은 몸을 바들바들 떨었다. 뭔가 무서운 거라도 본 것 같았다.

"소, 손이 머, 멋대로 움직였어. 난 그럴 생각이 없었다고!"

"그게 무슨 말 같지 않은⋯⋯."

복수가 제 말을 다 끝맺지 못하고 갑자기 술병으로 종갑의 머리를 내려쳤다. 종갑이 악, 비명을 지르며 땅바닥에 털썩 주저앉았다. 깨진 파편들이 주저앉은 땅바닥 위로 후드득 쏟아져 내렸다.

주모가 꺄악, 소리를 지르고, 술 마시던 이들이 화들짝 놀라 자리에서 한꺼번에 일어서는 통에 여기저기서 술상이 바닥을 나뒹굴었다. 다들 놀라 입을 딱 벌린 채 멀찍이서 세 사람을 처다보기만 했다.

종갑의 이마를 타고 시뻘건 피가 뚝뚝 흘러내렸다. 아마도 머리가 찢어진 모양이었다.

"아무리 화가 난대도 술병으로 머리를 내려치면 쓰나!"

종갑이 제 머리를 감싸 쥐고 복수에게 악을 썼다.

복수는 멀거니 제 두 손을 바라보았다. 눈빛이 자다 일어난 것처럼 흐리멍덩했다.

"그러려고 한 게 아니야."

복수가 중얼거렸다.

"뭐라고?"

"자네 말이 맞네. 손이 제 마음대로 움직였다고!"

종갑의 눈에 경악의 빛이 어렸다. 둘 다 상대방이 무슨 말을 하는지 비로소 이해한 것 같았다. 둘은 얼음기둥이 된 것처럼 꼼짝 않고 그 자리에서 서서 뚫어지게 상대를 바라봤다.

"아아악!"

별안간 복수가 다리를 움켜쥐며 자리에 주저앉았다. 끙끙거리고 있던 초득이 바닥에 나뒹구는 깨진 파편으로 복수의 종아리를 휙 그은 것이다. 벌어진 상처 사이로 검붉은 피가 울컥 쏟아졌다.

"나, 난 그럴 생각이 없었어!"

초득이 울음이라도 터뜨릴 것 같은 얼굴로 말했다. 파편을 쥔 손이 부들부들 떨리고 있었다. 복수와 종갑은 그 말을 믿을 수밖에 없었다.

이젠 모든 게 분명해졌다. 세 사람의 몸이 제 의지와 무관하게 멋대로 움직이고 있었다. 자신들이 처한 상황은 이해했지만, 셋은 어떻게 된 영문인지 도무지 납득할 수가 없었다.

"어째서 이런 일이……."

"귀신한테 홀린 것 같구만."

복수가 혼잣말을 중얼거리다 흠칫 놀라 말을 멈췄다. 다른 둘도 깜짝 놀란 얼굴로 복수를 바라봤다. 세 사람의 머릿속에 동시에 똑같은 장면이 떠올랐다.

'반드시 복수하고 말 테다. 내 귀신이 돼서라도……'

춘성이 죽어가면서 한 말이 귓전을 맴돌았다.

"말도 안 되는 일이야."

종갑이 설레설레 고개를 저었다.

"그래, 그런 일은 있을 수 없어."

초득이 못 박듯이 말했다. 마치 스스로를 설득하려는 말투였다.

"그렇다면 어째서……?"

그때 복수가 말을 채 끝맺지도 못하고 절뚝거리며 종갑의 가슴을 향해 돌진했다. 손에는 여전히 유리 파편을 쥐고 있었다.

공격에 놀란 종갑이 황급히 몸을 피했다. 가까스로 가슴에 파편이 박히는 것은 피했지만, 팔뚝이 깊이 베었다.

"아니야, 아니야, 내가 그런 게 아니야!"

고통스러워하는 종갑을 보며 복수가 절규했다. 누군가 실을 매달아 몸을 조종하는 꼭두각시가 된 것 같았다. 멈추려 해도 도저히 멈출 수 없다. 머리와 몸이 각각 따로 움직이고 있다. 이게 대체 어찌 된 일이란 말인가!

주막에 있는 사람들은 아예 넋을 놓고 복수 일행의 싸움을 쳐다보고 있었다. 덩치 큰 불량배들끼리 다투는 데다, 손에 무기까지 들고 있어 끼어들 엄두도 내지 못했다. 누군가 상처 입거나 피를 흘릴 때마다 꺅, 소리치며 고개를 돌리는 게 고작이었다.

복수와 종갑은 숨을 헐떡이며 서로를 마주 보고 대치하는 형국이었다. 둘 다 이런 미친 짓거리를 관두고 싶은데 제 몸이 언제, 어떻게 움직일지 몰라 긴장을 늦출 수가 없었다. 상대방이 어떻게 나올지 몰라 무서운 한편, 무슨 행동을 할지 모르는 자기 자신도 두려웠다.

"초득이 어디 갔지?"

복수가 문득 생각났다는 듯 말했다. 그러고 보니 조금 전까지 손닿을 만한 거리에 웅크리고 있던 초득이 보이질 않았다.

"꺄아아악!"

어디선가 비명 소리가 들렸다. 복수와 종갑이 소리가 나는 곳으로 동시에 고개를 돌렸다.

겁에 질린 사람들 시선은 부엌에서 비틀거리며 나오는 초득에게 향했다. 한 손엔 불이 활활 타오르는 짚 다발을 들고 있었다. 복수와 종갑이 제 의지와는 무관하게 서로 찌르고 찔리는 사이, 초득이 주막 한 구석에 있는 짚 다발을 들고 부엌에 가서 화덕 불을 붙인 모양이었다.

초득이 불 붙은 짚 다발을 들고서 복수와 종갑 쪽으로 성큼성큼 다가왔다. 초득의 얼굴엔 공포가 가득 어려 있었다.

"이, 이러지 마. 제발 부탁이야!"

제 다리로 저벅저벅 걸어오면서도 초득은 마치 다른 누군가에게 그러지 말라고 사정하는 것처럼 고개를 세차게 도리질하고 있었다.

"초득, 제발 정신 차리게!"

"저리 가, 가까이 오지 마!"

종갑과 복수가 동시에 비명을 질렀다. 달아나야겠다고 생각하는데 몸이 말을 듣지 않았다. 둘은 그 자리에 얼어붙은 것처럼 나란히 주저앉아 초득이 다가서는 걸 속절없이 바라보고만 있었다.

"이러고 싶지 않았어……."

초득이 넋 나간 사람처럼 중얼거렸다.

종갑과 복수가 초득을 말리려는데, 그의 손에서 불 붙은 짚 다발이 스르르 미끄러지며 두 사람 머리 위로 떨어졌다.

화르르르.

시뻘건 불꽃이 피어오르는가 싶더니 순식간에 종갑과 복수의 몸이 화염에 휩싸였다.

"아아아악!"

"으아아아!"

귀를 찢는 비명이 주막 안마당에 울려 퍼졌다. 살 타는 냄새가 코를 찔렀다. 온몸에 불이 붙은 두 사람이 뼈와 살이 녹는 고통에 못 이겨 바닥에 주저앉아 몸부림쳤다.

제가 한 짓을 보며 머리를 쥐어뜯고 있던 초득이 별안간 괴성을 지르며 불기둥이 된 두 동료를 향해 달려갔다.

"안 돼, 안 돼, 안 돼!"

불길을 향해 달려가면서 초득은 짐승 같은 괴성을 지르고 있었다.

"으아아악!"

단말마의 비명만 남기고 초득은 망설임 없이 불 속으로 몸을 날렸다.

화르르르.

시뻘건 불꽃이 다시 공중으로 높게 솟구쳤다.

셋은 한데 뒤엉킨 불기둥이 되어 마당을 뒹굴었다. 누가 누군지 모르게 엉겨붙은 세 사람의 몸에서 소름 끼치는 절규가 새어 나왔다. 피부가 녹아내리고, 내장이 새카맣게 타들어 가는 고통을 느끼는 자만이 지를 수 있는 무시무시한 비명이었다.

얼마나 시간이 흘렀을까. 불길이 차츰 사그라들기 시작했다. 셋이 한목소리로 내지르는 비명도 점차 잠잠해졌다.

우르릉 쾅쾅.

하늘에서 천둥벼락이 치더니 꾸물꾸물하던 하늘에서 굵은 빗줄기가 쏟아졌다. 세찬 비가 그때까지도 안마당에서 타닥타닥 타오르고 있던 작은 불꽃을 순식간에 꺼트렸다. 마침내 불길이 걷혔다.

공포에 질린 사람들이 오들오들 떨면서 불 꺼진 곳으로 다가갔다. 그 자리엔 형체를 알아보기 힘든 시커먼 숯덩어리가 뒤엉켜 있었다. 아직도 뜨거운 김이 모락모락 피어오른 채.

"그 사람, 제 발로 불 속에 뛰어들었어요."

누군가 홀린 것처럼 중얼거렸다. 주모였다. 충격 탓인지 주모는 몸을 사시나무처럼 떨고 있었다.

"싫다고 하면서도 제 발로 불길에 뛰어들었다고요!"

"천벌이란 게 있긴 있는 모양이지."

만수가 새하얗게 질린 선노미 얼굴을 보며 중얼거렸다.

그간 섬뜩한 이야기를 숱하게 접했던 선노미지만, 만수 이야기는 듣는 내내 오금이 저렸다. 오늘 밤은 틀림없이 잠을 설칠 것 같았다.

"세 사람이 죽은 뒤 한동안 큰 소동이 벌어졌단다."

당연히 그랬을 거라고 생각하며, 선노미는 고개를 끄덕였다.

"다들 뒤에서 춘성 아저씨 원혼이 한 일이라며 쑥덕거렸지."

"제 생각도 그래요."

만수가 잠시 생각에 잠겼다.

"글쎄다. 흔히들 이해하기 어려운 걸 보면 귀신 짓이라고 핑계를 대곤 하지."

"핑계라고요?"

"그래, 핑계. 원혼도 원래는 사람이 아니었더냐. 그러니 크게 보면 다 사람이 한 일이지."

알 듯 말 듯한 소리였다.

"난 그 자들이 춘성 아저씨를 죽인 것 때문에 나름대로 양심의 가책을 느끼고 있었을 거라 생각한다. 그게 어떤 이해할 수 없는 방식으로 세 사람의 이성을 흐트러뜨린 거지."

그런가. 선노미가 속으로 고개를 갸우뚱했다.

"어쩌면 셋이 남몰래 서로에게 불만을 품고 있었는지도 모르고."

만수가 덧붙였다.

"어쨌든 나는 사람들이 걸핏하면 귀신 타령하는 걸 별로 좋아하지 않아. 기담회 일원인 너한테는 미안한 말이다만."

"아니에요."

선노미가 고개를 흔들었다.

"하지만 연이어 일어난 일들을 보면 귀신이란 게 정말 있는 것 같다는 생각도 들더구나."

"다른 일이 또 있었어요?"

만수가 고개를 끄덕였다.

"그래 있었지. 아주 기괴한 일이."

기괴한 일은 수팽에게도 닥쳤다.

옷자락이 나뭇가지를 사르륵 스치는 감촉에 수팽은 소스라치게 놀랐다.

'여기가 어딘가.'

고개를 돌려 두리번두리번 사방을 둘러보았다. 천지가 온통 새카만 암흑뿐이다. 칠흑 같은 어둠이 주변을 감싼 걸 보니 한밤중인 게 틀림없었다.

'아니야, 그런 게 아니야.'

수팽은 문득 이상하다는 생각이 들었다. 아무리 어두운 밤이라도 사물의 형체는 어렴풋이 보이게 마련이다. 그런데 지금 제 눈앞엔 아무것도 없다. 별도, 달도, 나무도, 지나가는 사람 하나도 보이지 않는다. 그야말로 캄캄한 어둠. 그 어둠 속에 자신이 혼자 서 있는 것 같았다.

휘이이익.

어디선가 한 줄기 바람이 불어왔다. 바람에 머리 위 나뭇가지가 가볍게 흔들리는 소리가 들렸다. 바람결에 흔들린 나뭇잎들이 서로 몸을 부딪쳐 파드득 소리를 냈다.

톡.

위에서 무언가 딱딱한 것이 내려와 수팽의 머리를 맞추고 발치 곁에 떨어졌다. 작고 딱딱한 것을 보니 나무에 열린 열매 같았다.

하지만 수팽의 눈엔 이 모든 것이 전혀 보이지 않았다. 누군가 안대로 제 눈을 가린 듯이. 형상은 사라지고 소리만 남은 곳에 홀로 떨어진 기분이었다.

'눈이 먼 건가.'

등에서 소름이 쭉 끼쳤다. 어쩌다 눈이 보이지 않게 됐는지 도무지 알 길이 없다. 자신이 있는 곳이 어딘지, 어쩌다 이런 곳에 오게 됐는지도 기억이 나지 않는다. 수팽이 아는 건 오로지 앞이 안 보이는 상태로 어딘가를 헤매고 있다는 사실이었다.

신발 밑에 진득한 진흙의 무게가 느껴졌다. 축축한 밤이슬이 수팽의 옷깃을 적셨다. 수팽이 더듬더듬 몇 발짝 앞으로 걸어갔다.

뚝.

발밑에서 부러지는 소리가 났다. 나뭇가지인 것 같았다. 발로 툭툭 밟아보니 떨어진 나뭇잎이 수북이 쌓여 습기를 머금은 흙을 뒤덮고 있었다. 아무래도 자신은 산속에 있는 모양이었다.

우우우우.

먼 곳에서 부엉이 우는 소리가 들렸다. 눈에 보이는 건 캄캄한 암흑뿐이라 낮인지 밤인지 구별이 안 되지만, 부엉이 울음소리가 들리는 걸 보니 밤이 틀림없었다.

'이를 어쩐다.'

공포감이 스멀스멀 올라왔다. 밤중에 산속을 헤매는 건 위험하다. 사고를 당할 수도 있고, 산적이나 강도 떼 습격을 받을 수도 있다. 무엇보다 산짐승의 먹잇감이 되기 십상이다.

'빨리 여기서 벗어나야 해.'

보이지 않는 눈을 대신해 수팽은 귀를 있는 대로 쫑긋 세웠다. 두 팔을 앞으로 뻗어 손을 더듬거렸다. 혹시라도 그렇게 해서 산어귀 있는 데까지 간다면 누구라도 자신을 발견하고 도와줄지 몰랐다. 수팽은 필사적이었다.

짝짝짝.

갑자기 박수 치는 소리가 들렸다.

"거기 누가 있소?"

수팽이 목소리를 높여 물었다. 아무런 대답이 없었다. 잘못 들었나, 생각하며 수팽이 다시 더듬더듬 앞으로 걸어갔다.

짝짝짝.

다시 박수 소리가 들렸다. 이번엔 등 뒤였다. 눈을 가린 술래에게 박수로 자기가 있는 곳을 알리는 것처럼 소리는 '이쪽이야'라고 말하는 것 같았다.

"뉘시오? 앞이 안 보여서 그러는데 산을 내려가게 좀 도와주시오."

수팽이 보이지 않는 누군가를 향해 애걸했다. 여전히 아무런 대답이 없었다. 혹시 말을 못 하는 건가? 그래서 박수로 방향을 알려주고 있는 건가? 자기를 따라오라고?

소리가 들린 쪽으로 조심스럽게 몇 발짝 내디뎠다. 나무뿌리에 걸리거나 공중에 드리운 가지에 긁히지 않도록 조심하면서.

짝짝짝.

몇 발짝 앞에서 다시 박수가 들렸다. 그대로 자신을 따라오라는 뜻인 것 같았다. 수팽은 지푸라기라도 잡는 심정으로 휘청휘청 소리를 따라갔다.

박수 소리는 끊길 듯 끊길 듯하면서 계속 이어졌다. 수팽은 몇 발짝 걷다 멈춰 소리를 기다리고, 다시 소리 나는 쪽으로 몇 발짝 걷기를 반복했다. 그렇게 움직이는 게 힘든 탓인지 두려움 때문인지 옷이 금세 땀으로 흠뻑 젖었다.

갑자기 박수 소리가 딱 끊겼다.

"이보시오! 어디 가셨소? 날 좀 도와주시오!"

수팽이 울먹이며 소리쳤다. 하지만 응답이 없었다.

문득 자신이 어떻게 산속에 오게 됐는지 떠올랐다. 한밤중에 눈을 떴을 때 어디선가 희미한 박수 소리가 들렸다. 마치 자신을 따라오라고 손짓하는 것 같았고. 무언가에 홀린 사람처럼 휘청휘청 박수가 들리는 쪽으로 걸어갔다. 그러다 정신을 차리고 보니 깊은 산속에서 눈이 안 보이는 채로 헤매고 있었다.

머리칼이 쭈뼛 서며 온몸에 소름이 돋았다. 뭔지는 몰라도 그 소리는 자신을 도와주려 했던 것이 아니다. 자신을 유혹해 위험에 빠뜨리려고 했다. 어서 이 자리를 떠야 한다.

허둥거리며 손을 더듬는데 가까운 곳에서 뜨겁고 축축한 숨결이 느껴졌다. 숨결은 천천히 수팽을 아래위로 훑었다. 먹잇감을 앞에 둔 맹수가 쿵쿵거리며 냄새를 맡는 것처럼. 숨결에선 고기가 썩는 지독한 악취가 났다.

으르렁.

숨결이 나지막하게 그르렁거렸다.

수팽은 피가 차갑게 얼어붙는 것 같았다. 저건 맹수 소리다. 나는 지금 맹수 앞에 서 있다! 어서 달아나야 한다!

급하게 몸을 돌리는데, 맹수의 두툼한 발바닥이 수팽의 가슴팍을 후려쳤다. 수팽이 비틀거리다 땅바닥에 털썩 주저앉았다. 고개를 들려는 순간, 맹수가 몸을 날려 덮쳤다. 날카로운 발톱이 수팽의 배를 찢었다.

"으아아악!"

깊은 산속에 수팽의 비명 소리가 한동안 울려 퍼졌다.

수팽의 시신은 다음 날 산속을 헤매던 사냥꾼에게 발견됐다. 고통 속에서 죽어갔는지 시신은 얼굴을 일그러뜨리고, 흰자위만 보이는 두 눈을 크게 벌리고 있었다.

몸은 산짐승에게 물어뜯긴 듯 처참한 모양새였다. 날카로운 발톱으로 찢어발겼는지 벌어진 뱃가죽이 너덜거렸다. 그런데 열린 수팽의 배 안엔 장기들이 하나도 없었다. 마치 누군가 가져가 버린 것처럼.

"너, 괜찮은 게냐?"

만수가 선노미의 안색을 살피며 물었다. 선노미는 얼굴이 하얗게 질려 금방이라도 토할 것 같은 얼굴을 하고 있었다.

"그래, 안다. 섬뜩한 이야기지."

이런 이야기를 들려줘서 미안하다는 듯 만수가 조금 머쓱한 표정으로 말했다.

"조금만 더 들어주렴. 이젠 거의 다 끝났으니까."

만수가 이야기를 이어갔다.

수팽의 죽음은 큰 충격이었다. 사람들은 몇 날 며칠 모이기만 하면 수팽 이야기에 열을 올렸다. 산에서 짐승한테 물려 죽는 건 간혹 있는 일이었다. 하지만 수팽이 왜 한밤중에 혼자 산에 올라가 맹수의 동굴 앞을 서성이고 있었는지는 이해할 수 없었다. 수팽이 밤에 휘청휘청 산에 올라가는 걸 봤다는 목격자도 나타났다. 그는 수팽이 뭔가에 홀린 것 같았다고 했다.

"귀신이 한 짓이야. 춘성이 원혼이 돼 나타난 거라고."

다들 그렇게 쑥덕거렸다.

사람들 수군거림에 제일 겁을 먹은 건 원님 현종이었다. 수팽이 수족처럼 부리던 사내들과 수팽이 죽었다. 춘성의 원혼이 한 짓이라고 한다. 자신을 때려죽이고 죽음을 은폐한 자들에게 복수하려고. 그러면 그다음은 자기 차례 아닌가.

현종은 춘성을 기억했다. 언젠가 가마 앞에서 머리를 조아리며 억울함을 호소했던 남자. 꾀죄죄한 행색에 얼굴에 궁핍함이 줄줄 흐르던 남자. 자신은 그런 그를 싸늘하게 외면하고 돌아섰다. 그때의 기억이 자꾸만 떠올라 현종은 마음이 무거웠다.

현종이 춘성의 억울함에 귀 기울이지 않았던 건 수팽 때문이었다.

"수팽이 하자는 대로만 하면 여기 있는 동안 한몫 톡톡히 챙길 수 있을 걸세."

현종의 전임자는 그렇게 말했다. 아닌 게 아니라 수팽은 꽤 쓸모가 많은 수하였다. 현종의 잘못을 은근슬쩍 손을 써 무마해주고, 뒤가 구린 일도 묘한 꾀를 짜내 선뜻 도와주었다.

무엇보다 도움이 됐던 건 수팽의 사채사업이었다. 수팽은 현종이 눈감아주는 조건으로 자신이 사채놀이로 번 돈의 일부를 꼬박꼬박 바쳤다. 한몫 톡톡히 챙길 수 있을 거라던 전임자의 말뜻을 현종은 비로소 이해할 수 있었다.

현종은 자신의 오른팔 같은 심복을 내칠 생각이 전혀 없었다. 수팽을 택하느냐, 춘성을 택하느냐 하는 건 현종에게 생각해볼 필요도 없는 문제였다.

게다가 현종은 춘성 같은 이들이 진저리나게 싫었다. 가난하고, 미천하고, 못 배운 인간들. 그런 인간들은 제 분수를 모른다. 미천한 것들답게 윗사람한테 얌전히 복종할 것이지, 자꾸만 뭘 해 달라, 뭘 들어 달라고 요구하기만 한다.

현종은 자신이 부임한 촌구석에 춘성 같은 인간들이 바글거린다는 사실에 적잖이 놀랐다. 한양에서 어울린 건 전부 자신 같은 지체 높은 선비들이었는데. 이런 우울한 데서 몇 년씩 썩어야 한다고 생각하니 가슴이 답답했다. 한양에 돌아가기 전까지 적당히 시간을 죽이며 지내는 게 최선이라 생각했다.

그런데 이런 일이 생길 줄이야. 운이 없어도 너무 없었다.

어느 날 수팽이 머뭇거리며 고을에 변사 사건이 발생했다고 했다. 죽은 이는 춘성이고, 산에서 스스로 목을 맸다는 것이다. 현종은 그 일에 수팽이 관여했음을 직감했다. 하지만 모르는 척했다. 춘성 같은 인간 때문에 괜히 힘을 빼고 싶지 않았다.

'그때 뭔가 했어야 했나……'

지난 일을 돌아보다 현종이 휴우, 한숨을 내쉬었다. 이제 와서 후회해본들 아무 소용이 없었다. 그저 제 몸을 지키는 게 최선이다. 수팽의 뒤를 따라가지 않으려면.

현종은 아랫사람들에게 순번을 정해 하루 종일 처소 앞을 철저하게 지키도록 했다. 행여나 자신이 뭔가에 홀린 것처럼 산에 올라갈 기색이 보이면 막으라고도 했다. 그러고선 제 처소에 틀어박혔다. 위험에 노출되지 않게 꼭꼭 숨어 있는 게 상책이라 여긴 것이다.

톡.

뭔가가 떨어지는 소리가 들렸다. 무료함을 달래기 위해 방 안에서 글을 읽던 현종은 반사적으로 고개를 돌렸다.

저만치 앞에 작고 가벼워 보이는 뭔가가 바닥에 떨어져 있었다. 현종은 다가가 그것을 살펴보았다.

'뭐지?'

고개를 갸웃거리던 현종이 물체를 손에 쥐었을 때였다.

휘리릭.

새하얀 것이 방 안을 가로질러 사라졌다. 워낙 순식간에 일어난 일이라 자세히 볼 순 없었지만, 펄럭거리는 모양새가 하얀 옷자락을 닮았다.

현종이 저도 몰래 뒷걸음질 쳤다. 누가 몰래 방에 들어와 숨은 건가? 처소 앞 경비를 뚫고?

휘리릭.

하얀 물체가 방 안을 한 바퀴 빙글 돌더니 벽에 처진 병풍 뒤로 쏙 사라졌다. 이번엔 현종도 똑똑히 봤다. 그건 틀림없이 하얀 옷자락이었다.

'귀, 귀신이야.'

현종이 침을 꿀꺽 삼켰다.

사람이 이렇게 발소리도 내지 않고 쥐도 새도 모르게 방으로 들어올 순 없다. 그것도 지키는 사람들 눈을 다 피해서.

덜덜 턱이 떨리기 시작했다. 오금이 저렸다. 당장 밖으로 달려나가려 했지만, 공포로 몸이 얼어붙어 발조차 떼기 힘들었다. 현종은 여봐라, 하고 밖을 지키는 자들을 부르려 했다.

"끄…… 끄윽……."

어찌 된 영문인지 말이 입 밖으로 나오지 않았다. 목구멍에서 소리가 탁 걸린 느낌이었다. 목구멍에 걸린 말은 입안에서 계속 맴돌기만 했다. 필사적으로 입을 놀려 보아도 목을 세게 졸렸을 때처럼 끅끅거리는 소리만 간신히 새어 나왔다.

'이게 어떻게 된 거지?'

목이 바짝바짝 탔다. 축축한 땀 때문에 옷이 등에 달라붙었다.

병풍 뒤에서 하얀 옷자락이 비쭉 보이더니 누군가 천천히 걸어 나왔다. 머리에 갓끈을 묶고, 하얀 겉옷을 걸친 남자다. 낯이 익은 얼굴이었다.

'저건 수팽 아닌가!'

현종은 가슴이 철렁 내려앉았다. 죽은 수팽이 이곳에 있을 리 없으니 저건 귀신임에 틀림없었다.

수팽이 히죽거리며 현종에게 한 발짝 다가왔다. 얼굴이 비명을 지를 때처럼 보기 흉하게 일그러지고, 흰 눈자위를 천정을 향해 치뜨고 있었다. 가슴팍 밑으로 무참하게 찢어진 하얀 옷은 피로 새빨갛게 물들어 있다. 배는 날카로운 것으로 잡아 뜯은 것처럼 살점이 찢어져 너덜거렸다. 갈비뼈 사이로 훤히 드러난 수팽의 배 속은 장기가 모조리 사라져 텅 비어 있었다.

현종은 식은땀이 흘렀다.

"끅…… 끄끅……."

오지 마! 외치려 했지만, 현종의 입에선 여전히 끅끅거리는 소리만 나올 뿐이었다.

수팽, 이러지 말게. 내가 자네한테 뭘 잘못했나. 자네 잘못도 다 눈 감아 주지 않았던가. 그런데 나한테 왜 이러나. 우린 동지가 아니던가.

소리가 되어 나오지 않는 말 대신 현종은 속으로 필사적으로 그렇게 외쳤다.

수팽이 현종에게 히죽 웃어 보이더니 품에서 무언가를 꺼냈다. 굵고 튼튼한 동아줄이었다. 수팽은 그 줄로 현종의 목을 천천히 휘감았다.

"끄…… 끄윽…… 끅."

제발 그만해! 현종이 속으로 절규했다.

현종의 목에 동아줄을 다 감은 다음 수팽이 힘껏 줄을 조르기 시작했다. 현종은 벗어나려고 발버둥쳤다. 수팽의 얼굴을 때리고, 손등을 할퀴려 했다. 하지만 아무런 소용이 없었다. 현종의 손은 수팽의 몸을 그대로 스윽 통과할 뿐이었다. 마치 안개 속으로 손을 뻗은 것처럼.

"끄끅……."

현종이 간절한 눈으로 밖을 바라보았다. 방문 창호지 위로 밖을 지키는 부하들의 그림자가 어른거렸다. 그들은 지금 방 안에서 무슨 일이 벌어지는지 꿈에도 상상하지 못하는 것 같았다.

'이리 오너라, 이리 와!'

현종이 밖에 있는 부하들을 소리쳐 불렀다. 하지만 자신의 마음과는 달리, 목에선 숨 넘어가는 끅끅 소리만 들릴 뿐이었다.

얼마나 시간이 지났을까. 허공을 휘젓던 현종의 손이 바닥으로 툭 떨어졌다. 버둥거리던 다리도 움직임을 딱 멈췄다. 숨이 끊어진 것이다.

바닥에 축 처진 현종의 목에는 춘성의 목에 남았던 것과 똑같은 멍 자국이 불그죽죽하게 남아 있었다.

다음날 현종의 시신을 발견한 사람들은 경악했다. 처음엔 모두 그가 스스로 목을 맨 거라 생각했다. 하지만 검시관은 동아줄 매듭 모양으로 보건대 누군가 다른 사람이 현종의 목에 밧줄을 걸치고 잡아 당긴 게 틀림없다고 단언했다. 도대체 누가 삼엄한 경비를 뚫고 원님 방에 들어와 목을 졸랐단 말인가? 밀실에서 발견된 현종의 죽음은 풀리지 않는 의문으로 남았다.

"결국 다 죽었네요. 춘성 아저씨를 죽게 만든 사람들이."

선노미가 으스스 몸을 떨며 말했다. 만수가 천천히 고개를 끄덕였다.

"원님이 죽고 얼마 뒤 내게도 일이 생겼단다. 한양에서 먼 친척 어른이 찾아오셨지."

복동과 연배가 비슷한 그 친척은 아이가 없었다. 처음엔 아내한테 문제가 있나 싶었는데, 첫째 아내가 죽고 두 번째로 들인 아내에게도 아기가 들어서지 않았다. 이대로 가면 대가 끊길지 모른다고 걱정하던 내외는 복동에게 아들이 많다는 사실을 떠올렸다. 멀긴 해도 피가 이어진 사이니, 복동의 아들 중 하나를 양자로 들이면 혈통이 끊어질 걱정은 안 해도 될 터였다. 위로 큰아들 둘은 이미 다 컸고, 양자로 들인다면 막내인 만수가 제일 적당할 것 같았다.

"한양은 엄청 큰 도시란다. 거기서 살고 싶지 않니?"

친척은 어린 만수를 그렇게 구슬렸다. 만수는 순순히 양자로 들어가겠다고 했다. 한양을 동경해서가 아니었다. 고향이 싫어져서였다. 꽃님이를 떠나보낸 뒤, 만수는 허전함을 처음 알았다. 텅 빈 꽃님이네 집을 볼 때마다 가슴이 시렸다.

집을 떠나도 크게 아쉬울 건 없었다. 나이 차가 큰 형들에겐 애초부터 큰 정이 없었다. 부모님 품을 떠나는 건 서운했지만, 그 부분은 미지의 세계에 대한 호기심이 메워주었다. 그렇게 만수는 고향을 등졌다.

"그 후로 오랫동안 그때 일은 잊고 살았지."

기담회 같은 한심한 일로 소일하는 양반 나리들을 보기 전까지. 입 밖으로 내진 않았지만, 선노미는 만수의 속마음을 읽을 수 있었다.

"나쁜 사람들을 죽인 건 춘성 아저씨 원혼이었겠죠?"

선노미의 추측에 만수는 글쎄다, 하고 고개를 갸웃했다.

"아까 말했잖니. 뭐든 귀신 탓으로 돌리는 걸 좋아하지 않는다고."

"그럼 뭐 때문인가요?"

자꾸만 제 말에 초를 치는 만수 때문에 선노미의 목소리가 뾰족해졌다.

"민심은 말이지."

만수가 무겁게 입을 뗐다.

"꽤 무서운 거란다. 높으신 양반 나리들도, 나라님도 민심을 무시할 순 없어. 보잘것없어 보이지만, 민심이 모이면 산을 깎고 바다를 메울 수도 있다."

선노미가 아리송한 표정으로 만수를 바라봤다.

"민심이 그만큼 중요하다는 걸 네가 나리님들께 꼭 전해주렴."

"높은 이자율 때문에 생긴 폐해는 일일이 열거하기 어려울 정도지."

다시 열린 기담회 자리에서 선노미에게 만수 이야기를 전해들은 연암은 씁쓸하게 말했다.

"특히 갑리(甲利: 고리대금업자들이 본전에 곱쳐서 받는 높은 변리)가 문제죠. 곱으로 쳐서 이자를 내라니, 말도 안 되는 얘기입니다."

석호가 맞장구를 쳤다.

"돈을 빌린 자가 못 갚고 죽으면 자손과 친족한테까지 찾아가 기어코 받아내는 식리인들도 있다고 하더군요."

"심각한 문제야."

다들 고개를 끄덕였다.

"문제가 있다는 걸 알면 뭐하나. 그걸 바꿔야 하는 사람들이 손을 놓고 있는데. 심지어 정승들까지 고리대금업자 노릇하는 게 비일비재하지 않은가."

세현이 불만스러운 어조로 말했다. 다들 할 말이 없었는지 방 안엔 잠시 침묵이 흘렀다.

선노미는 우울해서 고개를 떨궜다. 만득이 아버지가 자기 이야기를 나리들께 전했냐고, 나리들이 뭐라고 하시더냐 물으면 어떻게 대답해야 할까. '잘 알았으나, 손 쓸 방법이 없다'고 전해야 할까. 그러면 그는 뭐라고 할까.

"만수라는 자가 무슨 의도로 선노미 네게 이 이야기를 했는지는 충분히 알겠다."

연암이 말했다.

"우리한테 백성들이 입는 피해를 알리고 싶었겠지. 그래서 춘성 같은 사람들을 구제해 줬으면 했을 거다."

선노미가 기대에 찬 눈빛으로 연암이 뭔가 해답을 제시해주길 기다렸다.

"하지만 유감스럽게도 우리한텐 그만한 힘이 없다. 문벌 가문 출신도, 높은 벼슬에 있는 것도 아닌 한량들이니."

연암의 입에서 나온 대답은 실망스러웠다. 고작 이런 말씀밖에 못

하시는 건가 싶어 선노미는 어깨가 축 처졌다.

"하지만 한량도 한량 나름대로 할 수 있는 일은 있다."

"......!"

선노미가 놀라 고개를 들었다. 연암은 장난스러운 표정으로 미소 짓고 있었다.

"그게 뭔가요?"

"이야기를 만드는 거다."

연암이 우렁우렁 울리는 목소리로 말했다.

"이야기요?"

"그래, 이야기의 힘은 생각보다 크단다. 사람들 마음을 움직이니까. 어쩌면 고관대작의 상소보다 더 세다고 할 수 있지."

"그러고 보니 '사씨남정기' 같은 이야기는 숙종 임금 귀에까지 들어갔다더군요. 주인공이 무고한 아내를 쫓아내는 대목에선 '천하에 고약한 놈!'이라고 화까지 내셨다고 합니다."

진석이 신난 표정으로 연암의 말을 받았다.

"나는 평범한 사람들이 겪는 일을 이야기로 지을 것이다. 그걸로 백성들을 도울 것이다. 만수에겐 그렇게 전해주거라."

선노미가 고개를 크게 몇 번이고 끄덕였다. 조금 전 우울했던 마음은 사라지고, 얼굴엔 환한 웃음이 번져 있었다.

기담회가 끝나자 모였던 선비들은 각자 집으로 돌아갈 채비를 마쳤다. 뒷정리를 해야 하는 선노미도 이만 자리를 뜨려는데, 뒤에서 부르는 소리가 들렸다. 돌아보니 무광이었다.

"언문은 어디서 배웠니?"

"어, 어떻게 아셨어요?"

뜻밖의 질문에 선노미는 저도 모르게 자신도 질문으로 답을 했다.

"요전번에 품에서 언문 쓴 종이를 꺼내 들여다보는 걸 봤지. 꽤 열심이던 걸."

무광은 유쾌한 듯 빙글빙글 웃고 있었다.

"전에 기담회 오셨던 선비 분께서 가르쳐주셨어요."

선노미 대답에 무광의 얼굴에서 웃음기가 싹 가셨다.

"아, 그 친구가……."

무광이 어딘가 아픈 듯한 표정을 짓는 바람에 선노미는 불안해졌다. 저가 뭘 잘못했나 싶어 물끄러미 쳐다보자, 무광은 어색하게 웃었다.

"아무것도 아니다. 그냥 좀 뜻밖이어서."

무광이 다시 화제를 돌렸다.

"글공부는 잘 되니?"

이번엔 선노미가 어색한 표정을 지을 차례였다. 한동안 푹 빠졌던 글공부가 지금은 시들해졌다. 이유는 분명하다. 만수가 했던 말 때문이다. 우리 같은 사람들이 글을 알아봤자 과거를 보겠니, 벼슬을 하겠니? 다 필요 없다, 그런 거.

"그게요…… 잘 모르겠어요."

"잘 모르다니 뭘?"

"글공부하는 거요. 저 같은 애가 글 배워봤자 어디다 쓰겠어요."

선노미가 고개를 숙였다. 무광은 선노미를 빤히 내려다봤다. 한참을 그러고 있던 무광이 조용히 입을 열었다.

"내 어머니는 첩이야."

선노미가 놀라 무광을 올려다보았다.

"서얼이라는 신분 때문에 난 벼슬을 못 해. 그래서 비관도 많이 했다. 공부를 그만둔 적도 있지. 이런 게 다 무슨 소용이냐 싶어서."

모든 걸 내려놓은 듯 담담한 목소리다. 이분도 그런 아픔이 있었구나 싶어 선노미는 고개를 숙인 채 묵묵히 그의 말에 귀를 기울였다.

"그런데 말이다, 문득 그런 생각이 들더구나. 뭔가를 배우는 목적이 꼭 과거를 보고 벼슬을 하는 것이어야만 할까? 좋아서 할 순 없는 걸까?"

좋아서 한다고? 선노미는 무언가로 머리를 얻어맞은 것 같았다. 그런 생각은 이제껏 한 번도 해 본 적이 없었다. 다들 뭔가 필요하기 때문에 배우고, 공부하는 거라고 생각했다.

"언문을 배우니 어떻더냐. 재밌었지?"

"네."

선노미가 고개를 끄덕였다.

"그럼 됐다. 그것만으로도 공부할 이유는 충분해. 그리고 하나 더."

무광이 선노미의 눈을 똑바로 쳐다봤다.

"만약 춘성이 글을 알았더라면 계약서에 그렇게 손쉽게 지장을 찍지 않았을지도 모른다. 배움은 힘이다. 세상을 살아나갈 힘."

아직 어안이 벙벙한 선노미를 남겨두고 무광은 성큼성큼 주막을 나섰다.

밤을 밝히는 둥근 보름달 아래 연분홍 살구꽃이 탐스럽게 피어 있었다. 산들산들 불어온 바람에 꽃송이가 춤을 추듯 조용히 흔들렸다. 연약한 꽃잎이 팔랑팔랑 떨어져 옥이의 어깨에 내려앉았다.

"우와, 예쁘다!"

옥이가 탄성을 질렀다.

"등 떠밀려 나오긴 했어도 잘 온 것 같네."

주모 김씨도 여간 만족스러운 표정이 아니었다. 선노미와 복이도 눈부신 듯 탐스러운 꽃송이를 바라보고 있었다.

꽃구경하라며 네 식구 등을 떠민 건 목재소 만수였다. 늦게까지 술을 들이켜던 손님들도 다 집으로 돌아가고 싸리문을 닫아걸려고 할 무렵, 만수가 주막을 찾아왔다.

"이 시간에 웬일이시우?"

김씨가 눈이 휘둥그레졌다.

"나루터에 복숭아꽃, 살구꽃이 예쁘게 폈더이다. 가족들끼리 나가서 구경하고 오시오. 그동안 주막은 내가 봐 드릴 테니."

"달밤에 무슨 꽃구경이오."

김씨가 퉁명스럽게 대꾸했다.

"달밤이니까 꽃구경을 하지. 달도 안 뜬 캄캄한 밤엔 꽃이 잘 보이겠소. 오늘은 보름이라 밖이 훤하니 꽃구경하기 좋을 거요."

김씨는 영문을 모르겠다는 눈으로 만수 얼굴을 쳐다봤다. 만수가 머쓱해졌는지 '내 얼굴에 뭐가 묻었나' 하고 제 얼굴을 쓱쓱 문질러 닦는 시늉을 하더니, 자리에 털썩 걸터앉았다.

"요전번에 옥이가 꽃구경 가자고 주모 조르던 게 마음에 걸려서 왔소. 죽은 사람 소원도 들어준다는데 산 사람 소원을 왜 못 들어주나. 그게 그리 어려운 일도 아니잖소."

신이 난 옥이가 헤벌쭉 웃었다.

"도성 따라 40리 길 도는 꽃놀이에 댈 바는 아니지만, 뭐 그것만 꽃구경인가. 동네 앞에 핀 꽃 보는 것도 꽃구경이지."

옥이는 벌써부터 밖으로 쪼르르 달려나갈 태세였다. 김씨가 어찌할 바 몰라 망설이고 있자니, 만수가 어서 가라는 듯이 손을 휘저었다.

"이 시간에 국밥 먹으러 올 사람도 없을 거 아니오. 혹시 누가 자겠다고 찾아오면 방에 잘 데려다 주겠소."

"고맙소. 잘 부탁해요."

자신의 치맛자락을 끄는 옥이 등쌀에 못 이겨 김씨는 허둥지둥 문을 나섰다. 그렇게 등 떠밀려 아이들 손을 잡고 달밤에 꽃구경하러 나온 것이다.

"아, 오길 잘했다."

옥이가 복숭아꽃 같은 웃음을 지었다.

산들산들 강바람이 불어 땅에 떨어진 꽃잎들이 바람에 흩날렸다. 바람에 떠돌던 연분홍 꽃잎이 김씨네 가족 머리 위로 사뿐히 내려앉았다.

'지금쯤 꽃구경은 잘하고 있을까.'

주모 가족을 내보내고 주막에 혼자 남은 만수가 중얼거렸다. 싸리문을 나설 때 자신에게 방긋 웃어 보였던 옥이 얼굴이 떠올랐다. 아직 애티가 남아 있는 옥이 얼굴 위로 어린 여자아이 얼굴이 겹쳐졌다. 꽃님이다.

2년 전, 만수는 오랜만에 어릴 때 떠나온 고향을 방문했다. 아버지가 돌아가셨다는 소식을 들었기 때문이다. 복동은 그때 일흔이었다. 큰 병 없이 그 나이까지 무탈하게 살다 갔으니 호상이라 할 만했다.

어머니 금순은 머리가 하얗게 셌고, 만수가 고향을 떠날 때 청년이었던 두 형은 중년을 지나 장년에 접어들고 있었다. 가족들끼리 그간 살아온 얘기를 나누며 회포를 풀다 보니 며칠이 훌쩍 지나갔다.

한양으로 돌아오는 길에 만수는 문득 생각이 나서 어릴 때 살던 집을 찾아갔다. 고향에 오니 잊고 있던 기억들이 새록새록 생각나서였다.

자신이 살던 집은 이미 허물어져 집터만 남은 반면, 꽃님이 집은 여전히 그대로였다. 춘성의 원혼이 나타나 복수했다는 소문 때문인지 아무도 그곳에 살고 싶어 하지 않는 것 같았다. 그렇다고 허물어 버리자니 귀신을 화나게 할지도 몰라 그냥 남겨둔 모양이었다. 오랫동안 사람 손이 타지 않은 낡은 집은 금방이라도 허물어질 것처럼 적막하게 보였다.

만수가 씁쓸한 마음에 돌아가려고 발길을 돌릴 때였다.

하나, 둘.

작은 목소리가 들렸다. 자세히 보니 눈에 잘 띄지 않는 지붕 밑 어두운 그늘 아래 여자아이가 쪼그리고 앉아 혼자서 공기놀이를 하고 있었다. 아이가 손에 쥔 공기알 하나를 공중으로 높이 던졌다 받으면서 땅바닥에 흩어진 공기알 하나를 재빠른 손놀림으로 낚아챘다. 아이가 또다시 공기알을 위로 던지는가 싶더니 바닥에서 다른 공기알을 채갔다.

셋.

넷.

다섯.

다섯까지 센 아이는 제 손바닥 위에 있는 공깃돌 다섯 개를 보며 환하게 웃었다.

다 됐다.

가까이 다가간 만수는 아이 얼굴을 들여다보다가 흠칫 놀라 한 발 뒤로 물러섰다. 꽃님이었다. 꽃님이가 혼자서 공기놀이를 하고 있었다. 옛날에 자신이 함께 묻어준 나무 공깃돌로.

꽃님이가 손에 쥔 공깃돌을 바닥에 주르륵 흩어놓은 뒤, 다시 숫자를 세면서 하나씩 낚아채기 시작했다.

하나, 둘, 셋, 넷, 다섯.

어쩐지 귀에 익은 울림이었다. 저 소리를 어디서 들었던가. 한참을 고민하던 만수의 입에서 아, 하고 낮은 탄식이 새어 나왔다.

만수는 선노미에게 진실만을 말하진 않았다. 그가 선노미에게 사실대로 털어놓지 않은 건 꽃님이의 죽음과 관련한 대목이었다.

그날 밤 열에 들뜬 꽃님이는 내내 이젠 돌아올 수 없는 아버지를 찾았다. 만수가 '아버지는 열두 밤 자면 돌아오셔' 하고 거짓말을 하자, 꽃님이는 잠잠해지는가 싶더니 아버지를 마중 나가겠다고 칭얼거리기 시작했다.

"그 몸으로 어딜 가겠다는 거야. 아버지는 열두 밤 자야 오신다니까."

만수 말에 꽃님이는 악악거리며 떼를 썼다. 아파 드러누운 아이가 어디서 그런 힘이 나오는지 신기할 정도였다.

"마중 나가면 빨리 오실지도 모르잖아. 나 갈래, 아버지 보러 마중 나갈래."

꽃님이가 급기야 이불 위로 몸을 일으키려 했다. 만수가 놀라 허둥지둥 꽃님이를 다시 자리에 눕혔다.

"오라버니, 나 나갈래. 나가게 해줘."

만수가 난감한 눈길로 꽃님이를 쳐다봤다. 불덩이처럼 몸에 열이 펄펄 나는 아이가 저렇게 떼를 쓰다가 정신을 잃고 쓰러질까 봐 무서웠다. 아이를 진정시키려면 차라리 밖에 데리고 나가는 게 나을 것 같았다.

"그래, 알았어. 내가 데려다 줄게. 다른 사람들 안 깨게 조용히 해."

만수가 꽃님이를 등에 업었다. 어릴 때도 만수는 장군감이라는 애기를 들을 만큼 덩치가 좋았다. 그렇지 않아도 또래보다 체구가 작은 꽃님이는 아픈 탓에 잔뜩 여위어 무게가 느껴지지 않았다. 만수는 꽃님이가 너무 가벼워서 가슴이 아팠다.

만수 등에 업히고 나서야 꽃님이는 얌전해졌다. 만수 목에 가냘픈 두 팔을 두르고 가만히 숨을 죽였다.

집 안은 조용했다. 일하느라 지친 형들은 빨리 잠자리에 들었고, 술잔을 기울이던 부모님도 잠이 든 것 같았다. 만수는 꽃님이를 등에 업은 채 살금살금 문을 열고 밖으로 나갔다.

둥근 보름달 윤곽이 유독 선명해 보이는 따뜻한 봄밤이었다. 길가 살구나무, 복숭아나무엔 꽃이 소담스럽게 피어 있었다. 산들바람에 꽃잎들이 나풀나풀 날아와 꽃님이 머리 위에 살며시 내려앉았다.

"울 아버지, 사실은 돌아가신 거지?"

얼마 걷지도 않았는데, 등 뒤에서 꽃님이 목소리가 들렸다. 만수가 깜짝 놀라 걸음을 딱 멈췄다.

"말해줘. 울 아버지 돌아가신 거지?"

"어, 어떻게 알았어?"

만수가 저도 모르게 더듬거렸다.

"오라버니 아버지, 어머니가 말씀하시는 거 들었어. 아빠가 나쁜 놈들 손에 죽었다고."

만수는 이마에서 식은땀이 났다. 아무것도 모르는 줄 알았던 꽃님이가 사실은 다 알고 있었다니. 아이가 아파서 못 들을 줄 알고 부모님이 꽃님이 있는 데서 조심성 없이 춘성 이야기를 꺼냈는지도 몰랐다.

문득 등이 축축해져 만수가 돌아보니 꽃님이는 제 등에 얼굴을 파묻은 채 홀쩍홀쩍 울고 있었다. 만수는 자신도 따라 울고 싶어졌다.

"오라버니는 알아? 누가 울 아버지 죽였는지?"

울었던 탓인지 꽃님이가 코맹맹이 소리로 중얼거렸다.

가슴이 아려서 만수는 말을 못 하고 고개만 끄덕였다. 동네 어른들은 수팽과 세 불량배가 춘성을 죽였다고 수군거렸다. 부모님은 원님이 춘성을 외면했다고 속삭였다. 다 듣고도 모른 척했던 건 꽃님이만이 아니었다.

"나, 그 사람들 집에 데려다 줘."

별안간 꽃님이가 생각지도 못했던 소리를 했다.

"가서 뭐 하려고?"

"데려다 줘, 데려다 줘!"

꽃님이가 등 뒤에서 도리질 치면서 세차게 발을 굴렀다. 아이의 작은 주먹이 만수의 어깨를 통통 때렸다. 꽃님이가 그렇게 떼를 쓰는 모습을 만수는 처음 보았다. 열 때문인지, 춘성이 죽었다는 소리를 들어서인지 꽃님이는 여느때 꽃님이 같지 않았다.

"그만해, 데려다 줄게."

결국엔 만수가 항복했다. 왜 저러는지 이유는 알 수 없지만, 까짓 것 못 들어줄 것도 없었다. 목숨이 왔다 갔다 할 만큼 아픈 아이 부탁이니까. 더구나 아빠를 잃고 고아가 된 아이 부탁이니까.

만수가 꽃님이를 들쳐업고 뛰다시피 했다. 태어나 줄곧 자란 이 동네를 만수는 제 손 들여다보듯 훤하게 알고 있었다. 어디에 뭐가 있고, 누가 사는지.

"여기야."

제일 가까운 초득의 집 앞에 만수가 걸음을 멈췄다. 등 뒤에서 힘없이 늘어져 있던 꽃님이 슬며시 눈을 떴다. 발밑에 뭔가 톡 떨어지는 소리가 들리더니 꽃님이가 '하나'라고 했다. 다음에 도착한 곳은 종갑의 집이었다. 다시 뭔가 톡 떨어지는가 싶더니 꽃님이 '둘' 하고 중얼거렸다.

"야, 너 뭐 하는 거야? 뭘 떨어뜨린 거야?"

꽃님이가 못 들은 척하며 만수 등 뒤에 고개를 깊이 파묻었다.

'이게 대체 무슨 짓이람.'

만수는 자기가 하고 있는 행동이 한심스러웠다. 열이 나서 제정신도 아닌 아이를 업고 달밤에 남의 집 앞을 돌아다니다니. 그래도 기왕 꽃님이 부탁을 들어주기로 한 김에 끝을 봐야겠다 싶어 만수는 다음 집으로 발걸음을 옮겼다.

복수 집 앞에 도착했다.

톡.

소리와 함께 꽃님이가 힘없이 입술을 움직였다.

"셋."

꽃님이가 아까처럼 아버지가 돌아올 날을 꼽고 있는 걸까? 하지만 꽃님이는 아버지가 돌아가신 걸 다 알고 있는데. 어쩌면 열 때문에 정신이 혼미해진 아이가 무의미한 말을 중얼거리고 있는 건지도 몰랐다.

"넷."

수팽의 집에 도착했을 때였다. 이번에도 어김없이 톡 소리가 들렸다. 뭔가 싶어 자세히 살펴보니 반들거리는 작은 조약돌이었다. 언젠가 자신이 꽃님이에게 공깃돌 하라며 건넨.

"야, 그걸 왜 갖고 있어?"

만수를 무시하는 건지 잠이 든 건지 꽃님이는 반응이 없었다. 이게 뭐하는 짓인가, 싶어 만수는 다시 절로 한숨이 나왔다.

"마지막으로 저기 앞에 보이는 건물이 관아야. 원님은 거기 사셔."

"다섯."

꽃님이가 중얼거렸다. 하지만 이번엔 톡 소리가 들리지 않았다. 갑자기 등 뒤에서 꽃님이가 스르르 고개를 떨구는 게 느껴졌다. 만수가 놀라 뒤를 돌아보았다.

"꽃님아? 꽃님아!"

아이는 대답하지 않았다.

"꽃님아, 일어나봐! 꽃님아!"

여전히 대답이 없었다. 아이는 잠을 자는 듯 평화로운 모습으로 세상을 떠났다. 입가에 처연한 미소를 머금고서.

하나, 둘, 셋, 넷, 다섯.

만수의 눈앞에서 숫자를 세며 공기놀이를 하는 꽃님이를 보니 그때 일이 떠올랐다.

'그랬었구나.'

어쩐지 울컥 눈물이 솟구쳐서 만수는 옷소매로 눈가를 훔쳤다.

춘성을 죽인 자들에게 나타난 건 춘성의 원혼이 아니었다. 아버지를 잃고 고아가 된 어린 꽃님이의 영혼이었다. 꽃님이는 아버지를 죽인 다섯 명의 집 앞에 공깃돌로 표시를 해뒀는지도 모른다. 죽어서도 잊지 않기 위해. 문득 닫힌 방 안에서 죽은 원님이 손바닥에 작고 반들거리는 조약돌을 꼭 쥐고 있더라는 소문이 생각났다.

꽃님이가 고개를 돌려 만수를 바라보았다. 아프기 전의 해맑고 순수한 모습이었다. 눈물이 그렁그렁한 만수를 보곤 꽃님이가 활짝 웃으며 반갑게 손을 흔들었다. 언젠가 봤던 복사꽃 같은 밝은 웃음이었다.

• **사씨남정기**: 김만중(1637~1692)의 한글 소설. 처첩 문제를 다룬 이 소설은 숙종, 장희빈, 인현왕후의 갈등에서 영감을 얻은 것으로 알려져 있다.

5

여인의 머리칼

요 며칠 선노미는 두 여자 때문에 심기가 불편했다. 이성에 대한 관심이 늦된 편인 데다, 온종일 주막에만 틀어박혀 지내는지라 '두 여자'라고 해봤자 뻔했다. 기껏해야 한 살 어린 여동생 복이와 복이 소꿉친구이자, 동무 만득이 여동생인 덕이다.

둘 다 요즘 무슨 일 때문인지 선노미한테 삐쳐서 얼굴을 마주쳐도 본 척 만 척이다. 어쩌다 한번 보는 덕이야 그렇다 쳐도 한 지붕 아래 사는 복이랑 껄끄럽게 지내는 건 불편하기 짝이 없었다. 조금 전에도 복이는 손님들에게 장국밥을 내가면서 말을 걸어보려는 선노미를 휑하니 지나쳤다.

'도대체 왜 저러는 거야.'

선노미는 억울했다. 아무리 머리를 굴려보아도 딱히 뭘 잘못한 것 같지 않았다. 사실 선노미는 잘못한 게 없었다. 잘못이라면, 여동생보다 더 고운 인형 같은 외모를 타고난 것뿐이다.

남들이 들으면 웃을 법한 이유지만, 복이는 나름대로 꽤 심각했다. 최근 들어 부쩍 외모에 관심이 커진 복이는 여자 옷을 입혀서 길가에 내놓으면 당장이라도 뭇 남정네들이 줄줄 따라올 것처럼 어여쁘게 생긴 선노미 얼굴을 볼 때마다 평범한 제 모습에 화가 났다. 남자 주제에 그런 예쁜 얼굴을 갖고 태어난 선노미가 얄밉기까지 했다. 이제껏 제 얼굴에 딱히 불만이 없던 열네 살 복이가 갑자기 외모에 신경쓰기 시작한 데는 그만한 이유가 있었다.

얼마 전 주막집 앞으로 가마바탕에 올라탄 기생이 지나갔다. 가마바탕은 지붕 있는 가마인 유옥교(有屋轎)와 다르게 지붕이 없는 가마다. 지붕 있는 가마는 남편 벼슬이 당상관 이상인 귀부인들만 타게 돼 있어 신분 낮은 기생이 이용할 수 있는 가마는 가마바탕밖에 없다. 하지만 색기로 먹고사는 기생에게 외양이 드러나는 가마바탕은 오히려 이동수단으로서 제격이었다.

기생은 어느 돈 많은 양반댁 연회에 불려가는 모양이었다. 연한 벚꽃색 저고리에 풍성한 비취색 치마를 받쳐 입고 있었다. 저고리는 고름과 끝동에 흰 천을 덧댄 반회장저고리다. 일반 아낙들과 달리 저고리 길이를 유난히 짧게 해 밑으로 하얀 치마허리를 노출시켰다. 안에 입은 속곳이 십여 가지는 됨 직하게 풍성하게 부푼 치마 사이로 날렵한 버선코가 살짝 드러났다. 햇볕으로부터 하얀 얼굴을 가리기 위해서인지 머리엔 대나무로 만든 전모를 쓰고 있었다. 모자로 가렸지만, 가마가 흔들릴 때마다 모자가 기울면서 고운 자태가 언뜻언뜻 드러났다.

자주 볼 수 있는 광경은 아니어서 동네 사람들은 일제히 일손을 멈추고 거리로 나와 기생 행차를 구경했다. 삼개주막에 있던 이들도 마찬가지였다.

"어느 기방 기녀인가? 참 곱네."

"역시 평범한 여염집 아낙이랑은 다르구먼."

사람들이 여기저기서 쑥덕거렸다. 의기양양해진 기생이 자신의 아리따움을 뽐내고 싶었는지 쓰고 있던 전모를 벗어 가마 위에 내려놓았다. 주위에서 감탄사가 터져 나왔다. 그렇게 그리려고 해도 힘들 만큼 어여쁜 외모였다. 윤기가 반지르르하게 흐르는 새카만 머리를 실타래처럼 얹은 트레머리를 하고 있었다.

햇빛을 영 안 보고 지내는지 속이 비칠 것처럼 새하얗고 투명한 얼굴엔 잡티 하나 없었다. 눈썹은 초승달처럼 매끈하고, 그 아래 두 눈은 흑요석처럼 새카맣게 반짝거렸다. 빚어놓은 듯 오뚝한 콧날에 '앵두 같다'는 표현이 딱 어울리는 도톰한 입술까지, 미인도 여간 미인이 아니었다.

"우와."

복이가 저도 몰래 탄성을 내뱉었다. 태어나서 그렇게 어여쁜 여자는 처음 봤다. 주막에서 일하느라 또래 소녀들보다 많은 사람들을 접했지만, 모두 남정네들이었다. 여자라고 해봤자, 어미인 주모 김씨나 동네 아낙들이 전부였다. 가마 위 여자는 아예 다른 세상에서 온 사람 같았다. 가마가 지나간 자리엔 사향 냄새인지 뭔지 모를 매혹적인 향기가 은은하게 떠돌았다.

"진짜 곱네."

선노미도 저도 모르게 한마디 했다. 눈치채지 못했지만, 그때 곁에 있던 덕이가 무서운 표정으로 선노미를 째려봤다. 복이와 동갑내기인 이 열네 살 소녀는 꽤 오랫동안 선노미를 짝사랑하고 있었다. 오라비에게 선노미 갖다 주라며 자기가 만든 주먹밥 같은 걸 슬쩍 들려 보내기도 했으니 남몰래 짝사랑한 건 아니다. 하지만 둔감한 건지 냉담한 건지 선노미는 영 반응이 없었다. 그래놓고선 다른 여자더러 예쁘다고 하다니.

'너무해.'

덕이가 입술을 꽉 깨물었다. 선노미가 자기를 돌아봐 주지 않는 게 가무잡잡하고 길쭉한 제 얼굴 탓인가 생각하니 억울하고 부아가 치밀었다.

그렇게 선노미는 저도 모르는 사이 태어나 처음으로 여자의 미움을 사고 말았다.

기생을 본 다음부터 복이도 부쩍 외모에 신경을 썼다. 그전까진 비교 대상이 없어서 몰랐는데, 동그스름하고 수더분한 제 얼굴은 '복스럽다' 할 순 있어도 '곱다'고 칭찬할 정도는 못 됐다. 현실을 자각한 복이는 속상했다. 왜 나는 그렇게 생기지 않은 거야! 그 여자처럼 피부가 하얗고 코도 오뚝했으면. 그러나 타고난 얼굴을 바꿀 순 없는 노릇이었다.

머리 모양을 바꾸면 좀 더 고와질까. 어머니가 쓰는 경대 앞에서 땋은 머리를 풀어헤치고 복이는 고민에 고민을 거듭했다. 이제까지는 앞이마 한가운데서 좌우로 가르마를 타고, 양쪽 귀밑머리를 가늘게 땋아 뒤로 모은 다음 나머지 머리카락을 세 가닥으로 나눠 서로 엇갈려 땋아 늘어뜨리는 머리를 했다. 복이 또래 여자아이들이 흔히들 하는 머리 모양이었다. 한참을 궁리하던 복이는 두 갈래로 땋은 머리를 한데 모아 위아래로 가지런히 놓고 덩어리지게 잡아 묶은 뒤 거기에 말뚝댕기를 매봤다. 기분 때문인지는 몰라도 조금은 더 고와진 것 같았다.

"뭐하냐?"

방에 들어선 선노미가 거울을 붙잡고 제 모습을 요모조모 뜯어보는 복이에게 물었다. 복이가 냉큼 오라비를 향해 돌아앉았다.

"나 뭐 달라진 거 없어?"

선노미가 눈을 반짝거리는 여동생을 힐끗 보더니 고개를 저었다.

"모르겠는데."

"아, 잘 좀 봐봐."

복이가 채근했다. 선노미가 마지못해 복이 얼굴을 찬찬히 뜯어보며 난감한 표정을 지었다. 여전히 정답을 찾지 못한 것 같았다.

"진짜 모르겠어?"

답답해진 복이가 제 입으로 대답했다.

"머리 모양 바꿨잖아."

"뭐야, 그런 거였어."

선노미는 맥이 빠졌다. 하도 절박한 표정을 짓기에 엄청 중요한 일인 줄 알았더니. 김이 새서 저도 모르게 말이 헛나오고 말았다.

"예전 거나 이거나 똑같아 보이는데."

복이가 발끈했다.

"무슨 뜻이야? 나 같은 호박은 꾸며도 별 수 없단 거야?"

"야, 내가 언제 너더러 호박이라고 했냐."

갑작스럽게 복이가 울컥하는 바람에 선노미는 당황스러웠다. 대체 웬 짜증이야. 뭘 잘못 먹었나 싶었다.

복이는 선노미가 쩔쩔매는 걸 보니 더욱 화가 치밀었다. 사내아이답지 않게 해사한 선노미 얼굴은 전에 본 기생을 연상케 했다. 분을 바르고 치장해놓으면 그 기생과 어깨를 나란히 견줄 것 같다. 심지어 곤란해하는 모습까지 곱다. 미녀가 저런 표정을 지으면 남정네들은 어쩔 줄 몰라 하며 뭐든 다 들어주겠지. 어머니는 왜 날 놔두고 쓸데없이 남자인 오라버니만 저렇게 예쁘게 낳아준 거야! 짜증이 치솟은 복이가 선노미에게 팩하고 쏘아붙였다.

"흥, 오라버니는 고와서 좋겠다!"

선노미는 화를 내며 방을 나가는 복이 뒷모습을 멍하니 바라봤다. 얼떨떨했다. 대체 내가 뭘 잘못한 거지?

그 뒤 복이의 불만은 누구도 예상치 못한 방향으로 흘렀다. '왜 어머니는 나를 이렇게 낳아준 거야'에서 '왜 우리 집은 이렇게 가난한 거야'로.

예쁜 머리 장식을 달거나, 비싼 가죽신을 신으면 평범한 외모도 조금은 돈보일 것 같은데. 옷감도 이런 무명 소재가 아니라 색이 고운 비단이었으면 좋을 텐데. 하지만 그런 물건은 죄다 그림의 떡이다. 주막집 살림살이로는 어림도 없다. 아, 우리 집도 돈이 많았으면 좋겠다. 결국엔 철딱서니 없이 어머니 앞에서 그런 말을 입에 올렸다가 호된 꾸지람을 들었다. 얘가 지금 무슨 소리를 하는 거야, 네가 정승 댁 아가씬 줄 아니?

"쓸데없는 생각 말고 내일 시장에서 바늘이나 사 와. 가는 길에 헛바람 잔뜩 든 머리도 식히고."

김씨는 그렇게 꾸짖고 말았다. 복이는 부루퉁하게 입을 내밀었지만, 어머니 분부니 어쩔 수 없었다.

다음 날, 덕이가 주막으로 찾아왔다. 복이와 함께 여인 시장에 가기 위해서다. 혼자 가기 심심한 복이가 전날 주막을 찾은 만득이를 통해 같이 가자 전했더니, 덕이가 오라비에게서 얘길 듣고 온 것이다.

"덕아, 오랜만이야."

선노미가 주막 싸리문을 들어서는 덕이에게 반갑게 인사했다. 하지만 덕이는 찬바람이 쌩 돌 정도로 차갑게 굴었다. 선노미는 '어라?'

싶었다. 원래 같았으면 친구 복이도 제치고 먼저 달려와 살갑게 인사했을 텐데.

"쟤는 또 왜 저러지?"

선노미가 고개를 갸웃했다. 옆에서 막내 옥이가 흐흥, 하고 콧소리를 냈다. 다 알고 있다는 듯 우쭐한 표정이다.

"넌 알고 있냐?"

옥이가 뭔가 한심한 걸 보는 눈빛으로 선노미를 쳐다봤다.

"당연히 알지."

실제로 그날 옥이는 덕이 표정이 무참하게 일그러지는 걸 목격했다. 덕이가 오라비를 연모하는 걸 잘 알기에 기생을 바라보던 선노미 입에서 '참 곱다'는 말이 나온 순간, 반사적으로 덕이를 쳐다봤기 때문이다.

오라버니, 눈치 없이 덕이 언니 앞에서 그런 말을 하면 어떡해. 정작 당사자인 선노미는 아무것도 모르는데 옥이는 자기가 민망해서 얼굴이 빨갛게 달아올랐다.

"왜 저러는 건데?"

선노미가 동생에게 물었다.

옥이는 '그 정도는 혼자서 생각하셔' 하고선 부엌으로 콩콩콩 뛰어갔다.

삼개나루에서 시장이 있는 동묘까지는 1경(更: 약 2시간) 넘게 걸어가야 했다. 그곳엔 남자들이 들어갈 수 없는 여인들만의 시장이 있었다. 제일 큰 것이 채소를 파는 채소전이다. 혼자 사는 여인들은 밭에서 키운 채소를 이곳에 내다 팔아 생계를 꾸리곤 했다.

채소전을 중심으로 주변엔 과일 파는 우전, 족두리 파는 족두리전, 분을 파는 분전, 바늘 파는 바늘전도 자리 잡고 있었다. 모두 여인들이 실생활에 자주 사용하는 물건들이다.

복이는 두리번거리다 시장 한구석에서 바늘전을 발견하곤 덕이 손을 끌고 그쪽으로 뛰어갔다. 주인은 스물 두셋 정도 돼 보이는 젊은 여자였다. 예쁘장한 얼굴에 눈이 항상 웃고 있을 것 같은 상냥한 인상이다. 앞에 크고 작은 바늘을 죽 진열해놓고, 한쪽엔 바늘집, 골무, 반짇고리 같은 재봉 도구도 함께 팔고 있었다.

"뭘 사러 왔니?"

여자가 붙임성 있게 말을 걸었다.

"이불 꿰는 바늘 한 쌈요."

"그럼 굵은 게 필요하겠구나. 이 정도면 딱 좋겠다."

여자가 가리킨 건 몸집이 제법 뭉툭한 바늘이었다.

"네, 그걸로 주세요."

여자가 복이에게 종이에 납작하게 싼 바늘 뭉치를 건넸다. 그 와중에 덕이는 대놓고 건너편 가게 족두리를 힐끔힐끔 훔쳐보고 있었다. 빨강, 노랑 알록달록한 구슬 장식에 마음이 뺏긴 모양이었다.

"기왕 왔는데 저기서 구경도 좀 하다 가자."

덕이가 복이를 졸랐다. 자기 가게서 남의 집 물건에 정신이 팔린 덕이를 보고 여자가 기분 나빠하면 어쩌나, 싶었는데 여자는 별로 괘념치 않는 눈치였다.

"한창 저런 데 관심 많을 나이지."

여자가 대수롭지 않게 방긋 웃었다. 그게 친근하게 느껴졌는지 복이는 여자에게 말을 붙여보았다.

"여기 자주 오세요?"

여자는 고개를 흔들었다.

"아니, 오늘 처음이야. 장이 선다기에 와 봤지. 보통은 이 지역 저 지역 집집마다 돌아다니면서 물건을 팔아."

저 몸으로 어떻게 그런 일을 한담. 복이네 주막에 가끔 들르는 늙수그레한 할머니 행상은 나이가 들었지만 딱 보기에도 온몸이 탄탄했다. 그런데 여자는 체구가 가녀리고 여리여리한 것이 보따리장수보다는 기방에 얌전히 앉아 있는 편이 더 어울릴 것 같았다. 복이가 그런 생각을 하고 있는데, 여자가 복이 머리를 흘낏 쳐다보더니 감탄했다.

"머리 만지는 솜씨가 제법이구나."

복이는 그날도 최근에 새로 시도한 머리를 하고 있었다. 김씨가 '기생도 아니고 꼴이 뭐냐'고 나무랐지만, 바쁜 어머니 눈을 피해 머리 모양을 바꾸지 않은 채로 살그머니 주막을 빠져나왔다. 무관심한 오라비나 야단치는 어머니에게서 주눅만 들어 있다 드디어 알아봐

주는 사람이 나타나자, 복이는 어깨가 으쓱했다.

"진짜 야무지게 잘 땋았네."

여자가 복이 머리를 요모조모 뜯어보더니 한참 어린 여자애 머리 모양새에 열을 올리는 자신이 쑥스러웠는지 변명처럼 '부모님이 머리 만지는 일을 하셨거든' 했다.

"이발사셨어요?"

덕이 질문에 여자가 고개를 흔들었다.

"아니, 아버지는 가체를 만드셨고, 어머니는 수모(首母)였어."

"수모라고요?"

"응, 양반가 아씨와 마님 머리를 매만져주는 사람이야. 혼례 때 머리 치장도 해주고."

"우와."

복이와 덕이가 동시에 감탄사를 내질렀다.

"가체라면, 머리 위에 얹는 커다란 장식 말이죠?"

복이의 말투에 선망하는 기색이 어렸다. 한양 초가집 한 채 가격이 넘는 가체는 복이로선 꿈도 못 꿔볼 사치품이다. 그렇게 비싸고 아름다운 물건으로 치장할 수 있는 사람들은 얼마나 좋을까.

"저도 그런 거 한번 써봤으면 좋겠어요."

복이가 갈망과 우울이 뒤섞인 목소리로 중얼거렸다.

"족두리라면 쓸 수 있잖니? 혼례 때 저런 족두리를 쓰고 한껏 꾸미면 고운 신부가 될 거야."

여자의 위로에 이번엔 덕이가 한숨을 내쉬었다. 어쩌면 신랑 신부가 된 선노미와 자기 모습을 상상했는지도 모른다. 좋을 텐데 왜 저러지? 복이가 친구를 의아하게 쳐다봤다.

"저는 고운 신부는 못 될 거예요."

덕이가 시무룩하게 말했다.

"안 예쁘잖아요."

복이는 무심코 선노미와 덕이가 나란히 서서 혼례주 마시는 장면을 그려보았다. 평소에도 인물이 훤한 선노미는 그때는 아예 얼굴에서 빛이 날 게 틀림없었다. 반면 말상에 피부도 검은 덕이는 미안한 말이지만 본인 말마따나 고운 신부라고 하기는 어려울지도 모른다. 사람들은 '신랑이 신부보다 훨씬 예쁘네' 하며 수군거리겠지.

신랑 신부 뒤에 선 제 모습도 떠올랐다. 덕이보다는 조금 나을지 몰라도 오라비한테는 훨씬 못 미치는 얼굴로 혼례를 구경하고 있겠지. 그러자 동병상련의 아픔이 느껴져 복이가 덕이 손을 꼭 잡았다.

여자가 그런 두 소녀를 번갈아 보더니 불쑥 말을 꺼냈다.

"잠시 여기서 얘기하다 갈래?"

복이와 덕이가 서로 얼굴을 마주 봤다. 어쩔까 망설이며 상대방에게 묻는 표정이다.

"손님도 없고 심심해서 그래. 말동무한다 생각하고 앉았다 가."

여자가 앉으란 듯이 제 옆자리를 손으로 탁탁 쳤다. 눈치를 보던 복이가 먼저 엉거주춤 여자의 옆으로 가 엉덩이를 내려놓았다. 덕이도 쭈뼛쭈뼛 친구를 따라했다.

"기분 나쁜 얘기일지도 모르지만⋯⋯."

여자가 둘의 얼굴을 번갈아 쳐다보며 입을 열었다.

"가체 얘길 하다 보니 옛날 일이 생각나서 말이지."

'가체'라는 말이 나오자 복이 눈이 반짝했다.

"내가 어렸을 때 겪은 일이야."

여자가 옛날을 떠올리는 듯 먼 곳을 쳐다보며 이야기를 시작했다.

바늘 파는 여자 이름은 춘복이다. 춘복은 어린 시절 칠보 구슬이나 다홍색 비단 댕기 같은 아름다운 장신구들에 둘러싸여 컸다. 부모님의 직업 덕분이었다.

춘복의 아버지 장삼은 아까 말한 대로 가체 장인이었다. 그 방면으로 꽤 이름이 높아 주문을 하러 들락거리는 사람들로 집안 문지방이 닳을 지경이었다. 어머니 달분은 아버지를 만나기 전에는 평범한 여염집 여자였는데, 남편과 사는 동안 머리 다듬는 데 일가견이 생겨 아예 수모로 나서게 됐다.

가체는 제작에 손이 꽤 많이 가는 물건이었다. 가체 재료로 쓸 수 있는 털은 사람 머리칼밖에 없는데, 사람마다 머리칼이 굵은 사람도 있고, 가는 사람도 있고, 곱슬곱슬한 사람도 있고, 쭉 뻗은 직모인 사람도 있어 재료가 천차만별이다. 그러니 가체에 쓰일 모발 재질을 똑같이 만들기 위해 황밀, 송진 등을 섞어 만든 특수한 약물에 수집한 머리카락을 담그고, 씻고, 탈색한 뒤 곱게 펴 같은 색으로 염색해야 한다.

머리칼을 붓으로 골고루 검게 칠해 염색한 뒤에도 아직 할 일은 남아 있다. 입수한 머리칼 길이가 저마다 들쑥날쑥해서 고르게 길이를 맞춰야 하기 때문이다. 긴 머리는 끝을 다듬고, 짧은 머리는 촛농을 이어붙여 길게 만들었다. 이런 기초 작업을 거친 긴 머리칼을 가지런히 빗어 둥글게 실타래 모양을 만들고, 그 위에 윤기 나는 광택을 입혔다. 거기다 비녀와 보석 장식으로 치장할 때도 있다.

이토록 정교한 수작업을 거쳐 완성된 가체는 그 값이 어지간한 집 한 채보다도 비쌌다.

달분은 남편 조수 역할을 하며 머리 만지는 법을 익혔다. 가체를 만든 건 남편이라도 남녀가 유별한 터에 그걸 쓸 여자들 머리까지 직접 매만질 수는 없는 노릇이었다. 그래서 달분이 대신 그 일을 맡았다.

머리를 해주는 김에 수완을 발휘해 여자들 얼굴에 석류와 홍화꽃으로 붉은 색조를 낸 연지나, 조개껍데기를 섞어 은은한 광택이 도는 백분을 발라 치장해주기도 했다. 어느어느 집이 가체가 필요하다더라, 요즘은 어떤 장식이 유행한다더라, 하는 여자들 대화를 듣는 것도 달분의 주 업무였다. 얻은 정보를 이용해 형편이 넉넉지 않은 양반댁 혼례에 가체를 대여해주기도 하고, 남편에게 '다음번 가체엔 이런 비녀를 꽂아 봐요.' 같은 조언을 해주기도 했다.

장삼의 뛰어난 솜씨에 달분의 영업 실력까지 더해져 부부를 찾는 사람은 날이 갈수록 점점 늘었다. 아름다워지고자 하는 여인의 본능 때문인지, 남보다 더 좋은 물건을 갖고자 하는 허영심 때문인지 고객들 요구 역시 날로 더 까다로워졌다.

매끄럽기가 비단결 같은 머리칼로 만들어 주시오, 옥을 깎아 만든 떨잠(가체에 꽂는 장식품)을 꽂아 주시오……. 다들 다른 집 여인네보다 조금이라도 더 귀하고, 더 개성 있고, 더 아름다운 가체를 요구했다.

"아버지는 세상에서 최고로 아름다운 가체를 만드는 분이야. 그런 아버지를 둬서 자랑스럽지?"

어느 날, 달분이 어린 춘복의 머리를 땋아주며 말했다.

곁에서 달분의 말을 듣곤 장삼이 고개를 저었다.

"가체를 만드는 게 아니야. 내가 만드는 건 꿈이고, 욕망이지."

"욕망이요?"

"그래, 욕망. 욕망은 결코 채워지지 않아. 사람들은 무언가를 가지면 만족하지 않고 그보다 더 귀한 걸 꿈꾸지. 내가 하는 일은 그들이 계속 욕망을 갖도록 만드는 거야."

"욕망이 커질수록 돈을 더 벌겠네요?"

달분이 웃었다.

"그럼 세상에 다시없는 가체를 만들어요. 사람들 모두 다 갖고 싶어 하게 말이에요."

얼마 후 달분의 바람은 현실이 됐다.

한 사내가 장삼을 찾아왔다. 말쑥한 얼굴을 한 중년 남자였다. 어느 양반집 심부름꾼인 모양인데, 한눈에 봐도 입고 신은 것이 제법 고급품이었다.

남자는 주인집 무남독녀 아씨가 쓸 가체를 주문한다면서 품에서 돈 꾸러미를 꺼내 장삼 앞에 내놓았다.

"천 냥이오."

"뭐, 뭐라고요?"

장삼과 달분이 동시에 목소리를 높였다. 떨잠 같은 장신구를 포함한 가체 가격은 대략 칠팔백 냥 정도다. 한양서 열한 간 반 초가집이 백십 냥 정도이니 가체 하나가 집 예닐곱 채 가격과 맞먹는 셈이다. 그렇지 않아도 비싸기 짝이 없는 물건인데, 하물며 천 냥이라니.

그런데 남자는 더 놀라운 말을 했다.

"더 드릴 수도 있소. 대신 세상에 둘도 없이 귀한 걸 만들어주시오."

대체 이런 통 큰 주문을 할 사람이 누구란 말인가. 장삼은 머리가 어찔어찔했다. 남자가 장삼의 속을 읽은 것처럼 말했다.

"주인어른은 장안에 이름난 거부(巨富)요. 혼례를 올리는 외동딸에게 가체를 선물하시기로 했다오. 따님이 선녀같이 곱기로 소문이 자자한데, 미모에 걸맞은 물건을 만들어주시겠다면서요. 돈은 아끼지 않는다고 하셨소."

장삼이 저도 몰래 침을 꿀꺽 삼켰다. 남자가 그런 장삼을 가늠하듯 바라봤다.

"다들 당신 실력이 최고라고 하던데, 어떻소? 만들겠소?"

장삼의 시선이 바닥에 있는 돈 꾸러미에 꽂혔다. 천 냥. 여기에다 더 얹어줄 생각까지 있다니. 거절할 이유가 없었다. 장삼이 고개를 끄덕였다.

"기한은 한 달 뒤요."

용건을 마친 남자가 아직도 얼떨떨한 부부를 뒤로한 채 자리에서 일어났다.

장삼은 즉시 가체 제작에 착수했다. 가체를 만드는 데 제일 중요하면서도 어려운 부분은 질 좋은 머리카락을 구하는 것이다. 부모에게서 받은 신체를 소중히 여겨야 한다는 가르침 때문에 부득이한 경우를 제외하고는 다들 머리를 자르지 않는다. 그러니 가체 장인이 구할 수 있는 머리칼은 대개 승려들 것이다. 때로는 사형수나 형편이 어려운 여자 머리칼을 얻을 때도 있다. 하지만 그들의 머리칼은 열악한 위생과 나쁜 영양 상태 때문에 질이 좋다고 보기는 어려웠다.

거부의 주문을 받아들이고 나서 장삼은 질 좋은 머리칼을 구하기 위해 사방에 수소문했다. 재료 제공업자들에게 길한 일을 앞두고 만드는 물건이니 사형수 머리칼만은 절대 안 된다, 가난한 여자가 굶어 죽지 않으려고 내놓은 푸석한 머리칼도 사절이다, 신신당부했다. 제법 오랜 시간이 걸린 끝에 더할 나위 없이 만족스러운 머리칼을 입수했다.

새카맣고 찰랑거리는 머리칼이었다. 감촉이 비단결처럼 부드럽고, 표면엔 동백기름을 바른 것처럼 반질반질 윤이 흘렀다. 빗으로 머리를 빗어보니 엉킨 곳 하나 없이 매끄럽게 흘러내렸다. 새치나 탈색된 곳 없는 칠흑 같은 머리칼은 햇빛을 받아 반짝반짝 빛났다.

"대체 이렇게 좋은 걸 어디서 구했소?"

장삼이 머리칼을 가져온 남자에게 물었다. 지인을 통해 소개받은 그 남자와 장삼은 어쩌다 한번씩 일 때문에 연락하는 사이였다.

"비구니 사원에서요."

남자는 머리를 깎은 사람이 열여덟 꽃다운 아가씨라고 했다. 원래는 지체 높은 양반집 딸인데, 아버지가 당쟁에 휘말려 집안이 몰락하는 바람에 머리를 깎고 절에 들어가게 됐다고 한다. 남자는 머리칼을 자르는 내내 아가씨가 눈물을 뚝뚝 흘렸다는 말도 덧붙였다.

"돈이 얼마요?"

장삼의 물음에 남자는 원래 책정했던 재료값보다 두 배 높은 가격을 불렀다. 그래도 장삼은 군말 없이 돈을 치렀다. 그만큼 받은 물건이 만족스러워서였다.

머리칼을 구하고 나니, 다음은 일사천리였다. 재료가 훌륭해서 염색 같은 사전 작업도 필요 없었다. 다만 한 가지 마음에 걸리는 것이 있었다. 보통은 머리칼을 땋은 뒤 실타래 두르듯 머리 주변에 두세 겹을 둘러 만드는데, 장삼이 손에 넣은 머리칼은 길고 숱이 풍성하다 보니 네 겹도 두를 수 있을 것 같았다. 그렇게 만들면 더 고급스럽고 우아해 보일 수 있지만 쓰는 사람은 목에 무리가 간다는 게 문제였다. 안 그래도 가체는 무거운 물건이다. 거기에 갖가지 장식까지 꽂으면 무게가 1000돈까지 나갈 수도 있다. 그런데 네 겹 가채라니.

"당신은 여인네 물건을 만들면서도 여인 마음은 잘 모르는군요."

달분이 고민하는 장삼에게 말했다.

"고와진다면 고통 따위 아랑곳하지 않는 게 여자예요. 목이 부러진다 해도 기꺼이 쓰려고 할걸요."

아내 말에 결심을 내린 장삼은 치렁치렁한 머리를 곱게 땋은 뒤 네 겹으로 실타래 두르듯 둘러 틀어 올렸다. 새카만 머리칼 덩어리가 봉긋한 산처럼 높이 솟았다. 양옆엔 정교한 나비 모양으로 깎은 옥 위에 금, 은, 진주로 장식한 떨잠을 꽂고, 정수리엔 동그랗게 깎은 옥을 나란히 맞대 나비 날개처럼 만든 나비잠(나비 모양 비녀)으로 장식했다.

완성된 가체는 장삼의 눈에도 아름다웠다. 이토록 아름다운 가체는 앞으로도 두번 다시 만들지 못할 것 같았다. 장삼에겐 이 가체가 자신의 모든 것을 쏟아 부어 만든 인생의 단 하나뿐인 역작이었다.

금희가 거울 속에 비친 제 얼굴을 마치 홀린 듯이 바라보았다.

가지런히 정리한 두 눈썹이 초승달처럼 유려하게 봉긋 솟아 있다. 잡티 없이 새하얀 피부에 쌍꺼풀 지지 않은 고운 눈매. 다소곳한 콧날 밑에 단정하게 자리 잡은 입술. 조금 전 홍화꽃을 개어 만든 연지를 바른 덕에 도톰한 입술과 두 뺨은 발그레하게 물들었다. 다들 하늘에서 내려온 선녀처럼 곱다고 칭찬하는 얼굴이다. 그 미모를 한층 돋보이게 만든 게 지금 금희가 머리에 이고 있는 가체였다.

친정아버지가 시집갈 때 해주신 가체는 눈에 확 뜨일 만큼 아름다웠다. 어린 시절부터 비단옷이나 가죽신 같은 사치품을 당연하다는 듯 입고 쓰며 자랐지만, 이토록 값비싸고 화려한 것은 처음 봤다. 천 냥도 넘는 물건이라고 했다. 아버지도 가체가 흡족한 모양이었다.

"조선 팔도 최고 미인이라 해도 부족함이 없겠구나. 천 냥도 아깝지 않다."

딸이 완성된 가체를 쓴 모습을 보고 아버지는 그렇게 말했다.

"조선 팔도 최고 미인……."

금희가 거울 속 자신을 보며 홀린 것처럼 중얼거렸다. 네 겹 실타래를 둘러 높이 세운 가체 덕분에 아름다움에 위엄까지 더해진 것 같았다. 새카맣게 윤기가 흐르는 검은 머리칼이 뽀얀 피부와 대조를 이뤄 새하얀 살결을 한층 눈부시게 만들었다. 남편이 금희를 볼 때마다 넋을 놓는 것도 무리는 아니었다.

여인들도 금희의 가체를 선망 어린 눈길로 바라보았다. 남달리 풍성하고 윤택이 흐르는 금희의 가체는 다른 여인들 것과는 비할 바가 못 됐다. 뭇 여인들이 제 것과 자신 것을 남몰래 비교하고 질투하는 걸 느낄 때마다 금희는 우쭐한 기분이 됐다.

하지만 단 하나, 가체엔 사소한 문제가 있었다. 견디기 힘들 만큼 무겁다는 사실이었다. 처음 가체를 머리 위에 올렸을 때 금희는 목이 꺾이는 줄 알았다. 본체에다 주렁주렁 달린 장식까지 더해진 가체가 묵직하게 금희 머리를 내리눌렀다.

가체가 머리에서 떨어지지 않도록 늘 목과 허리를 빳빳이 세우고 있어야 했다. 그런 탓에 오래 쓴 날은 목 뒤는 말할 것도 없고 어깨와 등, 허리까지 욱신욱신 쑤셨다. 머리가 지끈거리는 건 늘 있는 일이다. 그래도 금희는 가체를 포기할 수 없었다. 감탄과 부러움이 뒤섞인 사람들 시선과 제 아름다움에 도취해 온몸을 내리누르는 무게 따위는 잊어버렸다. 도취감은 금희의 고통을 사라지게 하는 가장 강력한 마약이었다.

거울 속 제 모습에 황홀해하던 금희가 어깻죽지에 푸릇푸릇한 반점 같은 걸 발견했다.

'이게 뭐지?'

금희가 옷을 내려 몸을 살펴봤다. 어깨선을 따라 점점이 푸른 멍이 들어 있었다. 가체가 가리고 있어 몰랐는데, 목덜미에서부터 시작된 푸른 멍은 목뼈 인근에서 양 갈래로 갈라져 어깨선을 타고 이어진 상태였다.

멍은 양쪽 어깨가 동그랗게 튀어나온 데서 끝났다. 동그란 양쪽 어깨에 있는 멍은 다른 곳에 든 것과는 형태가 많이 달랐다. 색깔이 조금 더 짙고, 형태가 조금 더 길쭉하다. 가만 보니 누군가 손으로 금희의 두 어깨를 꽉 움켜쥔 것처럼 양쪽 다 가느다란 손가락 자국이 찍혀 있었다.

금희는 온몸에 소름이 쫙 돋았다. 저도 모르게 비명이 튀어나오려는데, 푸릇푸릇한 멍 자국이 씻은 듯 사라지고, 본래의 백옥 같은 살결로 돌아갔다.

멍 자국을 발견한 뒤로 금희는 찝찝한 마음을 지울 수 없었다. 가체를 쓰고 벗을 때마다 행여 자국이 남아 있나 싶어 목과 어깨를 살펴봤다. 다행히도 그 뒤로 푸르죽죽한 멍 같은 건 보이지 않았다. 잘못 본 건가. 어쩌면 그랬는지도 모른다고 금희는 애써 자신을 설득했다. 가체 무게 때문에 현기증이 이는 바람에 잠시 눈이 착각을 일으켰을 수도 있다. 아니면 깜빡 조는 사이 꿈을 꾸었는지도. 하지만 꿈이라고 하기엔 기억이 너무 또렷했다.

이따금 목덜미에 기분 나쁜 한기를 느낀 적도 있었다. 누군가 목 뒤에 서늘한 입김을 불어 넣는 느낌이었다. 섬뜩한 손길이 목덜미에 닿은 것 같아 순간적으로 몸서리를 치기도 했다. 차가운 얼음물에 오래 손을 담갔다 뺀 것처럼 서늘한 손길이었다. 그럴 때마다 심장이 죄고, 피가 차갑게 식는 것 같았다. 희한하게도 그런 일은 꼭 가체를 쓰고 있을 때만 일어났다.

이상한 건 그뿐이 아니었다. 요즘 들어 가체는 전보다 더 무거워졌다. 생물처럼 제 스스로 몸을 불릴 수도 없을 터인데.

기분 탓일 수도 있지만, 생각해 보면 그것도 좀 이상했다. 무게에 익숙해질 때도 됐으니 오히려 더 가볍게 느껴야 하는 거 아닌가. 하지만 가체를 쓰고 일어날 때마다 엄청난 무게 때문에 금희의 입에선 끄응, 소리가 새어 나왔다.

지금도 금희는 신음을 꾹 참은 채 시아버지 방으로 걸어가고 있었다. 아침에 건너뛴 문안 인사를 드리기 위해서였다. 오십견이 왔는지 어깨와 팔이 쑤셔 며칠간 고생한 시아버지는 아침부터 솜씨 좋다는 맹인 안마사를 불러 막 안마를 마친 참이었다. 금희는 한 걸음, 한 걸음 발길을 옮길 때마다 당장이라도 목이 앞으로 푹 꺾일 것만 같았다. 어깨가 욱신욱신 쑤시고, 관자놀이에서부터 시작한 두통 때문에 머리가 지끈거렸다.

마침 시아버지 방 문이 열리며 일을 마친 안마사가 밖으로 걸어 나왔다. 늙수그레한 안마사는 지팡이로 앞을 탁탁 치면서 방향을 가늠하더니 문득 금희에게 고개를 돌렸다. 반쯤 감긴 눈꺼풀 아래로 희미하게 보이는 탁한 눈동자가 꿈틀거렸다. 안마사는 방으로 들어가려는 금희를 불러 세웠다.

"안마가 필요한 분은 정작 따로 계시네요."

앞이 보이지 않을 텐데도 안마사는 금희가 보이는 것처럼 그렇게 말했다. 안마사의 시선은 금희의 어깨 너머를 향하고 있었다.

"마님, 어깨가 무겁고 결리지 않으십니까?"

"그걸 어찌 아는가."

"보이니까요."

맹인 안마사가 알 수 없는 말을 했다.

"보이다니, 뭐가?"

"원혼이요."

금희는 순간 말문이 막혔다. 방정맞은 소리 관두라고 꾸짖고 싶었지만, 온몸에 소름이 끼쳐 입이 잘 떨어지지 않았다.

"원혼의 무게는 인간이 감당할 수 있는 게 아닙니다. 힘든 게 당연하지요."

"그, 그게 무슨!"

안마사가 재빨리 금희의 말을 가로막았다.

"마님 어깨 위에 한 여인의 원혼이 올라타 있습니다. 달래주지 않으면 안 좋은 일이 생길 겁니다."

안마사는 넋 나간 모습으로 입을 벌리고 있는 금희를 남겨둔 채 탁탁 지팡이 소리를 내며 사라졌다.

며칠 뒤 깊은 밤이었다.

금희는 침소에서 홀로 잠자리에 들었다. 양반가에선 합방할 때를 제외하곤 부부가 각자 다른 방을 썼다. 지금 남편은 자신의 처소에 잠들어 있을 것이다. 외롭다는 생각이 든 것도 잠시, 눕자마자 스르르 눈이 감기며 잠이 몰려왔다. 낮 동안 피로가 쌓인 모양이었다. 시부모님은 친절했고, 남편도 잘 해주었지만 아직은 모든 게 낯설었다. 행여 실수라도 할까 싶어 깨어 있는 시간엔 한시도 긴장을 늦출 수 없었다.

온종일 무거운 가체에 시달린 탓도 있었다. 금희는 시부님이나 남편에게 안마사가 한 말을 알리지 않았다. 눈이 먼 안마사는 신기가 있는지 전에도 몇 번 앞일을 맞춘 적이 있는 모양이어서 시어머니는 그의 영험함을 확신했다. 그러니 괜한 걱정을 끼쳐드리고 싶지 않았다. 하지만 더 큰 이유는 말을 꺼냈다가 시어머니가 가체를 쓰지 말라고 할까 봐 걱정되어서였다. 제 미모를 돋보이게 만드는 가체를 그렇게 빼앗길 수는 없었다.

스으으윽.

정적이 내려앉은 방 안에서 정체를 알 수 없는 소리가 들렸다. 소리는 가만히 귀를 기울이지 않으면 그냥 넘겨 버릴 수도 있을 만큼 희미했다. 하지만 어딘지 모르게 신경을 긁는 듯한 기묘한 소리였다.

스으으윽.

소리는 잦아들 듯 잦아들 듯하면서도 계속 이어졌다. 꿈결에 기이한 소리를 들은 금희가 눈을 살포시 떴다.

뭐지 이건? 소리가 남긴 불길한 여운 때문인지 금희는 머리가 쭈뼛거렸다. 방에 불을 밝혀 확인해볼까. 아니다, 그냥 두자. 귀찮아진 금희는 다시 눈을 감았다. 기껏해야 벌레 소리일 테지. 요 며칠 신경이 날카로워 과민하게 반응한 건지도 모른다고 생각하며 금희는 다시 잠을 청했다.

스으으윽.

이번엔 소리가 좀 더 가까운 곳에서 확실하게 들렸다. 묘하게 귀에 익은 소리였다. 몸종 언년이가 빗자루로 방바닥을 쓸 때 났던 것과 비슷했지만, '사악사악' 빗질 소리와 달리 이 소리는 다소 둔탁하고 느릿했다. 어쩌면 버선발로 바닥을 질질 끄는 소리를 닮은 것도 같았다.

금희가 눈을 질끈 감았다. 공포가 온몸을 감쌌다. 나 말고 방에 있는 사람도 없는데, 대체 누가 발을 끌며 걷는 거지? 소리의 정체를 확인하고 싶었지만, 눈을 떴다가 무언가 끔찍한 걸 보게 될 것 같아 금희는 눈을 뜰 수도 없었다.

스으으윽.

소리는 멈추지 않고서 점점 더 분명하게, 점점 더 가까이 다가왔다. 결국 금희는 오들오들 떨면서 몸을 일으켰다. 미친 듯이 가슴이 벌렁거려 진정시키기 위해 앞섶을 손으로 꼭 눌렀다.

불안한 시선으로 주변을 두리번두리번 살폈다. 촛불도 없는 어두운 방 안이라 모든 게 흐릿하게 보였다.

그때 바닥에서 뭔가 꿈틀거리는가 싶더니 시커먼 덩어리 같은 것이 스으윽 움직였다. 덩어리는 뱀처럼 몸이 길쭉했다. 길쭉한 덩어리가 몸을 구불거리며 바닥을 기어 다니고 있었다. 꿈틀 길 때마다 바닥을 스치면서 소리가 났다.

스으으윽.

긴 뱀 같은 형체가 금희의 이불 속을 파고들었다. 새하얀 천 위에서 본 길쭉한 덩어리는 어둠이 내려앉은 어두컴컴한 방바닥 위에서 봤을 때보다 훨씬 징그럽고 섬뜩하게 느껴졌다. 금희의 온몸이 공포로 얼어붙었다.

덩어리가 꿈틀하는가 싶더니 금희는 다리에 부스스한 털의 감촉을 느꼈다. 뱀처럼 생긴 그것은 뱀과 달리 시커먼 털로 잔뜩 뒤덮인 것 같았다.

"까아아악!"

금희가 더는 참지 못하고 비명을 질렀다.

한밤중에 며느리가 자다 말고 비명을 지른 통에 집 안은 온통 난리가 났다. 하인들과 남편, 시어머니까지 달려왔다. 금희는 더듬더듬하며 남편과 시어머니에게 자신이 간밤에 겪은 일을 얘기했다. 믿어주지 않을까 봐 결국 안마사가 했던 말까지 덧붙였다. 시어머니 안색이 파랗게 질렸다.

"그런 얘길 듣고도 왜 잠자코 있었니!"

예상대로 시어머니는 타박부터 했다.

"대체 원혼이라니. 혹시 뭐라도 짚이는 게 있느냐."

금희가 고개를 흔들었다. 살면서 남한테 원한 살 일 따위는 하지 않았다. 그런데도 원혼의 무게를 짊어지고 있다니 어째서 안마사가 자신에게 그런 말을 했는지 이해가 가지 않았다. 다만 가체와 연관이 있으리라고 막연하게 짐작할 뿐이었다.

"가체를 내다버려라."

금희의 어깨에 난 푸른 멍 자국 이야기까지 다 들은 시어머니가 망설임 없이 말했다. 당장이라도 하인을 시켜 방에서 가체를 내 가라고 할 기세였다.

"안 됩니다!"

금희가 펄쩍 뛰었다.

"안 된다고?"

시어머니는 기가 막힌 표정이었다.

"그런 일을 겪고서도 저걸 쓰겠다는 거냐?"

입을 딱 벌린 시어머니를 보며, 금희는 시어머니 이해를 바라는 건 무리라고 깨달았다. 고통도 기꺼이 감수할 정도의 아름다움, 뭇사람들의 선망과 시기 어린 시선을 시어머니는 어쩌면 저렇게도 간단히 포기하라고 할까. 어쩌면 시어머니는 그런 것들을 가져본 적이 없을지도 모른다. 그러니 그게 얼마나 중요한지 알 턱이 없다.

"천 냥도 넘는 물건인데……."

금희가 간신히 납득할 만한 이유를 끄집어냈다. 눈이 튀어나올 정도로 비싼 가격을 듣자, 가체를 쏘아보는 시어머니의 시선이 조금 부드러워진 것 같았다. 금희가 기회다 싶어 덧붙였다.

"친정아버지께서 시집가는 딸을 위해 직접 구해주신 것입니다. 함부로 처분할 순 없습니다."

그 말에 시어머니도 더는 채근하기 뭣한지 입술을 지그시 깨물고 난감한 표정을 지었다.

"가체 때문에 생긴 일이라 단정할 수도 없지 않습니까."

잠자코 듣고 있던 남편이 끼어들었다.

"안마사가 한 황당한 얘기는 흘려버려도 됩니다. 저 사람도 잠결에 뭔가를 착각했는지도 모르고요. 그런 일로 저 귀한 물건을 버려서야 되겠습니까. 그건 장인어른에 대한 예도 아닙니다."

시어머니가 매서운 눈초리로 제 아들을 쏘아보았다. 벌써부터 아내 편을 들기 시작한 아들을 질책하는 것 같았다.

"그랬다가 괴이한 일이 또 일어난다면 어떻게 할 것이냐?"

"당분간 제가 이 사람 침소에 머물며 지켜보겠습니다."

그 말에 시어머니는 물론 금희까지 화들짝 놀라 남편을 쳐다보았다. 양반가에선 달거리, 제사, 날씨가 궂거나 흉한 날 등을 철저하게 가려서 부부 관계를 맺고, 합방하는 날만 남편이 아내 침소를 찾아갔다. 그런데 지금 남편이 그런 규범을 깨뜨리겠다고 선언한 것이다.

"그, 그냥 곁에서 잠만 자겠단 겁니다."

입에 올리기 거북했는지 남편이 말까지 조금 더듬으며 덧붙였다. 하긴 부부가 상시 같은 방을 쓴다는 것만 해도 파격인데, 파격에 또 다른 파격을 얹을 수는 없었다.

"안사람이 진정될 때까지만입니다. 얼마간 지내보고 별 이상이 없으면 다시 각방을 쓰겠습니다."

시어머니가 물끄러미 남편을 바라보았다.

"벌써부터 안사람 생각이 지극하구나."

말투가 어딘지 모르게 비아냥거리는 것처럼 들렸다.

"알겠다. 당분간만이다."

어안이 벙벙한 금희와 남편을 뒤로하고, 시어머니는 싸늘한 태도로 자신의 침소를 향해 걸음을 옮겼다.

며칠이 흘렀다. 평온한 일상이 이어졌다. 남편이 금희 침소에서 자기 시작한 뒤부터 아무 일도 일어나지 않았다. 한동안 밤에 불 끄는 것조차 두려워하던 금희도 다시 편안히 잠자리에 들 수 있었다. 이상한 일을 겪은 건 정말 신경이 예민했던 탓일지도 몰랐다. 남편이 옆에 있으니 마음이 든든한 것이, 더는 어둠이 두렵지 않았다.

이제까지 남처럼 서먹했던 남편도 지금은 한층 더 가깝게 느껴졌다. 다른 사대부 아씨들과 마찬가지로 금희는 부모님 결정에 따라 얼굴 한번 못 본 남편과 혼례를 올렸다. 결혼한 뒤에도 남편과는 같이 있었던 시간보다 떨어져 지냈던 시간이 더 길었다. 그런데 뜻밖의 사건을 계기로 남편과 한 공간에서 지내다 보니 부부 사이 정이 더욱 두터워진 것 같았다.

그날도 금희와 남편은 손을 잡고 나란히 잠자리에 들었다. 이부자리서 다정하게 몇 마디 말을 주거니 받거니 하던 부부는 어느새 스르르 잠이 들었다. 깊이 잠든 두 사람의 숨소리를 제외하면 방 안은 쥐 죽은 듯 고요했다.

얼마나 시간이 흘렀을까. 방 한구석에 놓인 가체가 꿈틀꿈틀하더니 땋아서 높이 올린 머리칼이 구불구불 풀려나오기 시작했다. 털실 뭉치에서 실타래가 술술 풀리는 것처럼.

새카만 머리털이 꿈틀꿈틀 몸을 움직여 단단하게 땋아 놓은 매듭을 풀고서 바닥에 축 늘어져 구불거렸다. 머리칼이 한 가닥, 두 가닥 풀리면서 한 척이 넘었던 가체 높이가 점차 낮아졌다. 둥그렇게 위로 솟았던 모양도 허물어지기 시작했다. 마지막 가닥이 풀리자, 가체는 온데간데없이 사라지고 바닥엔 반들반들 윤기가 흐르는 길고 검은 실타래 같은 머리칼이 수북하게 쌓였다.

시커먼 머리칼이 꿈틀거리며 움직이기 시작했다. 자신의 의지를 가진 생명체처럼. 바닥에 스르륵 가라앉았다 위로 몸을 들었다 하며 움직이는 꼴이 뱀이 기는 모습을 닮았다. 피부에 매끈매끈 광택이 나는 검은 뱀이 구불구불 기어가는 것 같았다.

스으으윽.

머리칼이 기어가자, 실타래를 방바닥에 질질 끄는 듯한 소리가 났다. 금희가 그 소리를 들었는지 잠깐 몸을 뒤척였지만, 이내 다시 잠이 들었다.

한 호흡 정도 멈췄다가 머리칼이 다시 바닥을 끌면서 움직였다.

스으으윽.

그런데도 부부는 둘 다 곤한 잠에 취해 있었다.

머리칼이 이부자리까지 기어왔다. 잠시 주춤거리다 금희의 몸을 스으으윽 타고 넘어와 그대로 남편의 목을 휘감았다. 그제야 잠이 깬 남편은 시커먼 실타래 같은 것이 제 목을 조르는 걸 보고 놀라 눈이 휘둥그레졌다.

아름답니?

어디선가 여자 목소리가 들린 것 같았다. 머리칼이 남편의 목을 더욱 바짝 졸랐다.

"으, 으윽."

목이 막힌 남편이 신음소리를 냈다. 그런데도 금희는 들리지 않는지 옆에서 곤히 잠들어 있었다. 머리칼이 더 세게 남편 목을 조여왔다. 까슬까슬한 머리칼은 새끼를 꼬아 만든 밧줄처럼 단단했다. 그 밧줄이 피부를 깊이 파고들었다.

"으, 으윽……."

남편이 헉헉거리며 허공에 팔을 휘젓다가 간신히 옆에 누운 금희쪽으로 손을 뻗쳐 몸을 흔들었다. 몸을 일으켜 남편 쪽을 본 금희가 '꺄악!' 비명을 내질렀다.

남편 목을 휘감은 머리칼이 다시 꿈틀꿈틀했다. 긴 머리 타래가 파도처럼 공중에 출렁 물결을 그리더니, 남편 목에서 스르륵 풀려났다.

남편 목에서 떨어져 나온 머리칼은 이번엔 금희의 몸을 타고 스르르 올라갔다. 금희의 몸 위에 한 가닥으로 길게 늘어져 있던 머리 타래 앞부분이 별안간 뱀이 지면에서 머리를 곤추세울 때처럼 공중으로 스윽 치솟았다. 머리칼은 그대로 공중에서 흐느적거리며 몸을 살랑살랑 흔들었다. 마치 뱀이 혀를 날름거리는 것 같았다.

"저리 가! 저리 가!"

금희가 손으로 땅을 짚고 슬금슬금 뒷걸음질 쳤다. 하지만 머리칼은 뱀처럼 꿈틀거리며 금희를 따라왔다.

스으으윽.

머리칼이 움직일 때마다 바닥을 스치는 기분 나쁜 소리가 들렸다.

"안 돼! 저리 가!"

금희는 방구석으로 슬금슬금 뒷걸음질 치면서 곁눈질로 남편을 바라봤다. 남편은 졸렸던 목이 아직도 성치 않은지 여전히 베갯머리에서 컥컥 숨을 토하고 있었다. 금희의 손이 무기를 찾는 것처럼 필사적으로 주변을 헤집었다.

스으으윽.

머리칼이 다시 바닥을 기어 다가왔다. 머리칼과 금희의 거리가 한 뼘으로 좁혀졌다. 검고 새카만 실타래 같은 머리칼 앞부분이 공중으로 스르륵 떠올라 지면에서 머리를 치켜든 뱀처럼 금희의 얼굴 앞에서 흐느적거렸다. 머리칼이 금희의 목덜미를 감싸 안으려는 순간, 금희는 뒤에 숨기고 있던 바느질 가위를 높이 치켜들었다.

싹둑.

가위질 소리와 함께 머리칼이 몸통 중간 부위에서 뭉텅 잘렸다. 구불거리던 머리칼이 한순간에 움직임을 멈추더니 바닥으로 일제히 우수수 떨어져 내렸다. 바닥에 흩어진 머리칼은 윤기가 없고 부스스한 것이 빛바랜 지푸라기 같았다.

"아아, 너무 섬뜩해요."

듣고 있던 복이가 부르르 몸을 떨었다. 새파랗게 질린 얼굴이 마치 귀신이라도 본 것처럼 울상을 짓고 있었다.

"어머나, 많이 놀랐나 보네. 미안해."

춘복이 아기를 달래듯 복이 등을 살살 쓸었다. 덕이는 뭔가를 알아차린 표정이었다.

"그 가체, 비구니 머리칼로 만든 게 아니죠?"

"네 말이 맞아. 눈치가 빠르구나."

춘복이 조금 감탄한 얼굴로 말했다.

"대체 무슨 일이 있었던 거예요?"

복이 질문에 춘복의 눈초리가 매서워졌다. 눈에 보이지 않는 누군가를 쏘아보는 것처럼.

"욕망에 눈먼 사람들 때문에 일어나선 안 될 일이 일어났지."

머리칼은 어느 무녀의 것이었다. 주막집이나 여관을 돌아다니며 쌀로 점을 치고, 손님들 손금을 봐주던 무녀였다. 무녀는 눈이 멀어서 항상 지팡이를 짚고 다녔는데, 사람들은 멀리서 들리는 탁탁탁, 지팡이 소리만으로도 무녀가 왔다는 걸 알아차리곤 했다.

무녀는 얼굴이 곱다고 할 순 없었지만, 머리카락 하나만큼은 어디에 내놔도 빠지지 않을 만큼 아름다웠다. 하나로 길게 묶어 등 뒤에 드리운 머리칼은 숱이 많아 풍성하고, 흑요석처럼 반짝반짝 빛이 났다. 손을 뻗어 만져보고 싶을 만큼 반들반들 윤이 나는 머리였다.

주변에선 무녀에게 아름다운 머리카락을 잘라서 비싸게 팔라고 권하기도 했다. 그러면 넉넉하진 않더라도 이렇게 여관을 전전하며 고생하진 않을 거라면서. 그때마다 무녀는 고개를 흔들었다. 길고 탐스러운 머리카락은 무녀에게 유일한 자랑거리이자, 자긍심이었다.

하지만 무녀는 결과적으로 그 머리칼 때문에 목숨을 잃었다. 어느 날 점을 보고 돌아가는 길에 아름다운 머리칼에 홀린 불량배 네 명이 몰래 무녀 뒤를 밟았다. 그토록 아름다운 머리칼을 가진 여자의 생김새가 궁금해서였다.

"뭐야? 소경이었어?"

쫓아가 무녀를 돌려세운 첫 번째 남자가 어이없다는 듯 피식 웃었다.

"앞모습보다 뒷모습이 훨씬 곱네."

뒤따라온 두 번째 남자가 말을 받았다.

"이봐, 우린 네가 엄청 미녀인 줄 알고 먼 데서 힘들게 따라왔다고. 어떻게 책임질 거야?"

인상이 험악한 세 번째 남자가 무녀에게 시비조로 말했다.

"사람을 고생시켰으면 대가를 치러야지."

네 번째 남자가 무녀의 긴 머리를 뒤로 홱 잡아당겼다.

분위기가 험악해지자 겁을 먹은 무녀가 도움을 청하려고 이리저리 두리번거렸다. 그러나 인적 드문 산길엔 걸어 다니는 사람이 없었다. 땅거미가 지면서 주변엔 서서히 어스름이 깔리고 있었었다. 남자들은 무녀가 겁먹은 걸 보자 더욱 기세등등해졌다.

"기왕 이렇게 된 거 이 여자랑 재미 좀 볼까?"

셋 중 누군가가 음흉한 목소리로 말했다. 다들 '좋네, 좋아'라고 맞장구를 쳤다. 첫 번째 남자가 비열한 표정을 하고 무녀에게 다가갔다.

"눈이 안 보이니 누군지 지목도 못 할 테고 말이지."

"저리 비켜!"

무녀가 필사적으로 지팡이를 휘저으며 남자들을 쫓아버리려 했다. 하지만 눈도 안 보이는 가냘픈 여자가 체격이 건장한 남자 넷을 당할 수는 없었다. 세 번째 남자가 무녀의 손목을 잡아 뒤로 꺾자, 무녀가 악, 소리를 지르며 손에서 지팡이를 툭 떨어뜨렸다.

곁에 있던 두 번째 남자가 땅에 떨어진 지팡이를 발로 차서 저만치 보내버린 뒤 무녀의 배를 발로 걷어찼다. 무녀가 바닥에 털썩 주저앉았다. 세 번째 남자가 무녀 위로 걸터앉아 치마를 걷어 올렸다. 무녀가 비명을 지르려 하자, 네 번째 남자가 입을 틀어막았다.

"짐승 같은 놈들! 네놈들은, 모두, 천벌을 받을 거야. 귀신한테 빌어서, 벌을 내리도록 할 거야!"

틀어막힌 무녀의 입 사이로 저주 같은 신음이 띄엄띄엄 흘러나왔다.

"아씨, 재수 없게 분위기를 확 깨 버리네. 입 닥치지 못해!"

여자 위에 올라탔던 세 번째 남자가 무녀의 뺨을 후려갈겼다. 이를 악문 무녀의 두 뺨에 굵은 눈물이 줄줄 흘러내렸다.

네 남자가 번갈아 무녀를 범하고 일어선 건 캄캄한 밤이 다 됐을 무렵이었다. 무녀는 도중에 정신을 잃었는지 고개를 모로 돌린 채 바닥에 축 늘어져 있었다.

"이 여자, 무녀였나 봐."

두 번째 남자가 땅바닥에 흩어진 여자 옷가지에서 나온 방울과 쌀통을 보며 중얼거렸다.

"어쩐지 섬뜩한데."

"진짜 저주를 내리는 거 아니야?"

남자들이 꺼림칙한 시선으로 무녀를 쳐다보았다. 조금 전까진 욕망을 푸는 대상에 불과했던 여자가 지금은 커다란 재앙을 끼치는 불길한 존재처럼 느껴졌다.

"차라리 죽여버릴까?"

어둠 속에서 한 남자가 불쑥 말을 꺼냈다. 세 번째 남자였다. 남은 셋의 눈동자가 불안하게 흔들렸다. 섣불리 동조해야 할지 어떨지 몰라 망설이는 눈치였다.

"그래, 해치워버리자."

네 번째 남자가 동료들 반응을 살피며 입을 열었다.

"어차피 아무도 모르잖아. 후환을 남기느니 감쪽같이 없애버리는 편이 안전해."

일행 중 두 명이 찬성하자, 남은 사람들도 겁날 게 없어진 모양이었다. 누가 먼저랄 것 없이 일제히 쓰러진 무녀에게 달려들었다. 한 명이 입을 막고 다른 하나가 뒤에서 무녀의 목을 졸랐다. 정신을 차린 무녀가 헐떡거리며 몸부림쳤지만, 역부족이었다.

조금 뒤 무녀의 버둥거림이 잠잠해졌다. 마침내 숨을 거두고 말았다.

"이대로 놔두고 가면 되겠지?"

첫 번째 남자가 이마에 밴 땀을 닦으며 일어섰다. 다들 고개를 끄덕였다.

"지나가는 사람이 없어 다행이야."

"시신은 며칠 뒤에 누군가 발견하겠지."

싸늘하게 식어가는 무녀의 시신을 뒤로하고, 사내들 일행이 막 발걸음을 옮기려 할 때였다.

"좀 아깝지 않나?"

네 번째 남자가 아쉬운 듯 돌아봤다.

"뭐가?"

"여자 머리칼 말이야. 어차피 죽었는데 그대로 썩힐 필요 없잖아."

그러고 보니 이치에 맞는 말이었다. 저렇게 놔두느니 머리칼을 잘라 팔면 벌이가 꽤 쏠쏠할 것 같았다. 넷은 왔던 길을 돌아가 행인을 위협해 돈을 뜯을 때 써먹던 칼로 무녀의 탐스러운 머리칼을 정수리 부위부터 통째로 뭉텅 잘라갔다.

예상대로 무녀의 머리칼은 사겠다는 사람이 줄을 이었다. 그중 한 남자가 특별히 비싼 값을 치르고 머리카락을 사 갔다. 가체 장인 장삼이었다. 무당의 원한이 서린 머리칼은 장삼의 손을 거쳐 그렇게 금희에게 가게 된 것이다.

귀신 들린 가체 소동은 항간에 엄청난 파장을 일으켰다. 문제의 가체를 만든 장삼은 관가에 불려가 엄한 문책을 당했다. 그 바람에 장삼에게 머리칼을 팔았던 남자가 무녀를 죽인 네 남자 중 하나였다는 사실이 밝혀졌다. 즉시 넷에 대한 수배령이 내려졌다. 하지만 살인자들이 한 발 먼저 꼭꼭 숨어버리는 바람에 처벌을 내릴 수가 없었다.

애꿎게 피해를 입은 건 장삼네였다. 귀신 나오는 가체 소문이 퍼지자, 한때 문지방이 닳도록 드나들던 손님들은 발걸음을 뚝 끊었다. 인간의 탐욕이 빚어낸 아름다운 가체는 장삼이 만든 마지막 가체가 됐다.

달분 역시 수모 일을 계속할 수 없었다. 그가 머리를 매만져주던 아씨와 마님들은 달분의 이름만 들어도 소름이 끼치는지 진저리를 쳤다. 소동이 벌어진 지 얼마 지나지 않아 장삼의 가체 공방은 문을 닫을 수밖에 없었다.

장삼은 제 팔자를 원망하며 술만 퍼마시다 얼마 후 세상을 떠났다. 그 길로 달분은 춘복을 데리고 한양을 떴다. 귀신 붙은 가체와 관련한 온갖 뜬소문과 구설수가 지긋지긋했기 때문이다.

지방으로 거주지를 옮긴 달분은 삯바느질로 억척스럽게 어린 딸을 키웠다. 하지만 과로가 오랫동안 쌓인 탓인지 달분도 오래 살진 못했다. 몇 년 전 춘복이 열여덟 살이 될 무렵, 달분은 아직 마흔도 되지 않은 나이에 이승을 등지고 말았다. 혼자가 된 춘복은 먹고 살기 위해 장사를 시작했다.

"왜 하필 바늘 장사예요?"

덕이가 궁금했는지 물었다. 춘복이 고개를 갸우뚱했다.

"그러게. 한 번도 생각해본 적이 없네. 아마도 돌아가신 어머니 영향 아닐까?"

"언니 부모님이 너무 안됐어요. 잘못한 건 무녀를 죽인 나쁜 남자들인데."

복이가 춘복에게 위로하듯 말을 건넸다. 춘복이 쓸쓸하게 웃었다.

"너흰 아직 어려서 잘 모르겠지만, 세상 살다 보면 엉뚱하게 피해 보는 사람들이 생기기 마련이야."

고작 복이랑 덕이 큰언니 뻘 나이면서 춘복은 세상 다 산 사람처럼 말했다.

"금희 아씨는 어떻게 되셨어요?"

"가엾게도 충격으로 머리가 이상해졌단다. 시댁에서 아씨를 친정으로 돌려보냈다는데, 그 뒤론 들은 게 없어. 아씨 친정아버지도 무슨 사건에 휘말려 재산을 몰수당하는 바람에 집안이 몰락했거든. 살아 계셔도 아마 잘 지내진 못하시겠지."

애꿎은 피해자가 또 있었나. 복이와 덕이는 할 말을 잃었다.

"다 욕심 때문에 생긴 일이야."

춘복이 두 소녀에게 말했다.

"아버지 말씀대로 욕망은 만족을 몰라. 수단과 방법을 가리지 않고 아름다워지고 싶다는 여인의 욕망, 어떻게 해서라도 남들보다 귀한 걸 갖겠다는 헛된 욕망이 귀신 들린 가체를 만든 거야. 무녀를 죽인 남자들도 마찬가지고."

두 소녀가 눈을 말똥말똥 뜨고 춘복을 바라봤다. 춘복의 말이 이 해가 갈 듯 말 듯한 모양이었다. 춘복은 '좀 어려운 얘기였나' 하면서 설핏 웃었다.

"내가 했던 얘기는 다 잊어버려도 좋아. 어차피 불쾌한 얘기였으니 까. 하지만 한 가지만 기억해주렴."

"그게 뭔가요?"

복이가 물었다.

"너희 또래 여자애들이 외모에 관심을 가지는 건 자연스러운 일이 야. 하지만 아름다운 얼굴이 정말 그렇게나 중요한 걸까?"

두 소녀가 심각한 표정이 돼서 서로 얼굴을 마주 보았다.

선노미가 이야기를 마치고 간신히 한숨 돌리며 곁에 둔 물로 목을 축였다.

곁눈질로 보니 앞에 앉은 선비들은 다들 뭔가 할 말이 많은 눈치였 다. 신기하네. 여자 머리 장식 이야기라 관심이 없을까 봐 걱정했는 데…….

"가체 금지 논란은 선왕 때부터 지긋지긋하게 계속된 문제지. 허례 허식이라고 폐지했다가 결국 다시 부활했으니."

먼저 입을 연 사람은 진석이었다.

"반대하는 양반들이 많았으니까요. 하지만 지금 전하께서도 가체를 강경하게 반대하시니 조만간 가체 금지령이 다시 시행될 것도 같습니다."

석호가 말을 받았다.

"그래야지. 가체 때문에 생기는 폐해가 너무 많아. 형암 말로는 무거운 가체 때문에 목이 부러져 죽은 여자도 있다고 하더군."

세현이 혀를 끌끌 찼다.

"목이 부러져도 기어이 가체를 쓰겠다니. 하여튼 미에 대한 여인네들 집착은 알아줘야겠군."

세현의 말에 선노미도 속으로 조용히 고개를 끄덕였다. 자신도 복이한테서 튄 불똥에 그 집착을 조금은 알게 된 터였기 때문이다.

그래도 시장엘 다녀온 뒤부터 복이의 입에서 '어머니는 왜 날 이렇게 못생기게 낳은 거야'라는 말이 쏙 들어갔다. 데면데면하게 대하던 선노미와도 다시 말을 섞기 시작했다. 신기하게 여긴 선노미가 이유를 물었더니 복이는 쭈뼛쭈뼛하면서 춘복 이야기를 들려줬다.

지금도 여전히 복이는 자주 거울을 들여다본다. 하지만 마음에 안드는지 휴, 한숨을 쉬다가도 곧바로 씩씩하게 떨치고 일어나 주방으로 일하러 달려갔다. 춘복의 이야기가 복이의 마음에 잔잔한 파문을 일으킨 건 분명해 보였다.

덕이도 다시 예전처럼 선노미를 보면 반갑게 웃어줬다. 하지만 덕이가 자신에게 왜 앵돌아졌고, 어째서 마음이 풀어졌는지는 지금도 여전히 몰랐다.

"여인의 마음이라고 하니 말인데……."

잠자코 듣고 있던 무광이 선노미를 향해 말했다. 장난치는 어린아이처럼 눈이 반짝거렸다.

"혹시 네게 마음을 준 여인은 없느냐? 이렇게 인물이 훤하니 너 좋다는 동네 처자들이 줄을 설 것 같은데."

선노미는 마시던 물이 목에 탁 걸려 켁켁거렸다. 모두 웃음을 터뜨렸다.

"저런, 정곡을 찔렀나 보군."

연암도 선노미를 놀리는 게 즐거워 보였다.

"아, 아닙니다."

선노미가 얼굴이 빨개져 손사래를 쳤다.

"그럼 네가 마음에 둔 여인은?"

세현의 짓궂은 질문에 선노미가 입을 다물었다. 선노미의 머릿속에 한 여자의 모습이 언뜻 떠올랐다 사라졌다.

춘복은 한참이나 한 남자를 지켜보고 있었다. 집 안에서 혼자 술을 마시고 있는 그를 싸리문 너머로 가만히 훔쳐봤다.

나이는 마흔쯤 됐을까. 안주도 없이 탁주만 계속 벌컥벌컥 들이키는 남자의 발밑엔 이미 빈 술병 몇 개가 어지럽게 나뒹굴고 있었다.

얼굴이 불그스름한 것이 이미 제법 취한 눈치다.

백주 대낮이라 할 순 없어도 아직 해도 떨어지지 않은 시각에 저러고 있는 걸 보면 건실한 사람은 아닐 것이다. 요 며칠 살펴본 바로는 가족도 없이 혼자 사는 것 같다. 이제껏 되는대로 막 살아왔겠지, 하고 춘복은 생각했다. 젊었을 때 그랬던 것처럼.

"계세요?"

춘복이 인기척을 내며 싸리문 안으로 한 발 내디뎠다. 남자는 흐리멍덩한 눈동자로 춘복과 춘복 손에 들린 보따리를 번갈아 바라봤다.

"매분구요? 이 집엔 여자 없는데."

흔히들 하는 착각이었다. 남의 집 안마당에 태연히 들어오는 여자는 방물장수 노파거나, 집집마다 돌아다니며 화장품을 파는 매분구 정도니까. 젊은 데다 반반한 얼굴 덕분인지 사람들은 춘복을 매분구라 생각하는 경우가 많았다.

"바늘 장수예요. 바느질 도구도 팔고요."

보따리를 들고 이곳저곳 걸어다니려면 짐이 가벼운 게 최고다. 바늘만 한 물건이 없다. 게다가 바늘은 생활필수품이다. 화장품 없이는 살아도 옷과 이불 만드는 바늘 없이는 못 산다. 값비싼 분이나 연지 같은 건 엄두를 못 내는 여인들도 바늘을 사기 위해선 망설이지 않고 주머니를 열었다. 가족들을 위해 옷을 짓고, 삯바느질로 돈을 벌기 위해. 춘복은 여인들 생계를 도와주는 바늘이 사랑스러웠다. 그 어떤 사치품들보다 더.

남자가 심드렁한 표정을 지었다. 물건 살 사람도 없으니 춘복이 곧 돌아가리라 생각했는지 남자는 다시 제 앞에 있는 술잔을 들이켰다. 춘복이 바닥에 보따리를 아무렇게나 던져놓고 남자 옆에 엉덩이를 내려놨다. 남자는 별안간 옆에 앉는 춘복을 의아한 표정으로 바라봤다.

"혼자 마시는 술이 무슨 맛이 있어요? 저랑 같이 마셔요."

남자는 흠칫 놀라는 눈치였다.

"오래 걸어서 목도 마르고."

춘복이 남자를 유혹하듯 배시시 웃어 보였다. 물끄러미 춘복을 바라보던 남자 얼굴에 서서히 음흉한 미소가 떠올랐다. 재빨리 밖으로 시선을 던졌다가 인적이 없는 걸 확인하곤 춘복에게 바싹 몸을 들이댔다. 남자의 입김이 춘복의 귓가에 닿았다. 지독한 술 냄새가 났다.

"아이, 급하기도 하셔라."

춘복이 배시시 웃으며 남자의 몸을 살짝 밀쳤다. 하지만 그 몸짓은 거부한다기보다는 오히려 유혹하는 쪽에 가까웠다.

"급하긴. 처음부터 그럴 생각으로 온 거 아닌가? 자네, 바늘장수가 아니라 매춘부지?"

춘복은 대답 없이 웃기만 했다. 미소 짓는 입과 달리 눈빛은 얼음장처럼 매서웠지만, 남자는 그걸 눈치채지 못한 것 같았다.

남자는 춘복이 제 말을 시인한다는 뜻으로 받아들였는지 춘복의 옷고름 쪽으로 손을 뻗었다.

"옷고름은 내가 풀 테니 술이나 한잔 따라주세요."

춘복이 남자에게 끈적한 음성으로 말했다. 남자는 히죽 웃더니 마시던 술잔을 비우고 술을 따르기 시작했다. 옷고름 쪽으로 향하는가 싶던 춘복의 손이 품 안에서 무언가를 꺼냈다. 등을 돌리고 있던 남자가 돌아보는 순간, 시퍼렇게 날 선 단도가 남자의 목을 그었다. 남자의 경동맥에서 새빨간 선혈이 뿜어져 나와 바닥에 흩뿌려졌다.

"어, 어째서……."

남자는 피가 흐르는 목을 두손으로 감싸 쥐었다. 줄줄 쏟아지는 피 때문에 순식간에 손도 새빨갛게 물들었다. 죽음을 앞둔 남자의 두 눈엔 공포가 가득했다. 춘복은 그런 그를 외면한 채 부엌에서 물을 떠와 얼굴과 손에 묻은 남자 피를 씻어냈다. 옷자락에 튄 핏방울도 빨아서 깨끗이 지웠다.

그동안 남자는 목으로 끄윽끄윽 소리를 내면서 숨을 헐떡이고 있었다.

'이제 둘만 남았군.'

춘복이 남자의 숨이 끊어지길 기다리며 생각했다.

무녀를 죽인 네 남자 중 한 명을 처음 만난 건 3년 전, 어머니 장례를 치른 지 얼마 되지 않을 때였다. 한 남자가 집으로 찾아왔다. 눈빛이 험악하고 얼굴빛이 거무스름한, 인상이 교활한 남자였다. 이름이 취흥이라고 했다.

"네가 장삼 딸이냐? 한양서 가체 만들던."

춘복이 미심쩍은 눈초리로 취흥을 바라봤다. 건실해 보이지 않는 남자의 입에서 아버지 이름이 나온 게 의외였다.

"얼굴이 꽤 반반하구나. 아비를 안 닮아서 다행이야."

취홍이 대답도 듣지 않고 성큼성큼 방 안으로 들어와 털썩 주저앉았다. 춘복은 어찌할지 망설이다 엉거주춤 마주 앉았다. 어쨌든 손님에다, 아버지를 아는 사람이니 쫓을 순 없었다. 쫓는다고 고분고분나갈 것 같지도 않았지만.

"어머니도 돌아가셨는데 앞으로 어떻게 살래?"

의례적인 인사말도 생략하고 취홍이 바로 용건으로 넘어갔다.

"그게……."

춘복이 말꼬리를 흐렸다. 자신도 그 답을 몰라 답답하던 차였다. 춘복의 표정을 살피던 취홍이 말했다.

"내가 변두리에서 색주가를 운영하는데 우리 집에서 일하는 건 어떠냐."

"네?"

춘복은 놀라서 저도 몰래 눈을 크게 떴다. 색주가는 여자들이 남자에게 몸을 파는 곳이다. 아는 사람 딸한테 그런 일을 권하다니. 대체아버지랑 취홍은 무슨 관계였나.

"아버지를 어떻게 아세요?"

춘복의 질문에 취홍이 피식 웃었다.

"어떻게 알긴. 친구니까 알지. 아, 친구라고 하긴 좀 그런가. 같이일했으니 동업자라고 하는 게 맞겠다."

춘복은 점점 더 혼란스러웠다. 공방에 틀어박혀 가체만 만들던 아버지가 한눈에도 불량스러워 보이는 취흥과 함께 일했다니. 취흥이 춘복의 속마음을 읽은 듯했다.

"네가 태어나기 전 나랏님이 가체를 금지했던 때가 있었어. 네 아버지로선 밥줄 끊길 일이지. 그때 내가 도와준 거야."

춘복이 남자를 빤히 바라봤다. 영문을 알 수 없었다.

"금지한다고 여자들이 그걸 안 쓰겠니? 다들 어떻게든 구해 썼지. 네 아버지한테 몰래 일감을 구해준 게 바로 나다."

부정한 세계에 한 발을 담근 듯한 취흥과 아버지 사이 연결 고리가 간신히 보이는 듯했다. 먹고 살자고 한 일이었겠지만, 어쨌든 아버지는 취흥과 짜고서 법을 어긴 거다. 춘복은 입맛이 썼다.

문득 마주 앉은 취흥 뒤로 새카만 물체가 보였다. 길쭉한 실타래 같은 것이 뱀처럼 구불구불 방바닥을 기어 취흥을 향해 오고 있었다.

스으으윽.

실타래가 방바닥을 쓸면서 꿈틀꿈틀 움직였다. 반질반질 윤기가 흐르는 것이 피부가 매끈거리는 검은 뱀을 닮았다. 춘복이 저도 모르게 악, 소리를 냈다.

취흥이 힐끗 제 뒤를 돌아봤다가 왜 그러냐는 표정으로 다시 돌아앉았다. 아무래도 취흥 눈에는 그게 보이지 않는 듯했다. 저건 대체 뭐지? 왜 저 남자한테는 보이지 않는 거지? 그때 춘복의 머릿속에 섬뜩한 생각이 스치고 지나갔다. 저건 머리칼이야. 저주 받은 가체의 머리칼. 죽은 무녀의 머리칼.

"호, 혹시 귀신 나오는 가체를 만들 때도?"

"그래, 그 머리칼도 구해줬지."

취흥이 히죽히죽 웃었다.

"장삼이 도와 달래서 갔더니 꼴이 말이 아니더군. 가체를 주문한 대감마님을 뵙고 오는 길이랬는데 얼굴이 새파랗게 질려 있었지. 마님이 어떻게든 탐스럽고 아름다운 여자 머리칼을 구해 달라고 명령했다더만. 장삼은 덥석 한다곤 해놓고 겁이 났겠지. 정상적인 방법으로 그런 머리칼을 어떻게 구하겠나."

춘복은 피가 차갑게 얼어붙는 것 같았다. 아버지가 취흥과 작당하고 그런 일을 꾸몄다니…… 아마도 취흥 일행이 멀쩡한 여자를 강간하고 죽일 거라고는 상상하지 못했을 것이다. 하지만 뭔가 구린 수단을 동원하려고 작정한 건 틀림없다. 이를테면 여염집 여자를 칼로 위협한 뒤 머리칼을 벤다든가 하는 식으로. 그러니 남자에게 도움을 구했겠지. 그렇다면 무리한 요구를 한 대감마님이나, 그걸 들어준 아버지는 무녀를 죽이는 데 일조한 셈이었다. 춘복의 입에서 낮은 탄식이 새어 나왔다.

아름다운 머리칼을 보고 기뻐하며 밤낮없이 공방에 틀어박힌 채 가체 만들기에 몰두하던 장삼의 모습도 떠올랐다. 그건 돈에 눈먼 욕망이었을까, 작품을 만들려는 장인의 뒤틀린 집착이었을까. 이젠 어느 쪽인지 알 수 없었다.

"어머니도 이 사실을 알고 계세요?"

"처음엔 몰랐겠지. 하지만 뭔가 눈치채고 있었을 거야. 우연히 나랑 마주치자 아는 척도 않고 자리를 피하려 했으니까. 쫓아가 붙잡았더니 자기네 모녀를 아는 척도 하지 말아 달라더군."

취홍이 빈정거리는 투로 덧붙였다.

"얼굴이 반반하니 내 밑에서 일하라고 했는데도 기어코 거절했지. 귀부인들 머리 좀 만졌다고 자기도 귀부인인 줄 착각했나 봐. 안 그랬으면 구질구질하게 삯바느질 따위 하면서 고생 안 해도 됐을 텐데."

춘복이 혐오감과 증오 섞인 눈빛으로 앞에 앉은 취홍을 쏘아보았다.

"살인자!"

저도 모르는 사이 춘복의 입에서 속마음이 툭 튀어나왔다. 취홍의 눈빛이 험악해졌다.

"내가 살인자면 네 아버지는 뭐지? 나도 네 아버지가 아니었다면 머리칼 같은 거 구하러 다니지 않았을 거라고! 그러니 네 아버지도 공범이야! 너는 살인자 딸이고!"

"사람들한테 다 이를 거야. 당신이 살인자라고!"

분노로 몸을 떠는 춘복을 향해 취홍이 키들키들 웃었다.

"이르겠다고? 마음대로 해봐. 이미 오래전 일이고, 내가 했단 증거도 없으니."

춘복이 뭐라고 말대꾸를 하려다 놀라 그대로 얼어붙었다. 어느새 취홍 등 뒤로 기어 온 검은 머리칼이 뱀이 바닥에서 머리를 들 때처럼 스르르 취홍의 어깨까지 올라와 있었다. 어깻죽지 부근까지 고개를 처든 새카만 머리 타래가 먹잇감에게 혀를 날름거리는 뱀 같았다.

"괜히 쓸데없는 소리 주절거리고 다녀봤자 너만 불리해. 네 아비가 무녀를 죽여놓고 거짓말로 둘러댔다는 소문도 있었으니까. 오죽하면 네 엄마가 이런 촌구석에 처박혔겠니."

순간 뱀의 머리가 춘복을 향했다.

죽여!

뱀은 춘복에게 그렇게 속삭인 것 같았다. 낮고 음산한 목소리였다.

저 짐승 같은 남자를 죽여버려! 어서!

"그러니 잔말 말고 나랑 같이 가자. 네 부모와의 옛정을 생각해서라도 섭섭하게 대하진 않으마."

취홍은 여전히 느물거렸다. 춘복은 도리질치면서 슬금슬금 뒷걸음질쳤다. 취홍에게서도, 머리칼에게서도 벗어나고 싶었다.

"사내 맛을 보면 이제껏 왜 이렇게 궁상맞게 살았나 싶을 거다. 아니, 기왕 남자들 품에 안길 텐데 나부터 먼저 품어줄까?"

취홍이 음흉한 웃음을 흘리며 춘복에게 달려들었다. 다짜고짜 바닥에 춘복을 눕히고 치마 속으로 손을 뻗었다.

"안 돼!"

춘복이 몸부림치며 반항했다. 엎드린 취홍이 제 몸으로 춘복을 꽉 눌렀다.

죽여!

조금 전 들었던 목소리가 다시 춘복의 귓전에 속삭였다. 춘복은 한 손으로 더듬더듬 제 허리춤을 더듬어 단도를 꺼냈다. 어머니가 돌아 가시고 혼자 살게 된 뒤 호신용으로 마련한 칼이다. 치마를 벗기느라 정신이 팔렸던 취홍이 고개를 들어 시퍼렇게 날 선 칼을 발견한 순간.

쉬이익.

춘복의 손이 허공을 가르며 취홍의 목에 푹 꽂혔다. 목에서 피가 솟구치더니 취홍이 힘없이 바닥에 주저앉았다.

"네 이년, 이 망할 년이!"

취홍이 외마디 비명을 지르며 욕설을 퍼부으려다 숨이 막히는지 앞으로 푹 고꾸라져 끅끅 신음했다. 그 와중에도 취홍의 살기 어린 시선은 춘복을 집요하게 노려보았다.

춘복이 부리나케 방구석으로 몸을 피했다. 취홍은 피를 철철 흘리면 서도 기어코 바닥을 기어 손을 뻗었다. 꿈틀대며 움직일 때마다 방바 닥엔 검붉은 피가 긴 자국을 남겼다. 춘복은 숨이 멎을 것만 같았다.

얼마 후 버둥거리던 움직임이 딱 멈췄다. 고개가 옆으로 툭 떨궈졌 다. 벌어진 눈이 깜빡이질 않는 걸 보니 이미 숨이 끊어진 모양이었다.

그제야 춘복은 다리 힘이 풀려 털썩 주저앉았다. 무섭고 놀라워 오 한이 든 것처럼 온몸이 덜덜 떨렸다. 생명이 빠져나간 취홍의 눈을 바라보면서 춘복은 자신도 살인자가 됐다는 걸 깨달았다.

한동안 넋을 놓고 있던 춘복은 마침내 정신을 차리고 짐을 싸기 시작했다. 이대로 있다간 잡혀가 사형당할 게 뻔했다. 세상에 미련은 별로 없지만, 저런 짐승 같은 놈을 죽였다는 이유로 죽고 싶진 않았다. 어둠을 틈타 도망갈 작정이었다.

얼마 안 되는 옷가지를 꺼내려고 장롱을 뒤지다 문득 장롱 안쪽 갈라진 틈 사이에 무언가가 껴 있는 걸 발견했다. 네 겹으로 곱게 접은 하얀 천 조각이었다. 열어보니, 안에는 길이가 검지 두 뼘 정도 되는 새카맣고 반들거리는 검은 머리칼이 들어 있었다. 춘복은 헉, 숨을 들이켰다.

오래돼 잊어먹고 있었지만, 그건 죽은 무녀의 머리칼이었다. 어린 시절 춘복은 아름다운 그 머리칼에 마음이 빼앗겼다. 아버지가 일하다 자리를 비운 사이, 표시 나지 않을 만큼만 살짝 머리칼을 잘랐다. 아름다운 것을 제 곁에 두고 보고 싶은 마음에서였다. 아버지한테 야단맞을까 두려워 집에 있던 무명천으로 잘라낸 머리칼을 감싸고 꼭 꼭 접어 자신만 아는 곳에 숨겨 두었다.

한양을 떠날 때도 춘복은 숨겨 뒀던 머리칼을 엄마 몰래 품에 넣었다. 아직 어렸던 춘복은 그 머리칼로 인해 어떤 일이 벌어졌는지 잘 몰랐다. 그저 엄마가 머리칼 얘기만 나오면 넌더리를 내는 것만 눈치 챘을 뿐이다. 엄마가 싫어할 것 같아 춘복은 장롱 속 갈라진 틈 사이에 제 보물을 깊이 숨겼다. 그러다 세월이 흘러 머리칼의 존재는 춘복의 머리에서 차츰 사라졌다. 나중엔 그런 게 있다는 사실조차 잊어버렸다. 조금 전 그걸 발견하기 전까진.

'그래서 그런 게 보였던 걸까.'

취홍이 보지 못한 광경을 자신이 볼 수 있었던 건 아마도 무녀의 원혼이 깃든 물건을 보관하고 있어서였을 것이다. 이제껏 얌전히 잠들어 있던 머리칼이 오늘에서야 이상한 힘을 발휘한 이유도 춘복은 이해가 갔다. 살인자가 눈앞에 나타났기 때문이다.

죽여, 죽이라고!

춘복의 귓가에 그렇게 속삭인 목소리는 어쩌면 이런 말을 하고 싶었던 게 아닐까.

네 아비도 책임이 있잖아!

딸인 네가 대신 죗값을 치러야지.

한참 머리칼을 내려보던 춘복이 다시 천을 곱게 접어 품속에 집어넣었다. 미래에 대한 막막함과 두려움이 사라지고 갑자기 앞이 뚜렷하게 보이는 것 같았다.

자신은 이미 사람을 한 명 죽였다. 제 손에 묻은 취홍의 피는 영원히 사라지지 않을 것이다. 이 모든 게 아버지한테서부터 물려받은 업보 때문이다. 그 업보가 딸인 자신마저 살인자로 만들었다. 법의 처벌을 받지 않은 사람을 처벌하라고. 그래서 억울하게 죽은 여자의 원수를 갚으라고. 춘복은 이 모든 일의 원흉인 남은 세 사내를 찾아내 지긋지긋한 업보의 꼬리를 끊어버릴 작정이었다.

사람을 찾아다니려면 행상이 최고다. 취홍처럼 다른 셋도 한양서 멀리 벗어나지는 않았을 테니 한양과 경기도 일대를 돌아다니며 남자들을 찾아보자. 춘복은 속으로 그렇게 다짐했다. 어차피 사람을 죽여 쫓겨 다녀야 할 판인데, 행상은 신분을 위장하기에도 안성맞춤이었다.

남자들을 어떻게 발견할지는 걱정하지 않았다. 아마도, 품에 넣은 무녀의 머리칼이 알려줄 테니까.

결단을 내린 춘복이 죽은 취홍에게 다가갔다. 조금 전까지 섬뜩하게 느껴졌던 취홍의 시신이 이제 더는 두렵지 않았다. 옷을 뒤지자 취홍의 주머니에서 꽤 두둑한 엽전 꾸러미가 나왔다.

'이거면 한동안 버틸 수 있을 테지.'

취홍의 시체를 버려둔 채 춘복이 방문을 닫았다. 잠깐 심호흡을 하고서, 춘복은 캄캄한 어둠 속으로 달려나갔다.

춘복이 한양에서 두 번째 살인범을 발견한 건 사흘 전이었다. 우연히 스치고 지나간 남자 뒤로 눈에 익은 시커먼 머리칼이 꿈틀대며 따라가고 있었다. 취홍을 죽일 때 봤던 머리칼이었다. 원한 맺힌 무녀의 머리칼! 춘복은 숨을 들이켰다. 머리칼은 바닥을 기는 뱀처럼 몸을 구불거리며 남자를 쫓아가고 있었다.

춘복도 몰래 남자의 뒤를 밟았다. 남자는 인적 드문 외진 곳에 혼자 살고 있었다. 변변한 일자리도 없는 모양인지 낮부터 술만 마시는 게 일상이었다.

며칠간 남자를 관찰하던 춘복은 집에서 남자를 죽이는 게 안전하겠다고 판단했다. 가까운 친구도, 친한 이웃도 없는 모양이니 죽여도 한

동안 발각될 염려도 없어 보였다. 마음을 정한 춘복은 취홍을 죽일 때 썼던 단도를 품에 안은 채 싸리문을 열고 남자의 안마당으로 들어섰다.

가쁜 호흡을 헐떡이던 남자가 조용해졌다. 벌어진 두 눈 사이로 초점을 잃은 검은 눈동자가 보였다. 드디어 숨이 끊어진 모양이었다.

보따리를 든 춘복이 싸리문 밖을 나서 태연하게 걷기 시작했다. 해가 떨어지지 않은 시각이라 땅바닥에 춘복의 긴 그림자가 드리워졌다. 시커먼 머리칼 같은 검은 그림자는 흔들흔들하면서 춘복의 뒤를 따라갔다.

• **가체 금지령:** 영조는 1758년 가체 금지령을 발표했으나, 사대부의 거센 반대로 1764년 가체가 부활했다. 이후 1788년 정조가 다시 가체 금지령을 내렸다.
• **형암:** 실학자 형암(炯庵) 이덕무(1741~1793)는 『청장관전서(靑莊館全書)』에서 시아버지가 방에 들어올 때 급히 가체를 머리에 쓴 며느리가 목이 부러져 죽은 실제 사건을 언급했다.

6

첫사랑

요즘 선노미에겐 눈 감을 때마다 생각나는 얼굴이 생겼다. 제 또래 고운 소녀 얼굴이다. 그 얼굴은 선노미가 밥 먹을 때나 잠자리에 들 때, 혹은 일손을 멈추고 잠시 쉬고 있을 때 시도 때도 없이 선노미 머릿속을 파고들었다.

소녀를 생각할 때면 선노미는 가슴이 묘하게 두근거렸다. 첫 기담회를 앞뒀을 때의 설렘과는 또 달랐다. 그때는 단순히 기쁘고 흥분됐던 반면, 지금은 심장이 간질간질한 것 같기도 하고, 명치께가 뻐근한 것 같기도 했다. 저도 모르게 좋아서 실실 웃다가 곁에 없는 소녀를 떠올리곤 까닭 없이 슬퍼지기도 했다.

저 자신은 깨닫지 못했지만, 선노미는 짝사랑을 하고 있었다.

소녀를 처음 본 건 봄꽃이 활짝 피어날 무렵이었다.

그날, 선노미는 기담회가 열리는 위채 건넌방을 청소하다가 작은 장방형 물체를 발견했다.

느티나무인지 오리나무인지 몰라도 종이처럼 얇게 깎은 나무에 황동 장식을 넣은 물건이었다. 연암의 소지품인데, 기담회에 모인 선비들은 그걸 '담뱃갑'이라고 불렀다.

'깜빡 잊으셨나 보네.'

이틀 전 기담회 때 두고 간 모양이었다.

'이를 어쩐다.'

연암은 지금쯤 담뱃갑을 열심히 찾고 있을 터였다. 아직 주막에 찾으러 오지 않은 걸 보면 여기 두고 갔다는 사실을 모르거나, 길에 떨어뜨렸다고 생각하고 있는 것 같았다. 제법 애연가처럼 보였으니 그 물건이 없으면 연암은 곤란할 게 틀림없었다. 기담회 자리에서도 자주 담뱃갑을 만지작거리던 연암의 모습이 떠올랐다.

'댁에 갖다 드리자.'

선노미는 연암의 집이 어디 있는지 알고 있었다. 예전에 연암이 선노미에게 가르쳐주었기 때문이다. 그때는 그의 집에서 기담회를 열 생각이었다. 막판에 주모 김씨의 제안으로 장소가 바뀌긴 했지만.

연암의 담뱃갑을 품에 넣고 선노미는 집을 나섰다. 주막에서 연암의 집이 있는 종루까지는 그리 멀지 않았다. 잽싸게 돌려주고 돌아오면 어머니가 눈치채지 못할 것이다.

집에 도착하니 연암은 마침 출타 중이었다. 선노미는 인상 좋아 보이는 늙수그레한 하녀에게 제 이름을 대고 담뱃갑을 맡겼다.

"일부러 여기까지 와줘서 고맙네. 안 그래도 마님께서 계속 찾으시던데."

하녀가 몇 번씩이나 고맙다며 뭐라도 먹고 가지 않겠냐고 권했다. 선노미는 사양하고 연암의 집을 나왔다.

길가엔 이미 봄꽃이 흐드러지게 활짝 피어 있었다. 따뜻한 봄 햇살이 선노미 머리칼을 어루만지고, 봄바람이 살랑살랑 옷깃을 스쳤다.

완연한 봄기운에 선노미도 마음이 들떴다. 주막으로 돌아가는 발걸음이 사뿐사뿐 가벼웠다. 저만치 앞에 하얀 목련꽃이 탐스럽게 피어 있는 게 보였다. 모처럼 여기까지 나왔는데 구경 좀 하고 가자 싶어 선노미는 하얀 꽃송이에 다가가 향기를 맡았다.

바스락.

발소리가 들려 돌아보니 누가 옆에 서 있었다. 꽃향기에 푹 빠져 있느라 선노미는 제 곁에 다가오는 것도 눈치채지 못했다. 고개를 돌려보니 한 소녀가 자신을 물끄러미 쳐다보고 있었다.

저도 몰래 아, 소리가 나올 만큼 어여쁜 소녀였다. 나이는 선노미보다 한두 살 더 많은 열여섯, 일곱 정도일까? 반듯한 이마 아래 그린 것처럼 가지런한 눈썹이 다소곳하게 자리 잡고 있었다.

티 없이 뽀얀 피부에 새카만 두 눈은 흑요석처럼 반짝거렸다. 오뚝한 콧날에 도톰한 입술까지 조물주가 온갖 정성을 다해 빚은 것 같은 외모였다.

소녀를 본 순간, 선노미는 심장이 쿵 내려앉는 것 같았다. 그렇게 아리따운 소녀는 이제껏 만난 적이 없었다. 얼마 전 길에서 봤던 기생도 곱긴 했지만, 소녀에겐 선노미의 마음을 끌어당기는 특별한 무언가가 있었다. 모란꽃처럼 화려했던 기생과 달리, 소녀는 목련꽃처럼 소박하고 은은한 매력으로 선노미의 가슴을 뒤흔들었다.

"아…… 안녕."

선노미가 더듬거리며 먼저 말을 걸었다. 소녀는 대답하지 않았다.

선노미는 다른 말이 떠오르지 않는 자신을 한대 쥐어박고 싶었다. 뜬금없이 '안녕'이라니. 게다가 말은 또 왜 더듬은 거야, 바보처럼.

"이 근처에 사니?"

소녀가 고개를 갸우뚱했다. 뭐라 답해야 할지 몰라 난감한 듯했다. 하긴 처음 보는 남자애가 다짜고짜 사는 곳을 물으면 그럴 수도 있을 테지. 선노미는 눈치 없는 자신을 다시 한대 쥐어박고 싶었다.

"난 삼개나루 근처에 살아. 어머니가 거기서 주막을 하셔."

소녀는 여전히 말이 없었다. 선노미는 속이 바짝바짝 타기 시작했다.

"너, 목련 좋아해? 난 좋아해. 아, 그런데 목련 보려고 여기까지 온 건 아니야. 물건을 돌려 드리러 왔어. 주막에 자주 오시는 선비 나리인데……."

어색한 분위기를 바꾸려 하다 보니 입에서 두서없는 말이 쏟아졌다. 이 바보야, 그만해. 쟤는 그런 데 관심도 없잖아! 선노미는 바보 같은 말을 줄줄 늘어놓고 있는 자신을 멈춰보려 했다. 하지만 어찌 된 일인지 말을 멈출 수가 없었다.

"얘야, 얘야!"

등 뒤에서 누가 부르는 소리가 들렸다. 돌아보니 연암 나리 댁에 있던 늙수그레한 하녀였다. 하녀는 달려왔는지 숨을 헐떡이고 있었다.

"아이고, 간신히 따라잡았네."

"무슨 일이세요?"

선노미가 헉헉 숨을 몰아쉬는 하녀에게 물었다. 하녀가 선노미에게 작은 꾸러미를 건넸다.

"대접도 못 하고 보낸 게 마음에 걸려서. 개피떡인데 가져가 먹으렴."

선노미가 꾸러미를 받아들고 감사하다고 하자, 하녀는 별것도 아닌데, 하면서 손사래를 쳤다.

하녀를 배웅하고 나서 선노미가 소녀에게로 고개를 돌렸다.

"잘 됐다. 너도 이거 먹을래?"

소녀는 이미 사라지고 없었다. 왔을 때처럼 갑작스럽게. 소녀가 사라진 자리엔 목련꽃 향기만이 은은하게 감돌고 있었다.

'또 만날 수 있을까…….'

허탈해진 선노미는 한참 동안 목련꽃 아래 우두커니 서 있었다.

'이름이라도 물어볼걸.'

후회스러웠지만, 이미 늦었다. 잠깐 보았을 뿐인데도 소녀는 선노미 가슴속에 강렬하게 각인되었다.

선노미의 짝사랑은 그렇게 느닷없이 시작됐다.

기담회는 여느 때보다 더 고조된 분위기였다. 선노미가 방에 들어갔더니 선비들은 모두 얼굴이 불콰해져 있었다. 이미 술이 꽤 돈 모양이었다.

"아, 여기 주인공이 납셨군."

세현이 선노미를 보더니 혀가 꼬인 음성으로 말을 걸었다.

당황한 선노미가 뭐라 대꾸해야 할지 몰라 난감해하자, 무광이 괜찮다고 눈짓했다.

"신경 쓰지 말거라. 좀 취하셨거든."

"취했다고? 그래 좀 취했지. 오늘 같은 날 안 취하면 쓰나."

석호가 영문을 몰라 하는 선노미에게 설명했다.

"좋은 소식이 있어 다 같이 축하하는 중이다. 연암 선생께서 청나라에 가신다는구나."

"청나라요?"

선노미가 놀라 눈을 둥그렇게 떴다.

"그래, 청나라 황제 칠순 잔치를 축하할 사신으로 뽑히셨다."

선노미는 입을 딱 벌린 채 연암을 쳐다봤다. 연암은 선비들이 추켜세우자 쑥스러워하는 눈치였다. 하지만 불그레한 얼굴에 희색이 감도는 걸 보니 내심 기쁜 모양이었다.

"축하드리옵니다."

선노미가 바닥에 머리를 조아렸다.

"흠흠, 그래. 고맙다."

연암이 겸연쩍어하며 인사를 받았다.

"드디어 가시는군요. 진작 가셨어야 했는데."

"그러게 말입니다. 후배들도 다 다녀오지 않았습니까."

선비들이 번갈아 가며 입을 열었다.

"그때는 때가 아니었나 보지. 이제 때를 만났으니 작심해서 많이 보고, 듣고 올 생각일세."

모두 고개를 주억거렸다.

"그런데 선생께서 가시면 기담회는 어찌 됩니까?"

무광이 문득 생각났다는 듯 말을 꺼냈다. 선비들이 서로 얼굴을 마주 보았다.

"아마…… 계속 하기 어렵지 않을까?"

석호가 말했다.

"원래 선생께서 주관하셨던 자리니."

"우리끼리라도 가능하지 않을까요?"

진석의 말이었다.

"그건 아니지. 선노미가 기담회 버팀목이라면 연암 선생은 주춧돌일세. 주춧돌이 빠지면 되겠는가."

세현이 반론을 펼쳤다.

선노미는 말없이 선비들 사이에 오가는 대화를 듣고만 있었다. 자신이 끼어들 입장은 아니지만, 누가 물어봐 준다면 선노미는 계속하자고 하고 싶었다.

"선노미야."

연암이 부르는 소리에 선노미가 얼굴을 들었다.

"내가 자리를 비우더라도 기담회는 끝나는 게 아니다. 잠시 중단되는 거지. 돌아오면 다시 시작할 테니 그때까지 이야기를 모아두고 있거라."

"알겠습니다."

선노미가 고개를 꾸벅 숙였다.

'결국 이렇게 되는 건가.'

겉으론 내색하지 않으려 했지만, 선노미는 실망감을 감추기 어려웠다. '중단'이라면 언제까지인 걸까. 청나라 가는 길은 험하다고 들었는데 혹시 연암 나리가 사고라도 당하면 어떡하지? 아무 일 없이 무사히 돌아와도 그때는 나리의 마음이 바뀔지도 모른다. 별세계에서 온갖 희한한 걸 다 보고 돌아온 뒤엔 이런 기담회가 시시하게 느껴질 수도 있다. 그러면 지금 이 자리가 마지막 기담회가 될지도 몰랐다.

'이렇게 빨리……'

갑자기 눈물이 나려고 해서 선노미는 애꿎은 방바닥만 노려보았다.

목련꽃을 닮은 소녀와 두 번째로 만난 건 폭우가 쏟아진 날이었다.

하늘에 구멍이 뚫려 땅에 물벼락이 내리기라도 하는지 굵은 장대비가 퍼부었다. 우르릉 쾅쾅, 천둥소리와 함께 쏟아진 굵은 빗줄기가 사정없이 세차게 땅바닥과 지붕 위로 내리꽂혔다.

어머니 심부름으로 근처에 외상값을 받으러 갔던 선노미는 갑자기 쏟아진 비에 어쩔 줄 몰랐다. 주막까지 거리는 그리 멀지 않지만, 쏟아지는 비 때문에 앞도 잘 보이지 않았다. 어딘가에서 비를 피하다 가야겠다고 생각하고 주변을 두리번거릴 때였다.

저만치서 한 소녀가 서 있는 게 보였다. 장대비에 시야가 흐렸어도 선노미는 소녀를 금방 알아볼 수 있었다. 전에 목련꽃 아래서 봤던 소녀였다. 목련꽃처럼 얼굴이 하얗고 말이 없던 소녀.

소녀는 선노미를 향해 손짓하고 있었다. 이리로 오라는 듯이. 망설일 새도 없이 선노미는 그쪽으로 부리나케 뛰어갔다.

소녀가 서 있는 곳은 창고 문 앞이었다. 안에는 아무도 없었다. 창고는 지금은 사용하지 않는지 내부가 황량했다. 나루터엔 배에 싣거나 뗏목을 타고 온 물건을 보관하는 곳이 많으니 이곳 역시 예전엔 그런 용도로 쓰였던 것 같았다. 희미한 먼지 냄새가 공기 중에 떠돌았다.

"여기는 어떻게 알았어?"

나루터 근처에 사는 선노미도 이런 곳이 있는 줄은 몰랐다. 그런데 종루에서 본 소녀가 여길 어떻게 알았을까? 아, 그러고 보니 그때 소녀는 사는 곳을 말하지 않았다. 어쩌면 자기처럼 볼일 때문에 거기까지 간 건지도 몰랐다.

"이 근처에 살아?"

소녀가 보일락 말락 고개를 까닥였다. 줄곧 이렇게 가까운 곳에 있었구나, 싶어 선노미는 묘하게 가슴이 설레었다.

"그때는 왜 아무 말도 안 하고 가버린 거야? 찾았는데."

소녀가 묵묵히 고개를 숙였다.

"아니, 탓하는 건 아니고."

소녀의 얼굴이 시무룩해진 것 같아 선노미가 서둘러 덧붙였다.

소녀가 까만 눈을 들어 물끄러미 선노미를 바라봤다. 선노미는 가슴이 콩닥거렸다. 어쩐지 어디선가 소녀를 본 것 같다는 생각이 들었다. 근처에 산다면 먼발치서 본 적이 있을지도 몰랐다.

"에취!"

갑자기 재채기가 터져나왔다. 선노미는 무안해서 얼굴이 빨개졌다. 비를 맞은 데다 습기 찬 데 있어 그런지 몸이 으슬으슬 떨렸다. 그러고 보니 비에 흠뻑 젖은 옷이 등짝에 찰싹 달라붙고, 얼굴에선 빗물이 뚝뚝 떨어지고 있었다.

소녀는 깜짝 놀란 표정을 짓더니 치맛자락을 들어 올려 선노미 얼굴을 조심스레 닦았다. 계속 창고 안에만 있었는지 소녀는 비를 맞은 흔적이 없었다. 옷도 말끔했다. 소녀의 손길이 얼굴에 닿자, 선노미는 다시 가슴이 두근거렸다.

"이름이 뭐야?"

선노미가 불쑥 물었다. 어째서 그런 말이 튀어나왔는지 저도 알 수 없었다.

소녀가 잠깐 입술을 달싹이더니 이내 입을 다물었다.

"난 선노미야. 선한 사람이 되라고 부모님이 지어주셨어."

소녀는 다시 고개만 까딱할 뿐 묵묵부답이었다.

'혹시……'

선노미가 소녀를 찬찬히 뜯어봤다. 사는 곳을 물었을 때도, 이름을 물었을 때도 소녀는 대답하지 않았다. 말하기 싫어서라고 생각했는데, 어쩌면 말을 할 수 없어서 그런 건 아닐까?

"말을 못 하는구나. 그렇지?"

선노미 말에 소녀가 눈을 크게 떴다. 함께 있은 지 얼마 되지도 않았는데 선노미가 벌써 눈치채는 바람에 놀란 모양이었다.

"들리긴 하는 거지? 내 말에 고개를 끄덕였잖아."

소녀의 까만 눈동자가 흔들렸다. 가만 보니 그 눈동자엔 묘하게도 슬픔이 어려 있는 것 같았다. 장애를 가진 아픔 때문일까.

"……그랬구나."

저도 모르게 소녀의 상처를 건드린 걸 깨닫고 선노미는 시무룩해졌다. 둘 사이 잠시 침묵이 흘렀다. 어떻게 하면 저 아이 마음을 풀어줄 수 있을까, 망설이던 선노미가 일부러 명랑한 목소리로 말을 꺼냈다.

"괜찮아. 말은 내가 하면 되니까. 나는 열다섯 살이야. 너는?"

대답이 돌아올 리 없었다.

"아 참, 그렇구나. 내가 맞춰볼게. 열…… 일곱?"

소녀가 주저하면서 고개를 까닥였다.

"나보다 나이가 많네."

그 말에 소녀가 살포시 웃음을 터뜨렸다. 꽃봉오리가 활짝 필 때처럼 화사한 모습이었다. 소녀가 웃자 선노미도 기분이 풀려 따라 웃었다.

장대 같은 빗줄기가 점점 잦아들고 있었다. '쇄악쇄악' 빗소리가 '후두둑후두둑'으로 바뀌더니 이제는 '뚝…… 뚝' 하고 들렸다.

선노미가 문을 열고 밖을 내다봤다.

"비가 그치나 봐."

이 정도 비면 맞아도 되겠다 싶어 선노미는 밖으로 나갈 채비를 했다.

"집이 어디야? 데려다줄게."

함께 나서려고 고개를 돌렸다. 하지만 소녀의 모습은 보이지 않았다. 선노미가 서 있는 문 말고는 따로 나갈 곳도 없는데, 소녀는 연기처럼 홀연히 사라졌다. 발소리도 내지 않고.

'귀신…… 이었어?'

갑자기 등 뒤에 소름이 쭉 돋았다. 그간 귀신 이야기를 많이 든긴 했지만, 직접 만난 건 이번이 처음이었다. 이제껏 사람이 아닌 존재랑 함께 있었다고 생각하니 선노미는 등골이 서늘했다.

하지만 더 곤란한 건 그래도 소녀를 향한 제 마음이 변함없다는 거였다. 여전히 소녀를 생각하면 선노미는 가슴이 두근거리고, 얼굴이 화끈거렸다.

처음 마음에 품은 여인이 귀신이라는 사실이 믿기지 않았다.

선노미는 머리를 감싼 채 바닥에 털썩 주저앉았다.

땅거미가 내려앉을 즈음 한 남자가 삼개주막을 찾아왔다. 젊은 남자였다. 나이는 서른 정도 돼 보였다. 섬세한 이목구비가 여자처럼 곱상했다. 선노미만큼은 아니어도 뭇 여인들 시선을 꽤 받을 만한 외모였다. 다만 해사한 얼굴과 어울리지 않게 남자의 눈빛은 깜짝 놀랄 정도로 서늘했다.

"혼자 묵을 수 있는 방이 있소?"

남자가 주모 김씨에게 물었다.

"있기야 있는데 비싸요."

기담회가 열리는 위채 건넌방을 말하는 거였다. 독방을 원하는 돈 많은 손님들이 기거하는 그 방은 차 있을 때보다 비어 있을 때가 더 많았다.

"이거면 되겠소?"

남자가 앞섶을 열어 엽전 꾸러미를 꺼냈다. 김씨의 눈이 휘둥그레졌다. 한눈에 봐도 건넌방에 묵는 데 필요한 돈의 열 배는 돼보였다.

김씨가 미심쩍은 시선으로 남자를 찬찬히 훑어봤다. 궁핍해 보이진 않아도 부잣집 도령처럼 보이지도 않는다. 봇짐이 없으니 보부상은 아닌 것 같았다. 옷차림이나 말투로 보건대, 양반은 아닌 게 확실했다. 그러니 과거 보러 가는 선비도 아닐 터였다. 뭐 하는 사람이지?

"이 돈을 다 줄 테니 식사는 방으로 가져다주시오."

다른 사람들과 어울리기 싫다는 뜻인가 보다. 낯을 가리는 사람인가. 김씨는 더더욱 아리송했다. 예전에 질 나쁜 손님이 다른 숙박객 짐

보따리를 훔쳐 가는 바람에 큰 소동이 벌어진 적이 있었다. 혹시 이 사람도 그런 문제를 일으키는 게 아닌가 싶어 김씨는 조금 불안했다.

'바보 같은 소리! 여기 있는 짐 다 털어가도 저 돈만큼 안 될 텐데.'

김씨가 속으로 고개를 내저었다. 도난 사고 같은 것만 일으키지 않는다면, 남자가 뭘 하는 사람인지는 김씨가 알 바 아니었다.

"선노미야, 이분 건넌방으로 안내해드려라."

김씨가 화덕에 청어를 굽고 있던 선노미를 불렀다.

남자가 선노미를 보더니 움찔하는 기색이었다. 생각지도 않았던 곳에서 옥동자를 마주친 게 놀라워서 그랬을 것이다. 주막에 처음 오는 손님들은 종종 그런 반응을 보였다.

"이리로 오세요."

선노미가 앞장섰다. 뒤따라가는 남자는 어쩐지 골똘히 생각에 잠긴 표정이었다.

남자는 꽤 늦은 시간이 돼서야 장국밥을 주문했다. 다른 사람들이 한참 저녁 먹을 땐 뭐하고. 김씨가 속으로 투덜거리며 주문을 받고 돌아서려는데, 남자가 불러 세웠다.

"선노미라 했던가? 방을 안내해준 남자아이한테 상을 들고 오라 하시오."

"무슨 일이시오?"

남자가 잠깐 침묵하더니 어색한 표정으로 말했다.

"계집은 영 귀찮아서."

이건 또 무슨 소리람. 어이가 없어진 김씨가 뭔가 한마디 하려다가, 어쩌면 그럴 수도 있겠다 싶어 입을 다물었다. 저 정도 인물이면 이제껏 여자들이 숱하게 따랐을 것이다. 남자 절반밖에 나이를 안 먹은 복이도 입을 헤벌리고 남자를 바라보고 있었으니까.

"알겠수다."

김씨가 쌀쌀맞게 문을 닫고 부엌으로 사라졌다.

조금 뒤 선노미가 상을 들고 남자의 처소를 찾았다.

잠자코 장국밥을 내려놓고 돌아서는데 남자가 불쑥 말을 걸었다.

"좋아하는 여자애가 있나 보구나."

선노미가 화들짝 놀라 남자를 돌아보았다.

"어, 어, 어떻게……."

저도 모르게 남자의 말을 인정했다는 걸 깨닫자 선노미는 귓불이 빨갛게 달아올랐다. 장국밥을 한술 뜨던 남자가 그걸 보고 후후, 웃었다. 날카로운 남자의 눈빛이 조금은 부드러워진 것 같았다.

"누군가를 좋아하는 얼굴을 하고 있으니까."

그러고 보니 얼마 전에 복이도 비슷한 말을 했다. 오라버니, 왜 그렇게 넋 놓고 있어? 좋아하는 사람이라도 생긴 거야?

그랬나. 내가 그렇게 표시가 났나. 선노미는 창피해서 쥐구멍에라도 들어가고 싶었다.

"어떤 애냐?"

남자가 물었다.

선노미는 말문이 막혔다. 어떤 애냐니. 그 소녀에 대해선 아직 아는 게 아무것도 없는데. 아니, 딱 하나 아는 게 있다. 사람이 아닌 귀신이라는 거. 하지만 그 말을 들으면 남자가 자기를 미친놈처럼 쳐다볼 게 틀림없었다.

"고우냐?"

선노미가 고개를 끄덕였다.

"말을 못 하는 것 같아요."

선노미의 입에서 생각지도 않았던 고백이 툭 튀어나왔다. 처음 보는 남자한테 이런 이야기를 털어놔버린 자신을 선노미는 이해할 수 없었다. 좋아하는 사람이 생기면 남들에게 그 사람 이야기를 하고 싶어진다는 것도 몰랐다. 선노미 경우엔 좋아하는 사람이 아니라, 좋아하는 귀신이지만.

"그러냐?"

남자는 대수롭지 않다는 듯 말했다.

"정말 좋아한다면 문제 될 게 없지 않느냐. 네가 그 아이 입이 돼주면 되니까."

선노미는 마지못해 고개를 끄덕였다. 아저씨, 그렇게 간단한 일이 아니에요. 말 못 하는 것보다 더 큰 문제가 있다고요. 하지만 차마 그 말만은 입 밖에 낼 수 없었다.

"오래전 일이지만."

남자가 별안간 숟가락을 밥상에 탁 내려놓았다.

"나도 한때 너랑 똑같은 눈빛을 한 적이 있다. 널 보니 그때 내 모습이 떠오르는구나."

식욕이 가셨는지 남자는 입도 대지 않은 장국밥을 한쪽으로 물리고선 선노미를 빤히 바라봤다.

"내 얘기를 들어주지 않겠니?"

선노미도 남자를 물끄러미 마주 봤다. 어쩌면 남자는 처음부터 밥 생각 같은 건 없었는지도 모른다. 그저 자신과 이야기를 나눌 핑곗거리가 필요했던 거다. 근거는 없지만, 어쩐지 그런 생각이 들었다. 하지만 왜?

"밤은 긴데 말 상대가 없어서 적적하구나."

남자가 변명하듯 덧붙였다. 그것 역시 핑계라고 생각했지만, 선노미는 잠자코 고개를 끄덕였다. 어차피 지금 시간에 딱히 할 일은 없다. 복작거리는 방 안에서 여동생들과 부대낄 생각을 하니 낯선 사람과 이야기를 나누는 것도 그다지 나쁠 건 없어 보였다. 자신의 짝사랑을 한눈에 간파한 이 남자가 무슨 이야기를 할지 조금 궁금하기도 했다.

선노미가 고개를 끄덕이자, 남자의 입가에 희미한 미소가 떠올랐다.

"한 여인에 얽힌 이야기다."

호흡을 고르고서 남자가 이야기를 시작했다.

남자의 이름은 타내다. 타내는 한양에 있는 어느 지체 높은 양반집 종이었다. 부모님도 그 집 종이었다는데, 타내는 부모님 얼굴도 모른다. 타내가 아장아장 걸을 무렵 돌림병에 걸려 나란히 세상을 떠났기 때문이다.

졸지에 고아가 된 타내를 받아준 건 그 집 대감마님이었다. 타내를 가엾게 여겨서라거나, 마음이 따뜻해서가 아니었다. 양반에게 종은 재산이다. 재산은 많으면 많을수록 좋다. 아직은 쓸모없지만, 조금만 크면 그때부터 평생 마르고 닳도록 부려먹을 수 있으니 아기를 키우는 게 남는 장사라고 생각했다.

그런 대감마님 계획에 따라 타내의 양육을 떠맡은 건 나이 지긋한 여종 화순이었다. 몇 년 전 같이 종살이를 하던 남편을 병으로 떠나보내고 홀몸이 된 여자였다. 화순과 남편 사이엔 자식이 없었다.

제 의지로 타내를 맡은 게 아니었던 화순은 아기가 소중하다기보다는 부담스러웠다. 늘그막에 이게 무슨 짐인가 싶어 한숨이 절로 나왔다. 남들은 '낳은 정보다 키운 정'이라고 하는데, 이상하게도 화순은 타내에게 정이 가지 않았다. 그렇다고 화순이 타내를 학대했냐면 그건 아니었다. 때가 되면 꼬박꼬박 밥을 먹이고, 몸을 씻겼다. 하지만 그게 전부였다. 화순은 타내가 가장 필요로 하는 건 주지 못했다. 그건 애정이었다.

사실상 방치 상태에 있던 타내를 키운 건 타내보다 두 살 위인 분이였다. 분이도 대감집 여종이었다. 소작농이었던 분이 부모님은 역병으로 세상을 떠났다. 그 뒤 어떻게 된 사정인지는 모르지만, 대감마님이 당시 일곱 살이던 분이를 자기 집으로 데려왔다. 노비 욕심이 많았던 대감마님답게 아이를 키워서 오래 부려먹자는 심산이었을 것이다. 게다가 일곱 살이면 설거지나 잔심부름 같은 잡일은 충분히 할 수 있는 나이였다.

그런 사정으로 분이와 타내는 한 집에서 자랐다. 타내가 기억하는 한, 제 곁엔 늘 분이가 있었다. 열이 나 드러누웠을 때 머리를 짚어준 것도 분이고, 무슨 일인가로 화순에게 혼쭐이 나 훌쩍이고 있을 때 몰래 누룽지를 건네준 것도 분이였다. 타내에게 분이는 어린 엄마였고, 누나였고, 단 하나뿐인 친구였다. 분이가 없는 세상은 생각할 수도 없었다.

분이도 타내를 친동생처럼 예뻐했다. 어린 나이에 역병으로 부모님을 잃고 남의 집 종살이로 들어온 분이는 자신과 비슷한 처지인 타내가 못내 안쓰럽고 눈에 밟혔다. 아침부터 밤까지 작은 손발을 쉴 새 없이 움직여 일하면서도 종종 나이 많은 하인들에게 꾸지람을 들어야 했던 분이에게 타내는 유일한 안식처고, 마음의 위안이었다.

세월이 흘러 어느새 두 아이도 아이 티를 벗었다. 코흘리개 꼬마였던 타내는 자신이 뒤를 졸졸 따라다니던 분이보다 키가 훌쩍 자랐다. 가슴팍이 탄탄해지고, 코밑도 수염이 나려는지 거무스름해졌다.

몰라보게 변한 건 분이도 마찬가지였다. 아니, 분이의 변화야말로 놀라웠다. 원래도 예쁘장했지만, 그 무렵엔 사람들이 깜짝 놀랄 정도로 고운 미소녀로 성장했다. 가족처럼 함께 자란 타내도 한 번씩 넋을 놓고 멀거니 분이를 바라볼 정도였다.

언젠가부터 타내는 분이에 대한 제 감정이 달라진 걸 느꼈다. 여전히 분이는 자신에게 둘도 없이 소중한 존재였지만, 분이를 향한 타내의 마음속엔 예전에 없던 무언가가 조금씩 싹트고 있었다. 그게 이성에 대한 연모라는 걸 깨달은 타내는 깜짝 놀랐다. 하지만 그걸 알아차렸을 무렵엔 이미 타내의 마음은 걷잡을 수 없는 상태였다.

"누나 머리는 내가 올려줄게."

어느 날 분이와 나란히 달구경을 하던 타내가 어렵사리 말을 꺼냈다. 어린 시절 '크면 누나한테 장가들 거야'라는 말을 입버릇처럼 하고 다녔지만, 철든 이후 제 속마음을 에둘러 표현한 건 그때가 처음이었다.

"쬐끄만 게 못하는 말이 없어."

분이는 타내가 장가 운운할 때마다 늘 하던 말을 했다. 말은 그렇게 했지만, '쬐끄만 타내'가 어느새 제 키보다 훌쩍 자랐다는 걸 분이도 잘 알고 있었다. 타내를 곱게 흘겨보는 분이의 두 뺨은 쑥스러움 탓인지 발갛게 달아올라 있었다.

"그 일만 없었더라면 우리는 정말 신랑 각시가 됐을지도 몰라."

타내의 말에 선노미는 제정신이 번쩍 들었다. 두 남녀가 알콩달콩하는 이야기를 아까부터 넋놓고 듣고 있었는데, 타내가 거기에 찬물을 확 끼얹은 것 같았다.

"무슨 일이 있었나요?"

선노미가 안타까워하며 물었다. 훤칠한 타내와 곱디고운 분이. 그야말로 그림 같은 한 쌍이 됐을 게 틀림없는데.

혹시나 주인이 결혼을 허락하지 않은 걸까. 종이 결혼하려면 주인의 허락을 받아야 한다. 종은 어디까지나 주인의 소유물이니까. 행여나 다른 집 종과 눈이 맞아 살림을 차리면 주인들 사이 소유권 문제가 발생한다. 그래서 주인의 반대에 부딪혀 결혼을 포기해야 하는 종들도 많았다.

하지만 선노미 눈에 타내의 경우는 별로 문제 될 게 없어 보였다. 타내와 분이는 둘 다 대감마님네 종이니까. 둘 사이 태어난 아기도 저절로 마님의 종이 된다. 노비 수 늘리기를 좋아하는 마님으로선 오히려 기뻐할 일이다.

타내는 얼굴을 찡그린 채 좀처럼 대답하지 못했다. 꽤 오래전 일인데도 여전히 떠올리는 걸 힘들어하는 것 같았다. 마침내 타내가 입을 열었다.

"분이 누나 미모 때문이야. 미모가 불행의 근원이었지."

어느 날 밤, 측간에 다녀오는 분이의 입을 누군가 뒤에서 틀어막았다. 놀란 분이가 버둥거리다 '도둑이야!' 소리 지르려는데, 입을 틀어막은 사람이 낮은 목소리로 속삭였다.

"쉿! 조용히 해."

어쩐지 귀에 익은 목소리에 눈을 돌려 보니 대감마님이었다.

"마, 마, 마님."

분이가 화들짝 놀라 더듬거렸다.

대감마님은 다시 쉿, 하더니 자신을 따라오라고 손짓했다. 어안이
벙벙해진 분이는 영문도 모르고 마님이 시키는 대로 했다.

도착한 곳은 대감마님의 처소였다. 그곳에서 마님은 분이를 범했
다. 눈 깜짝할 사이 벌어진 일이었다. 놀랍고 두려워서 분이는 내내
몸을 떨었다.

"앞으로 달거리가 아닌 한, 사흘에 한 번씩 자시(子時: 자정 무렵)
에 내 처소로 오거라."

일을 마친 마님은 바닥에 흩어진 옷을 주섬주섬 몸에 꿰면서 그렇
게 일렀다. 멍하니 넋을 놓고 있던 분이의 얼굴에서 핏기가 싹 가셨다.

"마님, 안 됩니다!"

"안 되기는 무엇이 안 된단 말이냐?"

"제발 그것만은 봐주십시오."

"감히 내 수청을 들기 싫다는 말이더냐?"

"그, 그것이 아니오라……."

분이는 바닥에 납작 머리를 조아리고 어쩔 줄 몰라 뻘뻘 진땀을 흘
렸다. 그 모습을 내려다보던 마님은 분이가 사랑스럽다는 듯 은근슬
쩍 목소리를 깔았다.

"다시 봐도 참으로 미색이구나. 부엌 일만 하기엔 아까운 얼굴이야. 그러니 내가 너를 거두겠다는 거다. 이것도 다 주인을 모시는 일이니 더는 입을 열지 말거라."

"하지만 마님……."

분이가 고개를 들었다. 창백한 두 뺨엔 두 줄기 눈물이 줄줄 흐르고 있었다.

"하지만은 무슨 하지만! 주인 말을 거역하겠다는 거냐!"

마님이 버럭 언성을 높였다.

"복종 안 하는 노비 따위는 필요 없다. 사흘 뒤 여기 오지 않으면 입던 옷도 벗겨서 내쫓을 것이야. 그러면 너처럼 미천한 건 매춘 말고는 먹고 살 길이 없을 게다."

말을 마친 마님이 언짢은 표정으로 분이를 내쳤다.

분이는 흐느끼면서 자리에서 물러났다. 눈물이 쉴 새 없이 흘렀다. 억울하고 분했지만, 분이가 할 수 있는 일은 우는 것밖에 없었다.

사흘 뒤 분이는 대감마님 처소를 찾았다. 사흘 뒤에도, 또 사흘 뒤에도. 이가 갈릴 만큼 혐오스러웠지만, 쫓겨나지 않으려면 그 방법밖에 없었다.

치가 떨리게 싫은 것도 싫은 거지만, 분이는 비밀이 발각될까 봐 두려웠다. 대감마님의 본처인 안방마님은 투기가 심한 걸로 악명 높았다. 그 등쌀에 첩들도 배겨내지 못하고 제 발로 걸어 나갔다.

그러자 대감마님은 이번엔 얼굴이 반반한 종들을 건드리기 시작했다. 안방마님은 남편이 희롱한 종들을 철저하게 응징했다. 그래도 같은 지아비를 모시는 첩과 달리, 소유물인 노비는 마님에게 개돼지나 별 다를 바 없었다. 안방마님은 감히 자신의 권위에 도전한 개돼지는 가만두지 않을 작정이었다. 몇 년 전, 집에서 일하던 여종의 손목을 잘라낸 것도, 대감마님의 눈에 들어 예쁨을 받았다는 이유에서였다.

당시의 일을 떠올리자, 분이는 온몸에 소름이 돋았다. 대감마님 처소를 드나든 게 발각되면 자신도 무슨 꼴을 당할지 몰랐다. 혹시나 누가 고해바칠 수도 있으니 아무에게도 말해선 안 된다고 생각했다. 심지어 타내에게도.

분이가 타내에게 비밀을 터놓지 못한 건 남들과는 좀 다른 이유에서였다. 성격이 불같은 타내는 대감마님이 자신을 범했다는 걸 알면 화가 나 길길이 날뛸 것이다. 대감마님에게 덤벼들어 상처를 입히러 들지도 몰랐다. 그러면 주인을 해친 노비는 사형에 처한다는 법률에 따라, 참수형을 당할 것이다. 그런 일이 일어나게 내버려둘 수는 없었다.

사실을 알게 된 타내가 자신을 어떻게 여길지도 걱정스러웠다. 타내가 경멸하며 자신을 바라볼 거라고 상상하자, 분이는 온몸에 소름이 돋았다. 세상 그 어떤 것보다 타내의 싸늘한 시선이 분이는 두려웠다.

입을 꾹 다물고 있는 동안 몇 달이 쏜살같이 흘렀다. 그사이 분이의 뱃속엔 아기가 들어섰다.

분이는 경악했고 경악한 이상으로 두려웠다. 안방마님이 알면 이

제 자신은 죽은 목숨이었다. 그렇다고 대감마님께 알리고 싶지도 않았다. 대감마님의 씨 같은 건 그대로 뱃속에서 지워버리고 싶었다. 어디선가 높은 데서 뛰어내리면 아기가 떨어진다는 말을 듣고 그렇게 해보려 마음먹은 적도 있었다. 하지만 막상 뛰어내리려고 하면 배 속에서 꿈틀거리는 아기가 느껴져 마음이 약해졌다.

이러지도 못하고 저러지도 못하는 사이 배가 불러오기 시작했다. 제일 먼저 눈치챈 건 타내였다. 입덧으로 남몰래 토하고 있는 걸 발견한 타내는 분이의 해쓱한 표정과 살이 오른 얼굴을 번갈아 보더니 '혹시……' 하고 말끝을 흐렸다. 분이는 더는 참지 못하고 엉엉 울음을 터뜨리며 사실을 털어놓았다.

"이런 짐승 같은 놈! 제 나이가 몇인데 누나를……."

예상대로 타내는 펄펄 뛰었다. 억누르는 화를 참지 못하고 주먹으로 담벼락을 퍽퍽 치더니 그대로 대감마님 처소로 달려가려 했다. 분이가 타내 바짓자락을 붙잡고 늘어졌다.

"안 돼! 가지 마!"

"놔! 내가 그놈 죽여버릴 거야!"

"주인을 해친 종은 사형이라는 거 몰라?"

"그깟 거 하나도 겁 안 나. 그놈을 작살내지 않으면 화가 안 풀릴 거야."

타내가 분이를 뿌리치고 씩씩거리며 대감마님 처소로 걸어갔다.

"넌 내 생각은 조금도 안 하니?"

분이가 타내 등 뒤에 대고 소리쳤다.

"네가 죽으면 난 어떻게 살라고!"

그 말에 타내가 걸음을 멈췄다.

"나, 널 좋아한단 말이야."

타내는 선 자리에 그대로 얼어붙은 것 같았다. 한참을 그러고 있더니 분이를 향해 고개를 돌렸다.

"날…… 좋아한다고?"

혼란스러운 타내 얼굴은 슬픔과 기대감이 한데 뒤섞여 있었다. 분이가 바닥에 허물어지듯 주저앉았다.

"네 각시가 되고 싶었단 말이야."

말을 마치기 무섭게 흐느끼던 분이가 끝내 제 치마폭에 얼굴을 묻고 울기 시작했다. 흐느낌은 차츰 오열이 됐다. 눈물을 쏟는 분이의 가녀린 어깨가 바들바들 떨렸다.

타내가 조용히 다가와 분이 어깨에 손을 얹었다. 말없이 등을 문지르다 품에 꼭 끌어안았다. 타내 품에 안긴 분이의 흐느낌이 조금씩 잦아들었다.

"안방마님이 아시면 어떻게 할 거야?"

"모르겠어."

분이가 솔직하게 대답했다.

꼭 끌어안은 둘 사이로 한동안 침묵이 흘렀다. 마침내 타내가 입을 열었다.

"내 아이로 해."

"뭐라고?"

분이가 화들짝 놀라 타내 품에서 떨어져 나왔다.

"그러면 안방마님도 뭐라고 못 하실 거 아냐. 아기 낳으면 같이 키우면 되고."

"너, 너……."

놀라고 기가 막혀 분이는 말을 잇지 못했다.

"누나 머리는 내가 올려준다고 했잖아."

타내가 쑥스러운지 분이 시선을 피하며 말했다.

"아무리 짐승 같은 대감마님도 그러면 더는 누나를 안 건드릴 거야. 오히려 제 노비 손 탔다고 꺼릴 수도 있고."

분이가 멍한 얼굴로 타내를 바라봤다. 처음엔 그냥 하는 말인가 싶었지만, 타내는 진지했다.

"그래도 괜찮아?"

"뭐가?"

"대감마님 아이 낳은 여자랑 살면서 그 아이를 네 아이로 키워도 괜찮냐고."

타내가 일부러 웃었다.

"그래도 누나는 누나야. 누나가 낳은 아이도 내 아이나 마찬가지고."

분이 눈에 다시 눈물이 글썽였다. 지금 분이가 흘리는 눈물은 아까 흘린 눈물과 달랐다. 옷소매로 눈물을 닦으면서 분이는 타내에게 '고

마워' 하고 속삭였다.

하지만 일은 그들이 원하는 방향대로 흘러가지 않았다. 분이가 대감마님의 아기를 가진 걸 안방마님이 눈치챘기 때문이다.

남편의 바람기에 골치를 앓던 안방마님은 자기 몸종을 시켜 늘 대감마님의 동태를 감시하도록 했다. 몸종은 그 임무를 소홀히 하지 않았다. 충직함 때문인지 안방마님이 무서워서였는지 몰라도 몸종은 분이가 대감마님 처소를 드나들었다는 사실을 날짜까지 일일이 세서 보고했다. 명명백백한 증거 앞에 분이는 발뺌할 수 없었다.

화가 머리끝까지 치솟은 안방마님은 분이 치마를 벗기고 종아리를 때리려 했다. 그런데 속옷 차림이 된 분이는 배까지 불룩했다. 대감마님의 아이가 분명했다.

안방마님은 분노와 질투심으로 이성을 잃어버렸다. 여종을 시켜 부엌에서 끓는 물을 가져오라 일렀다. 분이의 얼굴에 끓는 물을 끼얹어 남편의 눈을 멀게 한 미모를 망가뜨릴 생각이었다.

"마님, 용서해주세요. 마님!"

안방마님이 끓는 물이 담긴 대야를 들고 다가오자, 분이는 와들와들 떨었다. 꿇어앉아 두 손을 비비며 머리를 조아렸다.

"그러게 애초부터 용서를 빌 짓을 왜 했더란 말이냐!"

"다시는 안 그럴게요. 마님, 제발요……."

안방마님은 들은 척도 하지 않았다.

"부디 배 속에 있는 대감마님 아기를 봐서라도……."

그 말에 안방마님은 한 가닥 남아 있던 이성의 끈마저 툭 끊어진 것 같았다. 망설임 없이 분이를 향해 끓는 물을 확 끼얹었다.

"아아악!"

분이가 저도 몰래 눈을 질끈 감으며 비명을 지른 것과 누군가 자신을 감싸 안은 건 거의 동시였다. 분이의 오른쪽 어깻죽지와 팔뚝 윗부분이 불에 타는 것처럼 화끈거렸다. 머리 위에서 남자의 나지막한 신음소리가 들렸다. 분이가 벌벌 떨며 감았던 눈을 떴다.

타내였다. 타내가 달려와 제 몸으로 꿇어앉은 분이를 감싼 것이다. 등 뒤에 끓는 물을 뒤집어쓴 타내는 고통이 심한지 바닥에 엎어져 끅끅거리고 있었다.

"타내야, 타내야! 괜찮아?"

분이가 제 손으로 타내의 얼굴을 감쌌다. 놀라서 팔뚝에 입은 화상의 아픔도 느끼지 못했다.

"타내야! 왜 그랬어! 왜 그랬어!"

눈물이 흘러내려 분이는 타내 얼굴을 제대로 쳐다볼 수가 없었다.

"누나, 난…… 괜찮아."

분이 얼굴을 확인한 타내는 간신히 입을 움직였다. 그러더니 그대로 정신을 잃고 바닥에 털썩 쓰러졌다.

"타내야! 정신 차려! 타내야!"

안방마님 눈치를 보며 우두커니 서 있던 종들이 하나둘 달려와 타내를 업고 하인들 처소로 데려갔다. 급한 대로 그곳에 타내를 눕히고 돌보려는 모양이었다.

예상치 않은 상황에 잠깐 얼이 빠져 있던 안방마님은 그제야 다시 정신이 들었는지 누구에게랄 것 없이 악을 쓰기 시작했다.

"보자 보자 하니 이것들이 정말 뭐 하는 거야! 안 되겠다. 다들 저리 비켜라. 내 이년을 요절을 내고야 말 테다."

안방마님이 분이 머리채를 쥐고 부엌으로 향했다. 분이는 화덕에 얼굴이 처박힐지 칼로 손목이 잘릴지 몰라 사시나무 떨듯 떨면서 머리채를 잡힌 채 안방마님에게 질질 끌려갔다.

그때 어디선가 노기등등한 목소리가 들렸다.

"이게 대체 뭐 하는 짓이오!"

대감마님이었다.

"종이라곤 하나 지아비 아이를 가진 여자를 이렇게 함부로 대하다니 해도 너무하는구려."

대감마님이 안방마님에게서 분이를 떼놓았다. 얼굴에 핏기가 싹 가신 분이는 금방에라도 쓰러질 것처럼 보였다.

"괜찮으냐?"

대감마님의 물음에 분이가 고개를 끄덕였다. 치가 떨리게 혐오스러운 대감마님이었지만, 그때만큼은 자신을 구제하러 온 부처님처럼 보였다.

"아녀자들 일이니 관여하실 게 못 됩니다!"

안방마님이 뾰족한 목소리로 말했다.

"아녀자들 일이니 이제까지 아무 말도 안 한 거요. 하지만 이건 도가 지나치지 않소."

대감마님이 버럭 소리를 질렀다.

안방마님이 움찔했다. 남편이 자신에게 그렇게 강경하게 나온 건 그때가 처음이었다. 평소엔 켕기는 게 있어서인지 자신 말에 꼼짝도 못 했는데.

"자기 씨라고 역성드시는 모양인데, 그래 봤자 종 자식이 종밖에 더 됩니까."

안방마님이 빈정거렸다. 대감마님이 전에 없이 차가운 눈초리로 아내를 쏘아보았다.

"내 자식이기도 하오."

그 말에 안방마님은 말문이 막힌 것 같았다. 더는 토를 달지 않고 입을 다물었다.

"앞으로 이 아이 손끝 하나라도 다치게 하면 나도 가만히 있지 않겠소. 투기는 칠거지악 가운데서도 으뜸이니 부인을 친정으로 돌려보낼 거요."

안방마님이 얼굴을 일그러뜨리며 이를 악물었다.

긴장이 풀린 분이가 바닥에 스르르 주저앉았다. 자신이 죽다 살아났음을 분이는 잘 알고 있었다. 자신을 위험에서 구해준 건 얄궂게도 자신을 위험 속으로 밀어 넣은 사람이었다.

타내는 며칠을 끙끙 앓았다. 분이는 밤을 새가며 타내를 돌봤다. 대신 끓는 물을 뒤집어 쓴 타내의 등은 무참하게 일그러져 있었다. 멀쩡한 곳 없는 타내의 등을 볼 때마다 분이는 뒤돌아서 옷고름으로 눈물을 훔쳤다.

"누나도 끓는 물에 데었구나."

어느 정도 회복됐을 무렵, 타내가 분이 팔뚝에 난 화상 자국을 보며 중얼거렸다.

"너한테 비하면 아무것도 아니지."

"그래도 난 남자잖아."

호기롭게 말하려던 타내가 등 뒤 상처가 쓰라린지 얼굴을 찡그렸다.

"앞으로 두번 다시 그런 짓 하지 마. 알았지?"

"아니, 또 할 거야. 누나를 지킬 수 있다면."

"바보."

분이가 눈물을 글썽였다. 눈물이 타내 얼굴 위로 툭 떨어졌다. 타내가 가만히 분이 얼굴을 감싸고, 두 사람의 입술이 하나로 포개졌다.

그 뒤로 몇 달은 평화롭게 지나갔다. 대감마님의 으름장이 무서웠는지 안방마님은 더는 분이를 건드리지 않았다. 덕분에 분이 배 속에 있는 아기도 무럭무럭 자랐다. 타내도 완전히 회복됐다. 비록 등에 입은 상처는 평생 지워지지 않겠지만.

분이의 오른쪽 어깻죽지와 팔뚝에도 화상 자국이 남았다. 그래도 상관없었다. 상처를 볼 때마다 분이는 자신과 타내가 보이지 않는 끈으로 끈끈하게 이어진 것 같았다.

하지만 평화는 오래가지 않았다. 분이가 산달에 접어들었을 무렵 대감마님이 쓰러진 것이다. 대감마님 나이를 생각하면 갑작스러운 일은 아니었다. 의원들은 고개를 절레절레 흔들었다. 얼마 못 가 돌아가실 테니 마음의 준비를 단단히 해야 한다고 했다.

대감마님 병세가 나빠질수록 분이는 안절부절못했다. 이제껏 자신이 무탈했던 건 전부 대감마님이 계셨던 덕분이다. 그런데 대감마님이 돌아가시면 분이든 아기든 무사하기 어려울 것이다. 이 일을 어떻게 해야 하나.

분이는 걱정 속에서 몸을 풀었다. 산모가 젊은 덕분에 수월하게 아기를 낳은 게 불행 중 다행이었다. 분이도, 아기도 모두 건강했다.

"누나를 쏙 뺐네."

아기를 본 타내가 감탄했다.

"무슨 사내애가 이렇게 예뻐."

누워 있던 분이가 희미하게 웃었다.

"제 아비 닮았으면 어쩔 뻔했어."

대감마님 이야기가 나오자, 분이 얼굴이 흐려졌다.

"대감마님은 어떠셔?"

"어떻긴. 그대로지. 앞으로 얼마 못 갈 것 같아."

"……그래."

분이가 말끝을 흐렸다. 타내가 분이의 걱정을 눈치 챈 것 같았다.

"걱정 마. 내가 옆에 있잖아. 무슨 일이 생겨도 꼭 누나를 지켜줄
거야."

타내 말에 분이는 쓸쓸하게 웃었다.

"약속하는 거지?"

"응, 약속."

둘은 마주 보며 웃었다. 그게 둘이 함께 보낸 마지막 시간이었다.

타내는 결국 분이를 지킬 수 없었다. 분이가 아기를 데리고 도망갔
기 때문이다.

대감마님이 숨을 거두기 전에, 자기 모자가 위험에 빠지기 전에 미
리 몸을 피한 것 같았다.

분이의 도주 사실을 알고 타내는 망연자실했다. 대체 왜 나한테 말
한마디 안 했을까. 그러면 함께 떠날 수 있었을 텐데. 분이가 자신에
게 피해를 주기 싫었기 때문이라 추측할 뿐이었다. 도망친 노비는 잡
히면 죽음을 면하기 어려우니까. 자신이야 이랬든 저랬든 죽을 목숨
이지만, 괜히 타내까지 엮이게 하고 싶지 않았을 것이다.

타내는 남몰래 눈물을 훔쳤다. 살이 타들어 가는 고통에도 눈물 한
방울 흘리지 않았었다. 하지만 제 세상에서 이제 분이가 사라졌다고
생각하니 저절로 눈물이 쏟아졌다.

하염없이 울면서 생각했다. 누나, 어딜 가서든 아기랑 행복하게 살

아. 그러면 언젠가 내가 꼭 만나러 갈게. 그때까지 울지 말고…….

머리 위엔 언젠가 분이와 함께 봤던 둥근 달이 떠 있었다. 달 속에서 분이가 자신을 향해 활짝 웃어준 것 같았다.

며칠 뒤 타내는 분이를 만났다. 새벽녘에 자다 얼핏 눈을 떠보니 분이가 제 머리맡에 앉아 자는 얼굴을 내려다보고 있었다.

"누나?"

타내가 벌떡 몸을 일으켰다.

"돌아온 거야? 왜 돌아왔어?"

분이가 입가에 손가락을 갖다 대며 쉿, 하고 말했다.

"너한테 인사하러 왔지."

"인사?"

"타내야, 고마워. 너 아니었으면 난 여기서 못 견뎠을지도 몰라."

"누나……."

타내는 목이 메었다. 할 말이 많았지만, 입을 열면 어쩐지 앞에 있는 분이가 그대로 사라질 것 같아 두려웠다.

"약속해줘."

분이가 말했다.

"뭘?"

"꼭 행복해져야 하는 거다? 알았지?"

타내의 두 손 위에 분이가 제 손을 포갰다.

"영영 안 볼 사람처럼 왜 이래, 누나."

타내 말에 분이는 쓸쓸하게 웃었다.

"알았지? 약속하는 거다?"

말을 마친 분이가 점차 희미해지기 시작했다. 서서히 사그라들어서 옅어지는 연기처럼.

"누나, 어디 가? 누나!"

타내가 소리쳤다. 분이의 몸이 완전히 공기 속으로 사라졌을 때, 타내는 번쩍 눈을 떴다.

꿈이었다. 기분 나쁠 정도로 생생한 꿈. 타내의 이마에서 식은땀이 흘렀다.

문득 머리맡을 보니 자기 전에는 보지 못했던 무언가가 놓여 있었다. 타내 눈에 익은 물건이었다. 분이의 빨간 댕기다. 어린 시절 타내는 이따금 분이 댕기를 잡아당기며 장난쳤다.

'누나 머리는 내가 올려줄게.'

그렇게 말할 때도 타내는 쑥스러움을 감추려고 분이의 댕기를 살짝 잡아당겼다. 어린 시절로 돌아가 장난칠 때처럼.

'누나가 정말 여기 왔던 걸까?'

타내는 분이의 빨간 댕기를 가만히 어루만졌다.

며칠 뒤 타내는 분이가 죽었다는 것을 알았다.

이른 아침부터 대감마님 집으로 사람들이 찾아왔다. 관아에서 나온 사람들은 강가에 몸을 던져 자살한 여인이 도망친 이 집 종인 것 같으니 확인이 필요하다고 했다.

타내가 시신을 확인했다. 여인은 물에 퉁퉁 불어 얼굴이 많이 훼손됐지만, 여전히 고왔던 흔적이 남아 있었다. 타내가 떨리는 손으로 여인의 옷자락을 젖혔다. 오른팔 어깻죽지와 팔뚝에 화상 흔적이 남아 있었다. 틀림없는 분이였다.

"아기는요?"

"발견 못 했어. 물에 떠내려갔거나 고기밥이 됐거나 했겠지."

타내가 땅바닥에 털썩 주저앉았다.

너한테 인사하러 왔지.

꿈속에서 분이가 했던 말이 귓가에 맴돌았다.

'누나, 정말 인사하러 왔었구나. 마지막이라고, 이제 영영 못 본다고.'

타내의 눈에서 다시 뜨거운 눈물이 쏟아졌다.

타내가 말을 마쳤을 때 선노미는 저도 모르게 훌쩍거리고 있었다. 그러다 빤히 자신을 쳐다보는 타내의 시선을 느끼고 겸연쩍어서 서둘러 소매로 눈물을 닦아냈다.

"슬픈 얘기네요."

타내는 아무런 말이 없었다.

"아기 소식은 지금도 전혀 모르세요?"

"아마도 죽었겠지. 체구가 작으니 시신만 발견 안 됐을 뿐."

타내가 쓸쓸하게 말했다. 선노미도 마음이 무거워져 입을 다물고 있었다.

별안간 타내가 짐짓 지어낸 듯 명랑한 음성으로 말했다.

"하지만 가끔 그런 상상을 해본단다. 아기가 어딘가에서 잘 자라고 있을 거라고. 언젠가 그 아이를 만나서 제 엄마 이야기를 들려줄 거라고."

"꼭 그렇게 되면 좋겠어요."

선노미가 힘주어 말했다. 소원을 들어주는 신이 있다면, 자신도 타내의 소원을 이뤄달라고 빌고 싶었다.

며칠 뒤, 포졸 몇 명이 주막을 찾아왔다.

"여기 주모 없나?"

부엌에서 일하던 김씨가 달려나왔다.

"무슨 일이세요?"

포졸 한 명이 김씨에게 초상화를 내밀었다.

"이렇게 생긴 사람 본 적 없소?"

곁에 있던 선노미도 김씨와 함께 초상화를 들여다보았다. 섬세한 이목구비에 해사한 인상. 날카로운 눈빛. 분명히 타내였다.

"이 사람이 무슨 잘못을 저질렀는데요?"

김씨는 아직 기억이 날 듯 말 듯한 얼굴이었다.

"살주계(殺主契) 일원인데 아주 악질이라오. 이 근처에 나타났다는 정보가 있어서."

"살주계요?"

김씨가 목소리를 높였다. 살주계는 불만을 품은 노비들이 만든 비밀 결사대다. 원래는 주인을 죽이려고 만든 조직이었지만, 시간이 지날수록 공격 대상이 양반 전체로 확대됐다. 당연히 양반들은 살주계 이야기만 들어도 벌벌 떨었다.

"아, 그러고 보니……."

마침내 생각났다는 듯 입을 열려는 김씨를 선노미가 한발 앞서 가로막았다.

"이런 사람은 본 적 없어요."

김씨가 의아하다는 표정으로 바라봤지만, 선노미는 그런 김씨를 무시하고 애써 태연한 표정을 지었다.

초상화를 건넨 포졸은 미심쩍은 얼굴이었다.

"등 전체에 커다란 화상 자국도 있단다. 정말 본 적 없니?"

"없어요."

선노미가 고개를 흔들었다.

"그래, 알았다."

포졸들은 순순히 주막을 떠났다.

김씨는 선노미에게 뭐라고 한마디 하려다가, 분위기가 심상치 않다고 느꼈는지 조용히 부엌으로 돌아갔다. 이미 지나간 일인 데다, 어차피 타내는 이미 주막을 떠났으니 별 문제 될 게 없다고 생각했다.

'그랬었구나.'

혼자 남은 선노미가 속으로 중얼거렸다. 타내가 그동안 어떻게 지냈을지 어렴풋이 짐작이 갔다. 타내의 선택이 결코 옳다고 할 순 없지만, 선노미는 타내의 심정을 이해할 수 있었다. 주인을 향한, 양반을 향한 뿌리 깊은 증오를.

'부디 아기를 만날 때까지는 잡히지 마요.'

선노미는 지금쯤 어딘가에 숨어 있을 타내에게 조용히 속삭였다.

어둠이 내려앉아 사방이 칠흑처럼 캄캄했다. 인적이 뚝 끊어진 숲속은 이따금 나뭇잎 바스락거리는 소리와 작은 동물 소리만 들릴 뿐 조용했다. 그제야 타내는 안도의 한숨을 내쉬며 동굴 밖으로 걸어 나왔다.

앞으로 며칠만 더 고생하면 동지들이 모인 산채에 도착할 수 있다. 그때까지는 어떻게든 사람들 눈에 띄지 않아야 했다.

노란 달빛은 타내가 숨어 있는 동굴 앞에도 포근하게 내려앉았다. 둥그런 보름달이다. 물끄러미 달을 들여다보던 타내가 가슴 속에서 빨간 댕기를 꺼냈다.

'누나, 어쩌면 누나 아기를 만났을지도 몰라.'

타내가 댕기를 어루만지며 중얼거렸다.

주막에서 처음 선노미를 봤을 때 타내는 숨이 멎는 것 같았다. 아이는 분이와 꼭 닮았다. 아이에게 여자 옷을 입히면 분이가 되지 않을까 싶을 정도였다. 문득 분이가 몸을 던진 게 그곳 삼개나루였다는 게 생각났다.

만약 분이가 아기와 함께 강에 뛰어들지 않았다면? 우연히 아기를 발견한 주막 주인이 아기를 대신 키웠다면? 생각하면 생각할수록 타내는 제 추측이 사실이라는 확신이 들었다.

적당한 핑계를 대 선노미를 자기 방으로 불러들였다. 가까이서 본 선노미는 15년 전 열다섯 살 자신과 똑같은 눈빛을 하고 있었다. 사랑에 빠진 눈빛. 그래서 이야기를 하지 않을 수 없었다. 자신의 이야기를, 분이의 이야기를.

하지만 타내는 선노미에게 모든 걸 다 털어놓지는 않았다.

분이의 죽음을 확인한 후, 타내는 깊은 절망에 빠졌다. 살점이 불에 덴 고통은 시간이 지나면서 가라앉았지만, 마음을 불로 지진 고통은 시간이 지나도 사라지지 않을 것 같았다.

고통을 잊기 위해 타내는 대감마님 내외를 향한 증오를 키웠다. 분이를 죽인 건 그들이다. 분이를 겁탈해 아기를 배게 한 대감마님과 그 책임을 물어 분이를 괴롭혔던 안방마님. 그들만 아니었으면 분이는 지금도 살아있을 거다.

대감마님 내외를 미워하는 동안엔 신기하게도 타내가 끌어안은 마음의 고통이 다소나마 누그러졌다. 증오는 슬픔을 가라앉히는 최고의 마약이었다.

타내는 그렇게 증오를 먹고 하루하루를 버텼다. 그동안 타내의 눈빛도 조금씩 험악해졌다. 화순도 그걸 눈치챈 것 같았다.

"행여 엉뚱한 생각하지 마라. 네 부모 꼴 날라."

어느 날 화순이 타내에게 지나가는 말처럼 말했다.

"제 부모님요?"

타내가 의아해서 물었다.

"그래, 도망가려다 붙잡혀 죽었잖니. 요새 널 보니 눈빛이 심상치 않은데 괜한 짓 할 생각 마. 우리 같은 사람들은 그저 죽었다 생각하고 납작 엎드려 사는 게 최고다."

"부모님은 역병에 걸려 죽은 게 아니었어요?"

화순은 그제야 아차 싶은 표정이었다. 어물쩍 말을 돌리며 넘어가려 했지만 타내는 그렇게 놔둘 생각이 없었다. 화순을 붙잡고 물고 늘어졌다.

결국엔 화순이 떠듬떠듬 사실을 털어놓았다. 타내의 부모 상순과 언년은 대감마님 몰래 아기를 데리고 야반도주할 계획을 꾸몄다. 어린 아들에게 종살이를 대물림하고 싶지 않아서였다. 그러나 중간에 계획이 발각되는 바람에 대감마님의 명에 따라 맞아 죽었다. 종의 생사여탈권은 주인이 쥐고 있기에 주인에게 불충한 노비를 죽이는 건 잘못도 아니었다.

"지금쯤은 다 알고 있는 줄 알았는데……."

화순은 그렇게 말하며 타내가 충격받은 건 아닐지 슬쩍 눈치를 보왔다. 하지만 타내는 화순을 원망하지 않았다. 오히려 이제라도 알게 돼서 다행이라고 생각했다.

타내는 이제 더는 증오를 억누르지 않기로 했다. 오히려 그걸 꼭꼭 눌러 담고 밀봉한 상자 뚜껑을 열어 증오가 마음껏 밖으로 활개 치도록 내버려둘 작정이었다. 설령 그게 자신까지 태워버린다 해도.

며칠 뒤, 타내는 한밤중에 살금살금 대감마님 처소로 숨어 들어갔다. 부모님과 분이를 죽인 원수는 이미 뼈와 가죽만 남아 죽을 날을 기다리고 있었다. 타내는 두 손으로 그의 목을 졸랐다. 이미 죽음에 한 발을 디디고 있는 그는 별 반항도 못 해보고 싱겁게 저세상으로 갔다.

그걸로 분이 풀리지 않는 타내는 곧장 식칼을 들고 안방마님 처소로 향했다. 자다 깬 안방마님은 제 방문 앞에 선 칼 든 남자를 보고 비명을 지르려 했다. 하지만 타내가 한 발 빨랐다.

푸욱.

타내의 손에 들린 식칼이 안방마님의 가슴에 꽂혔다. 안방마님의 가슴팍이 새빨간 피로 물들었다.

"이건 내 부모님 몫이야."

타내가 끅끅 신음하는 안방마님 귓가에 속삭였다.

푸욱.

타내의 칼날이 이번엔 안방마님의 배를 파고들었다.

"이건 분이 누나 몫."

안방마님은 바닥에 쓰러져 숨을 헐떡거렸다. 눈자위에 힘이 스르르 풀리려 하고 있었다.

푸욱.

타내가 안방마님 옆구리에 마지막 일격을 가했다.

"그리고 이건 내 몫이야."

안방마님의 손이 파르르 떨리더니 바닥에 툭 떨어졌다. 눈자위가 허옇게 뒤집어진 것이 이미 숨이 끊어진 것 같았다.

타내는 흥건한 핏물 위에 누워 있는 안방마님을 한동안 물끄러미 바라보다 문득 누군가의 시선을 느끼고 고개를 들었다.

분이였다. 타내와 몇 발짝 떨어진 곳에서 분이가 타내를 지켜보고 있었다. 피가 뚝뚝 흐르는 식칼을, 일그러진 얼굴을, 날이 선 눈동자를.

"원수를 갚았어."

타내가 분이에게 한 걸음 다가서며 말했다. 자신이 한 일을 알면 분이가 웃어줄 거라고 생각했다.

하지만 분이는 웃지 않았다. 묵묵히 자신을 쳐다보는 분이의 눈빛이 슬퍼 보였다. 분이가 가만히 고개를 흔들었다.

"누나, 가지 마. 누나!"

분이가 사라진 허공에 대고 타내는 그렇게 외쳤다. 분이가 왜 웃어주지 않았는지 타내는 도무지 이해할 수 없었다.

그 길로 타내는 대감네 집에서 도망쳤다. 운이 좋았는지 용케 붙잡히지 않았다. 도망쳐다니면서 어떨 땐 구걸하고, 어떨 땐 남의 집 일을 하며 밥을 얻어먹었다. 얼마나 그렇게 지냈을까. 나무 밑에서 구걸한 밥을 허겁지겁 손으로 파먹고 있는데, 눈빛이 사나운 남자 하나가 타내에게 다가왔다.

"너, 도망친 노비지?"

제 얼굴이 알려졌나 싶어 타내는 허겁지겁 도망치려고 했다. 그러자 남자가 씩 웃었다.

"또 도망치려고? 그럴 기력은 있냐? 보아하니 며칠은 굶은 것 같은데."

사실이었다. 타내는 배가 고파 이미 달아날 힘도 없었다.

남자가 타내를 국밥집으로 데려갔다. 타내가 접시까지 삼킬 기세로 허겁지겁 국밥 들이키는 걸 잠자코 바라보던 남자가 말했다.

"우리랑 같이 일하지 않겠나?"

타내가 화들짝 놀라 남자를 올려다봤다.

"너도 알겠지만 이 세상은 썩어빠졌어. 양반이란 게 대체 뭐길래 종을 개돼지처럼 취급하냔 말이야. 양반으로 태어난 것 말곤 잘난 게 하나도 없는 것들이."

남자는 타내의 속마음을 읽은 것처럼 말했다.

"우리가 같이 그것들을 세상에서 싹 쓸어내버리자는 거야. 해충들을 다 없애면 우리도 살 만한 세상이 될 거야."

이의가 있을 리 없었다. 타내는 그렇게 살주계 일원이 됐다. 동지들과 함께 이 집 대감을 칼로 찌르고, 저 집 대감을 목매달았다. 양반들을 죽이고 나서 그들이 갖고 있던 돈을 빼앗았다. 하지만 죽여도 죽여도 타내의 갈증은 채워지지 않았다.

타내는 그것이 분이 때문이라는 걸 잘 알고 있었다. 타내가 사람을 죽일 때마다 항상 분이가 나타났다. 그때마다 분이는 슬픈 얼굴로 타내를 바라보며 고개를 젓다가 사라졌다.

'왜 웃어주지 않는 거야, 왜!'

타내는 웃지 않는 분이가 원망스러웠다. 분이의 웃음을 볼 수 없다면, 제 마음속 갈증은 영원히 가라앉지 않을 것 같았다. 미칠 듯한 공허함도 영원히 채워지지 않을 것 같았다.

'누나, 언제쯤이면 다시 웃어줄래?'

타내가 조용히 분이의 빨간 댕기를 어루만졌다.

며칠 뒤, 연암이 삼개주막을 찾았다.

"나리, 오셨어요?"

선노미가 연암에게 허리 숙여 인사했다.

"장국밥 드시게요? 수육 더 얹어 드릴까요?"

김씨도 부엌에서 달려 나왔다. 아들을 선비들 모임에 끼워준 연암은 김씨가 항상 최고로 대접하는 손님이었다.

"장국밥은 됐고, 오늘 둘한테 긴히 할 말이 있어 왔소."

연암의 표정은 전에 없이 진지했다.

"뭔가요?"

선노미가 물었다.

연암이 선노미를 뚫어질 듯 빤히 쳐다보며 입을 열었다.

"나랑 청나라에 함께 가지 않겠니?"

선노미와 김씨가 동시에 입을 딱 벌렸다. 김씨의 손에 밥상이 들려 있지 않은 게 천만다행이었다. 만약 그랬더라면 충격을 받은 김씨가 밥상을 떨어뜨려 지금쯤 안마당에 밥그릇과 국 사발이 나뒹굴고 있을 테니까.

"청나라요? 제가요?"

"그래."

연암이 말했다.

"청나라요? 선노미가요?"

김씨가 똑같은 내용을 주어만 바꿔 물었다.

"그렇소."

연암이 참을성 있게 대답했다.

"알다시피 먼 길이다. 수발 들어줄 시종도 없이 혼자 갈 수는 없잖니."

"하지만 선노미는……."

김씨가 말을 끝맺지 못하고 여리여리한 선노미를 슬쩍 돌아봤다. 제 아들이긴 하지만, 저렇게 허약한 아이를 데려가 무슨 도움이 될지 의아해하는 눈치였다.

선노미도 김씨와 같은 생각이었다.

"왜 하필이면 절⋯⋯."

"넌 한번 보고 들은 걸 죄다 기억하지 않느냐. 게다가 이젠 언문도 쓸 수 있고. 수행원으로선 제격이지."

연암이 태연자약하게 말했다.

"청나라에 가면 신문물을 자세하게 기록해 책으로 낼 생각이다. 그 때 네 도움이 많이 필요할 거다."

선노미는 뭐라고 대답해야 할지 몰라 멍청하게 입을 벌리고 연암을 바라봤다.

"그리고 하나 더."

그런 선노미를 모른 척하며 연암이 말을 이었다.

"기록과는 별개로 오가는 길에 기담도 수집할 생각이다. 그러니 기담회 주인공인 너 말고 더 좋은 선택이 없지."

"하, 하지만⋯⋯."

뭐라고 말을 꺼내려는 선노미를 연암이 가로막았다.

"왜 기이한 이야기를 수집하냐는 내 물음에 너는 이렇게 말했다. 사람들이 그 이야기에 울고, 웃었다고. 너도 이야기를 들으며 함께 울고 웃었다고. 그렇지?"

"네."

"왜인지 아느냐?"

선노미가 가만히 고개를 흔들었다.

"거기에 인생이 들어 있기 때문이다. 사람들의 꿈과 애환이 서려 있기 때문이야."

연암이 선노미 얼굴을 똑바로 쳐다보았다.

"인생이란 기이한 일의 연속이지. 우리 인생 자체도 하나의 기담이다."

선노미는 연암이 하는 말뜻을 정확하게 이해할 수 없었다. 연암도 그걸 눈치챘는지 '이해하지 못해도 괜찮다' 하고 말했다.

"어쨌든 너는 내게 기담이 뭔지 가르쳐줬다. 그러니 함께 기담을 수집하러 가지 않겠느냐?"

선노미의 마음이 조금씩 흔들리기 시작했다. 다른 곳도 아닌 청나라다. 선비들도 아무나 가지 못하는 청나라. 그곳에 자신 같은 주막집 아이가 가다니. 그건 평생에 올까 말까 한 엄청난 행운이 분명했다.

선노미가 흔들리고 있다는 걸 간파한 연암이 미끼를 던졌다.

"기담회에서 너는 선비들과 교류하며 언문을 배웠다. 그만큼 네가 성장했다는 뜻이지. 이번 여행길에는 네가 지금껏 듣지도, 보지도 못했던 것들이 기다리고 있을 것이다. 그런 것들을 경험한 후엔 네가 얼마나 더 성장할지 어떻게 알겠니?"

연암의 말대로였다. 지금 연암의 제안은 선노미 인생에 두번 다시 오지 않을 엄청난 기회일지도 몰랐다. 하지만 선노미는 선뜻 그 제안을 받아들일 수 없었다. 자신이 떠나면 어머니가 얼마나 적적할까. 주막 일은 또 어쩌나. 분명히 일손이 빌 텐데.

"가거라."

김씨가 먼저 나서서 말했다. 연암과 선노미가 동시에 김씨를 쳐다봤다.

"나리께서 이렇게 황송한 말씀을 하시는데 어떻게 안 받아들이겠니?"

김씨의 강단 있는 목소리는 이미 결단을 내린 것처럼 들렸다. 오히려 주저주저하는 건 선노미였다.

"하지만 주막은……."

"너 없어도 주막은 얼마든지 돌아간다."

김씨가 단칼에 아들의 말을 잘랐다.

"그러니 어서 네, 하고 말씀드리렴."

선노미는 그때까지도 머뭇거리며 김씨 눈치를 보더니 김씨가 험악한 표정으로 인상 쓰자 그제야 연암에게 돌아앉아 깊이 고개를 숙였다.

"가겠습니다."

"그래, 잘 생각했다."

연암이 수염을 쓰다듬으며 만족스러운 듯 웃었다.

"주모도 큰 결심 했네."

"뭘요. 미흡한 아들놈 데려가 주신다니 감사할 따름입니다."

딱딱했던 연암의 표정이 한결 누그러졌다. 용건을 무사히 마쳐 여유로워진 것 같았다.

"이제 이야기도 끝났으니 주모 장국밥 한번 먹어볼까."

연암이 기지개를 켰다.

김씨가 '바로 대령하겠습니다' 하며 주방을 향해 종종걸음을 쳤다. 연암도 선노미도 눈치채지 못했지만, 뒤돌아서는 김씨의 눈가는 빨갛게 젖어 있었다.

그날 밤, 선노미는 측간에 다녀오는 길에 목련꽃 닮은 소녀를 만났다.

소녀는 싸리문 밖에서 조용히 선노미를 쳐다보고 있었다. 선노미가 소녀에게 다가갔다.

"나, 네가 누군지 알아."

선노미 말에 소녀는 흠칫 놀란 것 같았다.

"너 사람이 아니지? 귀신이지?"

소녀가 머뭇거리다 고개를 끄덕였다.

"처음엔 네가 귀신이란 걸 알고 무서웠어. 하지만 이젠 아냐."

소녀는 까만 눈으로 선노미를 말끄러미 바라보았다.

"왜냐하면, 난…… 너를 좋아하거든."

솔직하게 말하자니 역시나 쑥스러워 선노미는 다시 얼굴이 빨갛게 달아올랐다. 어둠에 제 낯빛이 가려져 다행이라고 생각했다.

"그런데 궁금한 게 하나 있어. 넌 왜 자꾸 내 앞에 나타나는 거야? 내가 뭐 도와줄 거라도 있어?"

역시나 소녀는 말이 없었다.

"나 곧 청나라에 갈 거야. 어떤 선비분을 모시고 가는 거야."

소녀가 고개를 끄덕였다. 다 안다는 듯이. 하지만 하얀 얼굴엔 슬픈 빛이 어려 있었다.

"갔다 오려면 시간이 얼마나 걸릴지 몰라. 하지만 그때도 나한테 볼일이 있다면 언제든 다시 나타나도 좋아. 왜냐면."

선노미가 잠시 말을 끊었다. 발끝으로 괜히 바닥을 툭툭 차다가 고개를 들어 소녀를 똑바로 쳐다봤다.

"아까도 말했잖아. 널 좋아한다고."

"잘 다녀와."

갑자기 소녀가 입을 열었다. 상냥하고 따뜻한 목소리. 어쩐지 예전에 들은 적이 있는 것 같은, 그리운 목소리였다.

"어, 너 말할 수 있어?"

선노미가 화들짝 놀라 소녀를 바라봤다.

"그런데 왜 말을 안 한 거야? 깜빡 속았잖아."

소녀가 살포시 웃었다. 꽃이 피는 것처럼 화사한 웃음이었다. 선노미도 소녀를 따라 빙글빙글 웃었다.

"얘! 도대체 밖에서 뭘 하고 있는 거니!"

김씨가 방문을 열고 선노미를 향해 소리쳤다. 측간 가는 것처럼 나가더니 아무리 기다려도 방에 안 돌아오는 아들이 걱정돼 내다본 모양이었다. 선노미가 청나라에 가기로 결정한 이후, 김씨는 부쩍 걱정이 많아진 것 같았다.

"앗, 어머니다. 다음에 보자."

선노미가 소녀에게 손을 흔들고는 황급히 방으로 뛰어갔다.

등을 돌리고 뛰어가는 선노미를 보며 분이가 속으로 조용히 중얼거렸다.

'잘 자랐구나.'

강에 뛰어들기 전 주모 김씨에게 맡기고 간 선노미가 이렇게 훤칠한 소년이 됐을 줄이야.

방문을 열어젖히고 아들을 기다리던 김씨가 문득 분이 쪽을 쳐다보았다. 순간 김씨가 눈을 휘둥그레 떴다. 아마도 분이를 알아본 모양이었다.

분이가 김씨에게 허리를 깊게 숙여 인사했다. 아들을 잘 키워줘 감사하다는 말을 전하기 위해.

믿기지 않는다는 눈빛으로 분이를 쳐다보던 김씨가 잠시 후 보일락 말락 고개를 끄덕였다. 김씨도 분이가 하고픈 말을 이해한 것 같았다.

삼개주막은 한양 도성에서 서남쪽으로 약 십 리쯤 떨어진 마포나루 어귀에 있었다. 마포나루, 혹은 삼개나루라고도 불리는 이곳은 한양을 거슬러 오는 장삿배들과 사람들로 언제나 북적거렸다. 여러 사람들이 모여드는 이곳에 다양한 사람들만큼이나 괴이하고 신기한 이야기가 모여들었다.

신기한 이야기가 만나는 곳에서 선노미와 연암의 만남이 이뤄졌다. 이야기를 통해 이어진 소년과 괴짜 선비는 이제 이야기를 찾아 더 넓은 세상으로 떠나려 하고 있었다.